Charmed

Die Geister, die Paige rief

Charmed

Zauberhafte Schwestern

Die Geister, die Paige rief

Roman von
Greg Elliot

Aus dem Amerikanischen
von Christina Deniz

vgs EGMONT

Bibliografische Information der Deutschen Bibliothek
Die Deutsche Bibliothek verzeichnet diese Publikation in der Deutschen Nationalbibliografie; detaillierte bibliografische Daten sind im Internet über http://dnb.ddb.de abrufbar.

Erstveröffentlichung bei Simon Spotlight Entertainment
An imprint of Simon & Schuster Children's Publishing Division, New York 2005.
Titel der amerikanischen Originalausgabe:
Demon Doppelgangers von Greg Elliott

Das Buch »Charmed – Zauberhafte Schwestern. Die Geister, die Paige rief« von Greg Elliott entstand auf der Basis der gleichnamigen Fernsehserie von Spelling Television, ausgestrahlt bei ProSieben.

1. Auflage 2006

Redaktion: Sabine Arenz
Lektorat: Ralf Schmitz
Produktion: Susanne Beeh
Titelfoto: © Spelling Television Inc. 2006
Satz: Greiner & Reichel, Köln
Printed in Germany
ISBN 3-8025-3527-8
Ab 01.01.2007:
ISBN 978-3-8025-3527-7

www.vgs.de

Für meine Tochter Katie, die mich jung hält.

1

Paige orbte mit ihrem Neffen Wyatt in die nördliche Spitze des Lincoln Parks und materialisierte hinter einem dichten Gebüsch in der Nähe von Land's End. Automatisch schaute sie sich um, ob jemand ihr ungewöhnliches Erscheinen bemerkt hatte, obwohl die Chancen dazu eher gering waren. Es war Dienstag, der 21. Juni, der erste Morgen des kalendarischen Sommers, doch das derzeitige Sturmtief, das über San Francisco lag, war ganz entschieden nicht sommerlich. Paige wusste, dass das unstete Wetter viele Leute davon abhalten würde, sich im Park zu vergnügen.

Nachdem sie befriedigt festgestellt hatte, dass sie alleine waren, versicherte sie sich, dass Wyatt gut eingepackt und gegen den kalten Wind, der hier oben blies, geschützt war. Dann schob sie den Kinderwagen aus dem Dickicht hinaus ins offene Gelände.

»Ich komme so gern hierher«, sagte sie zu dem Baby, »und ich finde, der heutige Tag ist wie geschaffen dazu, ihn mit dir zu verbringen.«

Sie sprach immer so mit Wyatt, als ob er das, was sie sagte, schon vollständig erfassen konnte, und manchmal fragte sie sich, ob das nicht tatsächlich der Fall war. Der Kleine schien seine Eltern, Piper und Leo, weit besser zu verstehen als andere Kleinkinder seines Alters ihre Eltern. Und das lag natürlich einzig und allein daran, dass er das Produkt aus der Verbindung einer Hexe und ihres Beschützers, eines *Wächters des Lichts*, war. Dieser Umstand schuf zwischen Wyatt und Paige eine ganz besondere Verbindung und war teilweise auch der Grund, weshalb sie ihn heute hierher gebracht hatte und warum sie zu ihm sprach wie zu einem Erwachsenen.

Sie schob den Kinderwagen ganz nah an die schroffen Klippen

von Land's End heran und ließ ihren Blick über die Brandung des Pazifiks und die Stadt an seinem Gestade schweifen, von der Bay Area über das Viertel Presidio mit seinen bewaldeten Hügeln bis hin zur Golden Gate Bridge. Die wohl berühmteste und gewaltigste Hängebrücke der Welt spannte sich majestätisch zwischen San Francisco und der Halbinsel Marin über die riesige Bucht, während ihre beiden treppenartigen Träger sich in den bewölkten Himmel reckten. Paiges Blick wanderte zwischen den beiden Wasserflächen hin und her, die rechts und links der stählernen Konstruktion im Morgenlicht schimmerten: die von der Stadt eingeschlossene Bucht einer- und der offene Ozean, die Heimstatt der Elemente, andererseits.

Der Wind blies stark genug, um die über der Bay liegenden Nebelschwaden zu vertreiben, sodass der Blick auf die Brücke frei war – ein schier atemberaubender Anblick!

Für einen Moment gab sich Paige ganz der Stille hier oben hin und sog die salzig schmeckende Luft ein, um dann ihr Gespräch mit Wyatt fortzusetzen.

»Siehst du das?«, fragte sie und stellte sicher, dass der Kleine in seinem Kinderwagen auch tatsächlich einen ungehinderten Blick auf das wunderbare Panorama hatte und noch immer warm und windgeschützt eingepackt war. »Das da hinten ist der Pazifik«, fuhr sie mit ihrer Erklärung fort. Sie deutete hinüber zum grauen Ozean, auf dessen Wellen weiße Schaumkronen tanzten, welche vom Wind unter der Brücke hindurch und in die San Francisco Bay getrieben wurden. »Und die Landmasse dort drüben, die mit den ganzen Bäumen darauf, heißt Presidio. Und das da«, sie zeigte auf die Brücke, »ist die ›Gate‹, das Portal. Netter Name, oder? ›Gate‹«, wiederholte sie lächelnd. »Die Pforte von einer Welt in die andere. Der Übergang vom ungebändigten Ozean in die zivilisierte Welt mit all ihren von Menschenhand geschaffenen Bauwerken.«

Sie hielt einen Moment inne. »Dieser Platz, Wyatt, ist wie eine Metapher für dich und mich. Ein Ort, wo die Naturgewalten jenseits jeglicher menschlichen Kontrolle auf die Welt treffen, wie wir sie kennen.« Sie holte tief Luft. »Und heute ist Sommeranfang. Auch wenn wir immer noch unsere Wintersachen tragen, hat der Sommer tatsächlich schon begonnen.« Sie lächelte wieder. »Tja, der Sommer kommt eben, wann und wie es *ihm* gefällt.«

Ein letztes Mal ließ sie den Blick über die Bucht schweifen, dann drehte sie den Kinderwagen wieder um. »Okay, genug davon. Lass uns aus dem windgepeitschten Land's End verschwinden und dem Rest des Parks einen Besuch abstatten.«

Sie schob den Kinderwagen in Richtung des Kunstmuseums »California Palace of the Legion of the Honor« und sagte zu Wyatt: »Mal sehen, was da heute los ist. Vielleicht kann Tantchen Paige dir ein paar Altertümer zeigen.« Sie kam zum Stehen, als gerade ein Ausflugsbus vor dem Eingang des Museums anhielt. »Schau mal, Wyatt, Touristen«, rief sie spöttisch. »Mal sehen, wie viele von denen dem Irrtum erlegen sind, dass, nur weil hier heute der Sommer angefangen hat, man in Shorts und T-Shirt aus dem Haus gehen kann.«

Nachdem der Bus seine Passagiere ins Freie entlassen hatte, stellte Paige fest, dass tatsächlich einige von ihnen in viel zu luftiger Garderobe hier erschienen waren. Nicht ohne Schadenfreude beobachtete sie, wie diese sogleich ins Museum eilten und dabei ihre Kameras umklammert hielten, als ob die sie vor der Kälte schützen könnten.

»Siehst du?«, fragte sie Wyatt, »diese frierenden Touristen sind eine weitere Metapher … irgendwie.« Sie warf dem Kleinen einen Blick zu, um zu sehen, ob er die Leute ebenfalls beobachtete. »Da kommen sie nach Kalifornien und erwarten zwölf Monate lang Sonne, strahlend blauen Himmel, Palmen und ein immer währendes laues Lüftchen. Diese Typen gucken einfach zu viel Fernsehen, wenn du mich fragst.«

Weitere Touristen strebten der Tür des Museums entgegen. Die meisten von ihnen steuerten schnurstracks auf Auguste Rodins berühmte Skulptur »Der Denker« zu. »Die haben keinen blassen Schimmer davon, welche Auswirkungen der wilde Ozean auf unser Wetter hier hat. Genauso wenig wie sie wissen, welchen Einfluss die Kräfte unserer Welt, der Welt der Magie, auf das Leben der Menschen, also auf ihr eigenes Leben haben.«

Sie wollte gerade weitergehen, als ein junger Mann aus dem Bus stieg; er war einer der letzten Passagiere, und auch er trug lediglich Jeans und ein dünnes T-Shirt. Doch auf seinem Gesicht lag ein Lächeln. Er wandte sich zur Bucht, holte tief Luft und setzte sich – anstatt ins Museum zu hetzen wie die anderen – Richtung Ozean in Bewegung.

Paige zog sich ein Stück zurück und beobachtete den gut aussehenden jungen Mann, dessen ungewöhnliches Verhalten sie so sehr erstaunte, dass ihr der nächste ätzende Kommentar auf den Lippen erstarb.

Der junge Mann wanderte hinüber zu einem flachen Felsen und näherte sich damit Paiges und Wyatts Standort. Behände erklomm er den Stein, wandte sein Gesicht dem Wasser zu, zog sich das T-Shirt über den Kopf und breitete seine Arme aus. Es war, als ob er die Elemente, die hier aufeinander trafen, willkommen heißen und umarmen wollte.

Paige stellte fest, dass er ohne T-Shirt noch viel attraktiver aussah, als es ohnehin schon der Fall war.

Da machte Wyatt plötzlich ein Geräusch, ähnlich einem freudigen Glucksen, und der junge Mann fuhr jäh herum.

Als er Paige mit dem Kinderwagen dastehen sah, zog er sich das T-Shirt rasch wieder an. »Sorry«, stammelte er. »Wollte Sie und Ihr Baby nicht stören, Ma'am.«

»Keine Sorge, das tun Sie nicht. Und ganz nebenbei: Ich bin die Tante von dem Kleinen hier, nicht seine Mutter.« Sie trat mit dem Kinderwagen näher zu dem Fremden, der inzwischen wieder von dem Felsen heruntergesprungen war. »Aber was in aller Welt haben Sie hier oben gemacht, wenn ich fragen darf?«

»Ach, na ja, ich ...« Er wandte den Kopf wieder Richtung

Wasser. »Der Ozean ist so ... groß, wissen Sie. Und so mächtig.« Er lächelte ein wenig verlegen. »Ich komme aus Kansas. Wir haben da kein Meer, wissen Sie. Und jetzt ... hier so nah am Pazifik zu stehen, jetzt *hier* zu sein ...« Er brach ab und schüttelte den Kopf. »Ich weiß, das klingt bestimmt ziemlich blöd, aber ich wollte den mächtigen Ozean einfach kennen lernen und mich vor ihm ... verbeugen. In einer ihm angemessenen Form, um all dieser ungezähmten Kraft und Stärke zu huldigen, verstehen Sie?«

Paige nickte. Sie war verblüfft, um nicht zu sagen beeindruckt, dass ein Tourist von der gleichen Magie angezogen worden war wie sie. Von der Magie der Naturgewalten, mit der sie Wyatt heute hatte bekannt machen wollen. »Ich verstehe nur zu gut«, sagte sie langsam, und für einen kurzen Moment schien zwischen ihr und dem jungen Mann ein unsichtbares Band zu bestehen – geknüpft aus stillem Einverständnis.

»Tja, also«, meinte er schließlich, »ich schließe mich dann wohl besser wieder meiner Reisegruppe an.«

»Viel Spaß im Museum«, rief Paige ihm hinterher. »Und viel Spaß am Meer.«

»Danke, den gedenke ich zu haben.«

Sie sah dem jungen Mann nach, der nun genauso schnell in Richtung Museum ging wie die anderen Touristen, doch immerhin würdigte er den Rodin eines Blickes. Kurz vor dem Eingang sah er sich noch einmal um, und als er feststellte, dass Paige ihn noch immer beobachtete, sandte er ihr ein Lächeln. Dann war er in dem Musentempel verschwunden.

»Also«, murmelte Paige mehr zu sich selbst als zu Wyatt, »das war ja mal richtig interessant.« Sie warf dem Baby einen fast schuldbewussten Blick zu. »Ich weiß, ich weiß, ich sollte nicht immer alle Touristen über einen Kamm scheren, denn sobald ich das mache, kommt einer vorbei und wirft mein Gebäude aus Vorurteilen über den Haufen ...« Sie schob den Kinderwagen weiter Richtung Museum, ließ den Bus und den Skulpturengarten hinter sich und näherte sich dem Eingang. »Keine Sorge, ich werde mir hier jetzt nicht die Beine in den Bauch stehen, nur um noch einen Blick auf Mr Jung-und-knackig werfen zu können. Außerdem wird er ja sowieso bald wieder Richtung Kansas entschwunden sein.«

Wyatt machte ein Geräusch, das diesmal so ähnlich wie »Ohhh« klang, und zeigte mit seinem kleinen Finger auf das Transparent, das über dem Museumseingang im Wind flatterte.

»Was ist das, Wyatt?« Sie studierte den Schriftzug auf dem Stoffbanner. »Oh. ›Die Schätze der griechischen Antike‹. Eine Sonderausstellung, und sie wird schon bald beginnen.« Sie lächelte. »Das sollten wir uns nicht entgehen lassen. Zufälligerweise hat Tantchen Paige ein bisschen Ahnung vom alten Griechenland. Ich könnte vielleicht sogar ...« Sie brach ab und überdachte den Einfall, der ihr soeben gekommen war. »Lass uns nach Hause gehen, Wyatt, und Mom von unserem Tag berichten.«

»Klingt, als hättet ihr beiden Spaß gehabt«, meinte Piper Halliwell. Sie saß vor Wyatt, der nun in seinem Hochstuhl thronte, und fütterte ihn, während Paige ihr von ihren heutigen Abenteuern berichtete. »Ich hoffe, Wyatt hat dir bei diesem Supertypen aus Kansas nicht die Tour vermasselt?«

»Nein, natürlich nicht«, sagte Paige. Sie genoss die wohlige Wärme, die hier in der Küche herrschte, und den Geruch des frisch gebackenen Brotes. »Außerdem bin ich nicht seinetwegen noch mal zum Eingang zurückgegangen. Nicht wegen ihm allein jedenfalls.«

»Altgriechische Kunst, richtig? Klingt interessant. Vielleicht könnten wir uns die Ausstellung alle gemeinsam ansehen?«

»Ich rede nicht nur davon, mir das alles mal anzuschauen«, erklärte Paige. »Ich würde gern dort arbeiten, verstehst du?«

Piper hob erstaunt eine Augebraue. »Ach, wirklich?«

»Ja, als Museumsführerin oder so. Nur so lange, wie die Ausstellung läuft, versteht sich.«

»Das klingt nach dem perfekten Job für dich, stimmt. Du hast 'ne Menge Ahnung von griechischer Kunst und griechischer Geschichte. Jedenfalls mehr als die meisten Leute, die ich kenne. Aber sei so gut und brenne uns nicht mit dem nächstbesten griechischen Gott durch, okay?«

»Versprochen.« Paige lächelte. Sie ging hinüber zum Telefon und wählte die Nummer des Museums, um ihr Glück zu versuchen.

Später am Nachmittag betrat Piper mit Wyatt auf dem Arm das *P3*. »Sieh nur, wie ruhig es hier um diese Tageszeit ist.« Sie gab ihrem Sohn einen zärtlichen kleinen Nasenstüber. »Und deshalb werden wir niemanden stören, und niemand wird uns stören.«

Sie betrat das Büro und setzte Wyatt in einer Ecke mit Babyspielsachen auf dem Boden ab. In diesem Moment klingelte ihr Handy. Sie checkte die Anrufernummer auf dem Display. »Sieh an, Wyatt, das ist Tante Phoebe«, meinte sie, während sie das Gespräch annahm. »Hallo, Phoebe. Was gibt's?«

»Kannst du mir einen Gefallen tun«, kam es vom anderen Ende der Leitung, »und mal nachsehen, ob ich einen Ordner mit Leserzuschriften im Badezimmer habe liegen lassen?«

»Würde ich gern machen, Schwesterchen, aber ich bin nicht zu Hause, sondern im Club.«

»Aha, deshalb ist in Halliwell Manor keiner ans Telefon gegangen«, sagte Phoebe, und nach einer kurzen Pause: »Was machst du denn um diese Uhrzeit im *P3*?«

»Unsere Warenbestände überprüfen.«

»Sag mal, kann die Inventur nicht jemand anderes machen?«

»Ja, normalerweise schon«, meinte Piper. »Aber es gibt da einige ... Unregelmäßigkeiten. Es scheint, als fehlten uns von jeder Bestellung Premium-Tequila regelmäßig ein paar Flaschen. Jedes Mal dieselbe Marke, und es ist die teuerste, die wir hier im Club ausschenken, verstehst du?«

»Und du denkst ...«

»Ja«, sagte Piper. »Ich befürchte, jemand von den Angestellten verkauft das Zeug unter der Hand, um den Erlös für sich zu behalten.«

»So ein Mist. Wie willst du das Problem lösen?«

»Erst einmal gehe ich jetzt sorgfältig und in Ruhe die Bücher durch, solange noch niemand hier ist, du verstehst?«

In diesem Moment gluckste und kicherte Wyatt in seiner Ecke.

»Wyatt ist bei dir, wie ich höre«, bemerkte Phoebe am anderen Ende der Leitung.

»Ja, er steckt sich gerade mit wachsender Begeisterung Bauklötze in den Mund. Außerdem wollte ich nicht den ganzen Tag im Büro zubringen. Wenn er müde wird, geht's sofort wieder nach Hause.«

»Viel Glück beim Lösen des Tequila-Falls«, meinte Phoebe.

»Ja, danke«, erwiderte Piper freudlos. »Ich hoffe wirklich, ich muss niemanden feuern. Ich mag meine Angestellten nämlich, und bis jetzt habe ich noch jedem von ihnen rückhaltlos vertraut.«

»Nicht vergessen: Die offensichtlichste Antwort ist im Allgemeinen auch die richtige.«

»Ach du liebe Güte«, stöhnte Piper. »Klingt verdächtig nach einer dieser *Fragen Sie Phoebe*-Binsenweisheiten.«

»So?« Phoebe schwieg einen Moment und schien darüber nachzudenken. »Tut mir Leid, du hast vermutlich Recht.«

»Lass dir deswegen keine grauen Haare wachsen.« Piper öffnete die Geschäftsbücher auf ihrem Schreibtisch. »Hör mal, ich fang jetzt an zu arbeiten. Wir sehen uns später zu Hause, okay?« Sie beendete das Telefonat und vertiefte sich sodann in Lieferscheine und Abrechnungen.

Im Büro des Museums saß Paige einer Angestellten an deren Schreibtisch gegenüber und wartete. Sie fand, die Frau passte einfach wunderbar in diese Umgebung. Lässig, kultiviert und von klassischer Schönheit, hätte sie selbst eine griechische Göttin sein können. Das Namensschildchen auf der Tischplatte verkündete, dass die Dame »Grace Stephens« hieß.

Und Ms Stephens war ganz in die Prüfungsbögen vertieft, die Paige ihr ausgehändigt hatte. »Beeindruckend«, meinte sie schließlich. »Die meisten unserer Bewerber kennen die Titanen, aber es ist erfreulich zu sehen, dass Sie sich auch in der Mythologie und Götterwelt auskennen, die davor bestand. Chaos, Gaia, Erebos ... Sie scheinen sie alle studiert zu haben, sehr schön.« Sie blätterte eine Seite weiter. »Und offenbar kennen Sie sich auch genauso gut mit griechischer Architektur aus. Mir gefällt ihre kleine Abhandlung über die Tempel der Athene und des Apollon. Sie zeigt, dass Sie im Stande sind, das Wichtigste komprimiert und in Ihren eigenen Worten wiederzugeben, sodass es nicht wirkt, als hätten Sie sich Ihr Wissen am Abend zuvor online zusammengesucht.« Ms Stephens sah auf. »Was genau den Anforderungen entspricht, die wir an den Bewerber für diesen Job stellen: die Fähigkeit, die oftmals trockene Materie spannend und lebhaft vorzutragen.«

Paige lächelte. »Wann werde ich denn erfahren, ob ich den Job –«

»Oh, Sie haben ihn schon!«, unterbrach Ms Stephens sie. »Tut mir Leid, dass ich das nicht schon früher klar genug zum Ausdruck gebracht habe. Ich möchte Sie aber bitten, Paige, sich diese Kataloge mit nach Hause zu nehmen und zu jedem Ausstellungsobjekt, mit dem Sie nicht vertraut sind, Ihre eigenen Recherchen anzustellen. Ich würde Sie dann gern nächsten Montag um neun Uhr hier sehen. Ich werde Sie und die anderen neuen Mitarbeiter dann durch die Ausstellung führen, bevor diese am Dienstag dann offiziell ihre Pforten öffnet.«

Paige erhob sich freudig erregt von ihrem Platz. »Vielen Dank, Ms Stephens.«

Grace gab ihr die Hand. »Willkommen im Museum.«

Paige trat aus dem Büro, atmete tief durch und ließ ihren Blick durch die heiligen Museumshallen schweifen, die schon bald ihr

Arbeitsplatz sein würden. Sie sog tief den Geruch der hier ausgestellten Altertümer ein, als sie *ihn* sah.

Es war der junge Mann, den sie an diesem Morgen vor dem Museum getroffen hatte. Und er kam aus einem Büro, das direkt neben dem von Grace lag. Nun, da er eine Baumwollhose und ein Hemd trug, wirkte er überhaupt nicht mehr wie ein Tourist, aber noch immer genauso attraktiv wie einige Stunden zuvor.

Paige wich unsicher einen Schritt zurück, sodass er an ihr vorbeigehen konnte, ohne sie zu bemerken.

Es gab wenige Zufälle im Leben der Zauberhaften, das wusste sie. Und sie fragte sich, welche Rolle dieser junge Mann in ihrem Leben zukünftig noch spielen würde.

2

Paige kehrte nach Halliwell Manor zurück und genoss einmal mehr die dem alten viktorianischen Haus innewohnende Wärme und seinen vertrauten Duft. Geistesabwesend tunkte sie ein Stück des von Piper frisch gebackenen Baguettes in einen Dip, der auf der Anrichte stand.

»Dafür wird Piper dich erwürgen. Diese Soße ist längst noch nicht fertig, wie sie mir gegenüber vorhin bemerkte!«

Paige drehte sich zu ihrer Halbschwester Phoebe um, die mit missbilligendem Gesicht in der Küchentür stand. »Da wir gerade von Piper sprechen«, sagte sie. »Wo ist sie eigentlich?«

»Im *P3*«, gab Phoebe zurück. »Sie macht Inventur.«

»Oh.« Paige runzelte die Stirn. »Und was machst du um diese Zeit schon hier?«

»Ich hab mir gerade das hier abgeholt.« Phoebe hielt einen Ordner mit Leserzuschriften in die Höhe.

»Sag mal, Phoebe, warum sieht die Tinte auf diesem Ordner so … hässlich verschmiert aus?«

»Na ja«, meinte Phoebe. »Ich hab meine Post in der Badewanne gelesen.«

»Aber … warum?«

»Weil Abby und Ann das auch immer so gemacht haben. Und weißt du was? Ich verstehe jetzt, warum.« Sie setzte sich an den Küchentisch. »Kennst du den Zustand, in den dich ein warmes Bad versetzen kann? Diesen nahezu erleuchteten Zen-Zustand, in dem deine Gedanken auf einmal kristallklar zu werden scheinen?«

»Tja, also … Ich glaube, ich bin mehr der Duschtyp.«

»Ja, ich eigentlich auch, aber man kann Briefe nur schlecht unter der Dusche lesen. Wie dem auch sei, ich hab in der Wanne ein paar der Zuschriften auf eine, wie ich finde, ziemlich geniale

Weise beantwortet. Doch dann hab ich leider den Ordner auf dem Badezimmerfußboden vergessen …«

»Wo sein Inhalt dann nass geworden ist.«

»Richtig, aber ich kann es immer noch entziffern. Na ja, das meiste jedenfalls.« Sie klappte den Ordner auf und hielt Paige die Seiten darin unter die Nase. »Siehst du?« Als Paige nicht reagierte, runzelte Phoebe besorgt die Stirn. »Oh, du hast den Job nicht bekommen? Tut mir Leid für dich.«

»Aber ja, ich habe ihn gekriegt. Sechs Wochen schleuse ich nun Touristen durch die coolste Ausstellung altgriechischer Artefakte, die ich je zu Gesicht bekommen habe.«

»Mensch, Paige!«, rief Phoebe erfreut. »Das ist doch … klasse. Und warum schaust du so …?«

»Hast du mal 'ne Minute Zeit?«

Phoebe warf einen Blick auf ihre Armbanduhr. »Sicher«, log sie.

Und dann erzählte Paige ihrer Halbschwester die ganze Geschichte: angefangen von ihrem Ausflug mit Wyatt über das Zusammentreffen mit dem gut aussehenden Fremden, ihren Eindruck, dass dieser Tourist mehr von den Kräften der Welt verstand als die meisten anderen Menschen, bis hin zu ihrem unerwarteten Wiedersehen im Museumsflur.

»Du hast Recht«, musste Phoebe zugeben. »Das ist höchstwahrscheinlich alles kein Zufall. Aber warum wolltest du nicht, dass er dich sieht? Warum hast du ihn nicht begrüßt?«

»Weil ich nicht weiß, was dann noch kommt.«

»Paige …«, begann Phoebe, sichtlich um die richtigen Worte bemüht, »nehmen wir mal an, das Schicksal hat dir diesen Typen geschickt. Und das sogar zweimal hintereinander. Davor kann man sich nun wirklich nicht mehr verstecken. Du kannst ihm nicht ständig aus dem Weg gehen. Denn wenn du das tust, wirst du nie herausfinden, warum er deinen Pfad gekreuzt hat.« Eindringlich studierte sie die Miene ihrer Halbschwester. »Hey, mach dir nicht immer so viele Gedanken. Alles, was du weißt, ist, dass er jemand ist, mit dem du vermutlich irgendwann mal ausgehen wirst.«

»Aber er ist doch nur ein Tourist. Wahrscheinlich ist er längst wieder abgereist.«

»Vielleicht, vielleicht auch nicht.« Phoebe erhob sich. »Hör mal, ich hab 'nen Abgabetermin einzuhalten.« Sie klappte den Ordner wieder zu. »Doch behalte diesen jungen Mann im Auge. Irgendwas sagt mir, dass er noch nicht aus deinem Leben entschwunden ist.« Sie beugte sich über die Anrichte und kostete nun selbst von der verbotenen Soße. Anerkennend nickte sie, leckte sich die Lippen und drehte sich dann wieder zu Paige um. »Und wenn er dir noch mal über den Weg läuft, greif um Himmels willen zu! Wenn's sein muss, pack ihn an den Haaren und schleif ihn in deine Höhle!«

Paige musste lächeln. »Klingt wie einer deiner Tipps aus *Fragen Sie Phoebe*.

»So?« Phoebe schaute verwirrt drein. »Gebe ich wirklich solche Ratschläge von mir?«

»Ist schon okay«, meinte Paige. »Ich glaube, du hast Recht. Wenn ich ihn also noch mal sehen sollte, werde ich die Gelegenheit nicht ungenutzt verstreichen lassen.«

Am Morgen des kommenden Montags stieg Paige mit klopfendem Herzen die Stufen zum Museum hinauf.

Die ganze Woche hatte sie die Ausstellungskataloge studiert, jedes Stück im Internet recherchiert und es mit einem Ort, einer Zeit und einem Ereignis verknüpft. Der Peloponnesische Krieg. Die ersten Olympischen Spiele. Das Leben der Spartaner.

Sie war bereit.

Grace, die im Eingang des Konferenzraumes stand, begrüßte jeden der Neuankömmlinge aufs Herzlichste. »Paige«, rief sie. »Kommen Sie bitte herein.«

Paige betrat den Raum und war erstaunt, dass schon so viele Leute darin warteten. Um genau zu sein, sechzehn künftige

Museumsführer, die eigens für diese Ausstellung angeheuert worden waren.

»Vielen Dank, dass Sie alle so pünktlich hier erschienen sind«, begann Grace, nachdem sie die Tür zum Konferenzzimmer geschlossen hatte und auf einen Schreibtisch zuging. »Ich glaube, wir sind nun vollzählig, bis auf –«

Die Tür ging auf, und ein schüchtern wirkender, jedoch gut aussehender junger Mann schob sich herein. Verschämt lächelte er Grace an. »Sorry, bin ich zu spät?«

»Nein, nein, genau rechtzeitig. Setzen Sie sich bitte.«

Paige fühlte, wie ihre Wangen zu brennen begannen. *Er* war hier! Wieder einmal. Und der einzige freie Platz im Raum war der Stuhl direkt neben ihr! Der junge Fremde ließ sich nieder, nickte ihr freundlich zu und wandte seine Aufmerksamkeit sodann Grace zu.

»Gut«, fuhr diese fort. »Ich gehe davon aus, dass Sie alle die Zeit genutzt und sich mit dem Katalog vertraut gemacht haben. Gibt es noch irgendwelche Fragen?«

Eine junge Frau in der hintersten Reihe fragte Grace etwas zu den ausgestellten Münzen. Während die Museumsangestellte eine Erklärung dazu abgab, drehte der junge Mann langsam seinen Kopf in Richtung Paige, und in seinem Blick erschien ein Ausdruck des Erkennens. »Hey, ich erinnere mich … Sie sind doch … das Tantchen, richtig?«

Paige schenkte ihm ein dünnes Lächeln. »Sehr richtig.«

Er hob an, etwas zu erwidern, doch Grace unterbrach ihren beginnenden Dialog. »Gut. Ich möchte, dass Sie sich die Zeit nehmen, einander kennen zu lernen. Und wenn Sie keine weiteren Fragen mehr haben, würde ich gern eine Art Generalprobe machen und Sie zu einer ersten Tour begleiten.«

Merkwürdig steif und ungelenkt wanderte Paige mit den anderen durch die Ausstellung, als hätte sie urplötzlich vergessen, wie man sich fortbewegt. Sie versuchte sich zu konzentrieren, gab einige Kommentare zu einem Stück ab, das sie eingehend studiert hatte – doch ihre Anmerkungen klangen irgendwie bemüht und hölzern –, und gab sich alle Mühe, einen bestimmten jungen Mann, so gut es ging, zu ignorieren. Wobei dieser es perfekt verstand, nahezu die ganze Zeit direkt neben ihr zu gehen oder zu stehen, ohne sie auch nur eines Blickes zu würdigen.

Endlich war es Mittag. Paige setzte sich in die Museumscafeteria und wartete. Der junge Mann erschien wie erwartet ebenfalls, holte sich sein Essen an der Ausgabe ab und ließ sich einen Tisch weiter nieder. Dabei hatte er die Terrasse gut im Blick, und er schien ganz versunken in die Betrachtung des dahinter liegenden Ozeans. Paige beobachtete ihn verstohlen, studierte sein Gesicht und die Locke, die ihm in die Stirn hing. Sie war weich, hellbraun und fiel ihm dennoch immer wieder kess ins Gesicht. Sie widerstand dem Wunsch, aufzuspringen und daran zu ziehen. Stattdessen beschloss sie, die Gelegenheit – und nicht ihn selbst – am Schopf zu packen.

Sie stand auf und schlenderte in seine Richtung. Mit unbeteiligter Miene blieb sie an seinem Tisch stehen, als ob sie rein zufällig mit ihrem Sandwich vorbeigekommen wäre.

»Aha, noch immer ganz dem Ozean verfallen, wie ich sehe?«

Er sah zu ihr auf, lächelte, nickte und blickte dann wieder aufs Meer hinaus.

Sie wartete.

Wieder sah er sie an. »Sorry, möchten Sie sich vielleicht setzen?«

»Danke.« Leicht machte er es einem wirklich nicht!

Sie nahm Platz, versuchte sich zu entspannen und starrte nun ihrerseits auf den Ozean hinaus. Du liebe Güte, das konnte doch nicht so schwer sein. Sie war doch wohl noch in der Lage, ein Gespräch mit einem Mann in Gang zu bringen. »Erzählen Sie mir, was Sie sehen?«, forderte sie ihn auf.

Einige Sekunden blickte er weiter schweigend auf das Meer hinaus, dann sagte er: »Es ist weniger, was ich sehe, als vielmehr das, was ich fühle, wenn ich da hinausschaue.«

Das gefiel ihr. »Gut, dann sagen Sie mir doch, was Sie fühlen.«

»Das klingt jetzt vielleicht ein bisschen seltsam, aber letzte Woche – als Sie mich bei meinem Ministriptease auf dem Felsen beobachtet haben –, da habe ich den Ozean zum ersten Mal im Leben gesehen. Absolut erfasst, meine ich. Nicht nur einen flüchtigen Blick aus dem Bus heraus auf ihn geworfen, während man vom Flughafen kommt, verstehen Sie? Ich habe ihn und seine Präsenz wahrhaftig ... gespürt.« Er sah sie wieder an. »Wahrscheinlich kriegen Sie jetzt Angst vor mir, weil ich wie ein Verrückter daherrede und –«

»Nein«, unterbrach sie ihn. »Keineswegs. Ich habe genau verstanden, was Sie meinen.«

»Na ja, und als ich ... ihn sah, da wusste ich, ich musste bleiben. Für eine Weile zumindest. Also habe ich meine Rückkehr nach Kansas aufgeschoben, und als ich dann auch noch den Aushang mit den Jobangeboten hier im Museum sah –«

»Es gab einen Aushang mit Stellengesuchen?«

»Ja«. Er sah sie prüfend an. »Wie haben Sie denn Ihren Job hier bekommen?«

»Ähm, ich hab einfach angerufen.«

»Ach?«, entfuhr es ihm. »Egal, ich hab es jedenfalls als eine Art Wink des Schicksals verstanden. Ich wollte bleiben, ich wollte eine Arbeit am Meer, damit ich diesen Anblick, so oft es geht, genießen kann, und da kam mir dieses Stellengesuch wie gerufen.« Er senkte die Stimme. »Unter uns, ich hab nicht sonderlich viel Ahnung vom alten Griechenland. Ich könnte eine griechische nicht von einer römischen Statue unterscheiden ... ich wollte nur dort sein, wo ich zum ersten Mal die Macht des Ozeans verspürt habe, verstehen Sie?«

»Aber ... es gab doch einen ... Eignungstest?«

»Da hab ich ein bisschen geschummelt.«

»Oh.«

»Ja, der Typ, der mir diesen Fragebogen ausgehändigt hat,

verließ danach sein Büro, und zufälligerweise lagen auf seinem Schreibtisch die schon fertig ausgefüllten Testbögen der anderen Kandidaten …«

»Und das persönliche Bewerbungsgespräch? Haben Sie da etwa auch geschummelt?«

»Ob Sie's glauben oder nicht, ich hab das College dank eines Stipendiums für Leichtathletik durchlaufen. Denn ich habe … na ja, ich besitze das Talent, die Leute zu beeindrucken, während ich selbst nicht den blassesten Schimmer habe, worüber ich da gerade spreche.«

»Ich verstehe.« Der symbolische Griff um seine Stirnlocke schien sich gerade spürbar zu lockern. Sie beschloss, ihn von der Liste potenzieller Affären zu streichen. Allerdings war es nett, mit ihm zu plaudern, ihn anzusehen, und dann hatte er auch noch dieses Faible für die Magie des Ozeans. »Aber nachdem Sie den Job hatten, haben Sie sich hoffentlich den Katalog zu Gemüte geführt?«

»Das habe ich. Aber ich hab auch eine Trolley-Tour nach Alcatraz mitgemacht, immerhin bin ich auch Tourist.«

»Was, wenn Ms Stephens dahinterkommt, dass Sie eine dorische Säule nicht von einer ionischen oder korinthischen unterscheiden können?«

»Ach, das schaff ich schon, keine Sorge. Ist ja im Grunde auch ganz einfach. Da gibt's drei Modelle: schlicht, verschnörkelt und noch verschnörkelter.« Er sah sie aus seinen klaren grünen Augen an. »Aber man muss sich darüber im Klaren sein, dass sich die meisten Leute bei solchen Führungen zu Tode langweilen, wenn man ihnen mit mehr Informationen und Details kommt als nötig.«

Paige fragte sich, ob er mit dieser Einschätzung richtig lag und ob sie zu einer jener Museumsführerinnen werden würde, die die Leute mit ihren Ausführungen am Ende in die Flucht schlugen. Sie konnte nur hoffen, die Besucher würden nicht ganz so oberflächlich sein, wie er gerade behauptet hatte.

»Und …«, begann er.

Seine Augen brachten sie wieder ins Hier und Jetzt zurück.

»… Sie haben wirklich Ahnung von diesem ganzen antiken Zeug?«

»Ja, das habe ich.«

Er holte den Ausstellungskatalog hervor. »Nur damit ich nicht schon an meinem ersten Arbeitstag gefeuert werde, wären Sie vielleicht so nett und könnten mir …?«

»Klar.« Sie schaute auf die Seite mit den aufgelisteten Ausstellungsstücken und beschloss, ihm eine kurze, einfach strukturierte Einführung zu geben. »Fangen wir mal mit diesen Skulpturen hier an …«

Der Rest der Mittagspause verging wie im Flug. Paige wurde gewahr, wie nah sie ihm plötzlich gekommen war, und immer wieder bemerkte sie, wie seine warmen, wunderschönen Augen auflleuchteten, wenn er begriff, was sie gerade erklärte. Für sie waren diese Augen so etwas wie ein Indikator dafür, wann es an Zeit war, mit ihren Ausführungen fortzufahren. Und so wurde er in dem Gedanken an das, was er über die verschiedenen Säulen gesagt hatte, zu ihrem Testobjekt hinsichtlich der Frage, ob und wann sie zu sehr ins Detail abglitt.

»Sie beide scheinen mir die ambitioniertesten Neuzugänge zu sein, die wir haben.«

Paige sah auf und erblickte Grace, die unbemerkt an ihren Tisch getreten war.

»Und obwohl ich Ihren Einsatz sehr zu schätzen weiß«, fuhr Grace fort, »muss ich Sie darauf hinweisen, dass die anderen die Führung nun gern fortsetzen würden.«

»Oh.« Paige fühlte, dass sie errötete. »Sorry.«

»Hier entlang.« Grace wandte sich auf dem Absatz um und verließ die Cafeteria.

Der junge Mann sah Paige irritiert an. »Denke, wir sollten ihr wohl folgen, oder?«

»Ja. Vielleicht ist das nicht der beste Zeitpunkt für einen

Crashkurs in Sachen antikes Griechenland.« Paige erhob sich und nahm ihren Katalog an sich.

»Und wann wäre die beste Zeit?«

Paige wandte sich zu ihm, betrachtete ihn und seine Stirnlocke und traf eine Entscheidung. Sie kramte einen Stift aus ihrer Tasche und kritzelte ihren Namen und ihre Telefonnummer auf den Einband seines Ausstellungskataloges. »Rufen Sie mich an, wir finden schon eine passende Gelegenheit.«

»Danke, das werde ich tun.«

»Gut, aber wenn Sie anrufen, woher soll ich wissen, wer am anderen Ende ist?«

Für den Bruchteil einer Sekunde sah er sie verblüfft an. Dann verstand er endlich und lachte kopfschüttelnd in sich hinein. »Tut mir Leid, mein Name ist Chase.«

»Chase«, wiederholte sie, und das Gefühl, das sie überkam, während sie seinen Namen aussprach, gefiel ihr. »Ruf mich an, Chase.«

Sie wandte sich um, und ihre Wangen brannten erneut, doch diesmal nicht aus Scham. Dann kehrte sie zu Ms Stephens in die Ausstellung zurück.

3

Piper kehrte nach Halliwell Manor zurück, wobei sie Wyatt auf ihren Hüften trug wie einen Baby-Koalabären.

»Gut, dass du da bist«, begrüßte Phoebe sie. »Das Abendessen ist fertig.«

Piper setzte Wyatt in seiner Spielecke ab und wandte sich ihrer Schwester zu. »Du hast Abendessen gemacht?«

»Na ja, jetzt wo du die ganzen Nachmittage im *P3* zubringst und Paige im Museum oder in der Bibliothek mit diesem Wiehießernochgleich rumhängt, muss sich ja schließlich einer um unsere Grundversorgung kümmern.«

Piper schnüffelte in die Luft und betrat die Küche. »Riecht wie … Pizza?«

»Es *ist* Pizza«, bestätigte Phoebe. »Die beste Pizza, die man für Geld kriegen kann.«

Erstaunt wandte sich Piper zu ihr um. »Hattest nicht eben verkündet, dass du –«

»Ich habe nie behauptet, ich hätte gekocht, ich habe lediglich gesagt, ich würde mich um unsere Grundversorgung kümmern«, verteidigte sich Phoebe und folgte ihrer Schwester in die Küche. »Was ist denn bei der Prüfung der Warenbestände herausgekommen?«

Piper machte ein Geräusch wie ein erdrosseltes Tier. »Das Ganze bringt mich noch um den Verstand. Ich bin bis zu diesem Wochenende sage und schreibe *keinen* Schritt weitergekommen. Ich befürchte, ich muss einen unabhängigen Buchprüfer engagieren.«

»Hm, kostet das am Ende nicht mehr als ein paar Flaschen Premium-Tequila?«

»Deutlich mehr.« Piper klappte den Pizzakarton auf und zerteilte dessen Inhalt mit einem scharfen Messer in handliche Portionen. »Aber ich muss einfach eine Antwort finden, oder die Bücher werden bis zum Sanktnimmerleinstag falsch sein.« Sie verteilte Pizzastücke auf zwei Teller. »Ich hab sogar heute die Belegschaft des Clubs zusammengetrommelt, um ihnen meinen Verdacht mitzuteilen. Ich hab sie allerdings auch wissen lassen, dass, wenn sich der Schuldige bei mir meldet, die Sache für ihn oder sie keine Konsequenzen nach sich ziehen würde. Doch wenn ich dem Übeltäter selbst auf die Schliche kommen muss, dann gibt's nicht nur 'ne Strafpredigt, oh nein, dann folgt die fristlose Kündigung.« Piper bemerkte, dass Phoebe sie zweifelnd ansah. »Ja, ich weiß, dass ist nicht die Lösung, die du in *Fragen Sie Phoebe* vorschlagen würdest, stimmt's?«

Bevor Phoebe antworten konnte, betrat Leo die Küche. »Riecht das hier etwa nach Pizza?«, fragte er.

Piper gab ihm einen Kuss. »Hi«, sagte sie und reichte ihm einen Teller. »Hier, bedien dich.« Dann wandte sie sich wieder Phoebe zu: »Und wo ist Paige heute Abend?«

Paige stützte sich mit den Ellbogen auf dem Tisch ab und umklammerte die noch warme Kaffeetasse mit ihren Händen. Sie musste zugeben, dass sie sich, solange Chase redete, nichts sehnlicher wünschte, als förmlich in seinen Augen zu ertrinken.

Und Chase redete eine Menge.

»… Ich muss dir ehrlich gestehen«, sagte er gerade, »dass es vor allem die grandiose Baukunst ist, die ich noch immer nicht begreifen kann. Da haben die alten Griechen Gebäude und Tempel in die Landschaft gesetzt, die so unglaublich schön sind, dass es einem schier den Atem verschlägt, verstehst du? Und dann haben sie das Ganze auch noch so solide erbaut, dass wir es selbst nach zweitausendfünfhundert Jahren noch bewundern können. Das ist doch einfach … sensationell.«

Paige hatte plötzlich das Gefühl, sich wieder am Gespräch beteiligen zu müssen, und nickte. Sie wollte einfach, dass er weitersprach.

Und das tat er. »Und mit diesen Säulen wurde mein Interesse an diesem Thema erst richtig geweckt. Du erinnerst dich doch noch an unseren ersten Tag im Museum, als du meintest, ich sollte mich ein bisschen eingehender damit beschäftigen?«

Urplötzlich war Paige auf der Hut. »Ich glaube nicht, dass ich das so gemeint habe.«

»Egal. Du hast es gesagt, und ich habe es gemacht.« Er sah sie an und legte den Kopf schief. »Wusstest du, dass die ersten Säulenformen, die dorischen also, den menschlichen Proportionen nachempfunden waren? Die haben den Fuß eines Menschen gemessen, dann seine Größe, und dann haben sie festgestellt, dass das Verhältnis zwischen beidem eins zu sechs beträgt. Und da haben sie beschlossen, dieses Verhältnis auch auf ihre Säulen anzuwenden, damit es auf den Betrachter so wirkt, als ob all diese Tempel von Menschen getragen würden.«

»Ich weiß«, bemerkte sie.

»Aber dann«, fuhr er unbeirrt fort, »haben sie die ionischen Pfeiler ein wenig schlanker gemacht, also mehr wie einen Frauenkörper.«

»Ja.«

»Und dann«, sagte er, wobei er seine Handflächen über die Tischplatte in ihre Richtung bewegte, »haben sie die korinthischen Säulen noch schöner gestaltet, weil sie wohl der Tatsache Rechnung tragen mussten, dass ihr Frauen im Vergleich zu uns Kerlen einfach so viel hübscher seid.«

Paige hielt seinem Blick stand, bis sie feststellte, dass er aufgehört hatte zu dozieren, und starrte dann auf die Tischplatte. Sie widerstand dem brennenden Wunsch, seine Hände zu ergreifen, und sagte stattdessen: »Ähm … ja, aber du erwähntest eben etwas, bei dem du meine Hilfe brauchst, richtig?«

»Richtig.« Er zog seine Hände wieder zurück, öffnete einen Schnellhefter, überflog ein Blatt Papier – was Paige Gelegenheit verschaffte, ihn erneut anzustarren – und schob die Unterlagen dann zu ihr hinüber. »Hier geht es um die Rüstungen und Waffen, die wir in der Ausstellung haben«, erklärte er. »Ich habe mich mit der Kriegsführung der alten Griechen beschäftigt und dabei nach etwas Besonderem gesucht, damit ich auf meinen Führungen näher auf die Schwerter, Speere und Schilde eingehen kann. Und ich wollte wissen, ob ich dich dazu ein paar Sachen fragen kann, die ich online nicht recherchieren konnte.«

»Aber klar«, nickte Paige. Sie ließ ihren Blick durch die Cafeteria schweifen, die fast menschenleer war. Für einen öffentlichen Beweis ihrer Zuneigung zu Chase also weder ein schlechter Ort noch ein schlechter Zeitpunkt. Als sie den jungen Mann wieder ansah, lächelte er.

Der Drang, sein Gesicht in ihre Hände zu nehmen und ihn zu küssen, wurde fast übermächtig. Doch es gab gute Gründe, Zurückhaltung, ja, Vorsicht walten zu lassen. »Nur zu«, sagte sie daher. »Frag mich.«

Am nächsten Tag betrat Phoebe ihr Büro in der Zeitungsredaktion, hielt auf der Schwelle inne und lauschte einen Moment dem Hintergrundgeräusch, das von dutzenden klappernden Tastaturen erzeugt wurde. Da entdeckte sie Paige, die an ihrem, Phoebes, Schreibtisch am Computer saß. »Was machst du denn da?«

Paige drehte sich auf dem Bürostuhl zu ihr um. »Oh, hallo! Schon aus der Mittagspause zurück?«

»Ist dein Laptop kaputt?«

»Nein«, meinte Paige und starrte wieder auf Phoebes Monitor. »Dein Bildschirm ist einfach nur viel größer, die Auflösung ist besser, und deine Internetverbindung ist so viel schneller als meine lahme Downloadgeschwindigkeit.«

Phoebe trat näher heran und betrachtete das Bild der frühgriechischen Rüstung auf dem Monitor. »Hm, ich dachte immer, du wüsstest schon fast alles über das alte Griechenland.«

»Ja, das ist auch so, aber Chase interessiert sich zurzeit sehr für das Kriegswesen der alten Griechen, was eine Abteilung unserer Ausstellung ausmacht. Und er hat mir von einem Schwert erzählt, das er im Internet gefunden hat und das im Museum leider nicht zu sehen ist. Er meinte, auf dem Knauf prangt auf der einen Seite ein Bild der Medusa und auf der anderen eines von Pegasus. Und wie sich soeben herausgestellt hat, findet man so was offenbar nur auf neuzeitlichen Nachbildungen.«

»Und wirst du ihm deine Entdeckung mitteilen?«

»Ich kann ihn ja auf seinen Führungen schlecht über coole griechische Schwerter plappern lassen, die letztes Jahr in Detroit hergestellt wurden.«

»Du gibst ihm immer noch Nachhilfeunterricht?«

»Na ja, das hält sich inzwischen in Grenzen«, entgegnete Paige. »In der ersten Woche, ja, das konnte man schon mit einem Crashkurs in Sachen Antike vergleichen, aber in dieser Woche vergleichen wir eigentlich nur noch unsere Aufzeichnungen. Er studiert viel auf eigene Faust. Er ist ganz versessen auf die Schlachten der alten Griechen. Ich habe ihn darüber auf seinen Führungen sprechen hören, und so schlecht hat er es wahrlich nicht gemacht.«

»Das hat er dann wohl dir zu verdanken.«

»Teilweise ja, denke ich.«

Phoebe setzte sich auf die Schreibtischkante. »Meinst du, daraus könnte so etwas wie eine Beziehung werden?«

Paige sah zu ihrer Halbschwester auf, seufzte und richtete den Blick dann wieder auf den Monitor. »Es ist noch zu früh, dazu etwas zu sagen. Ich meine, er ist schon unheimlich süß. Diese Haare, diese Augen, dieser Kör … und, na ja, wir verstehen uns recht gut. Und er ist auch nicht auf den Kopf gefallen und sehr beharrlich, wenn er sich einmal für etwas begeistert. Und doch bin ich mir nicht sicher, was ich von der ganzen Sache halten soll.«

»Ja, deshalb hältst du uns auch ständig über ihn auf dem Laufenden, stimmt's?«, bemerkte Phoebe ironisch. »Und deshalb scheint es so, als ob du jede freie Minute in den letzten beiden Wochen mit ihm verbracht hast, sei es im Museum oder in irgendeinem Café am Strand. Du, er und das ganze griechische Zeug, das du in der Nacht zuvor aus dem Internet heruntergeladen hast. Also, mal Hand aufs Herz, was ist da los?«

Paige fuhr sich mit den Händen durchs Haar. »Okay, um die Wahrheit zu sagen, er macht mir ein bisschen Angst.«

Phoebe lehnte sich vor. »Warum?«

»Weil ... er perfekt sein könnte ... er könnte wirklich derjenige welcher sein, du verstehst?«

»Wow, Paige, das ist –«

»Ja, es scheint ziemlich ernst zu sein. Deshalb habe ich ihn euch auch noch nicht vorgestellt. Und das ist auch der Grund, warum ich... na ja, nicht normal reagieren kann.«

Phoebe beugte sich noch näher zu ihrer Halbschwester herüber. »Aber Paige, das ist genau der Fall, in dem du uns und unser Urteil brauchen könntest. Lass ihn uns kennen lernen. Und wir werden ihn mit dem *Macht-der-Drei*-Radar unter die Lupe nehmen.«

»Das gefällt mir«, gab Paige zu. »Um ehrlich zu sein, hatte ich gehofft, dass Piper und du mal ins Museum kommen würdet.«

»Ich das wirklich die beste Art und Weise, ihn kennen zu lernen? Inmitten eines Pulks von Touristen und langweiliger Altertümer?«

»Vielleicht nicht«, musste Paige zugeben, »aber das ist nicht der einzige Grund, warum ich euch gern mal vor Ort hätte.«

»So? Noch ein toller Typ, der durch die Museumsflure rauscht, und du willst, dass wir dir bei der Entscheidung behilflich sind?«

»Nein.« Paige bedachte Phoebe mit einem Sehr-witzig-Blick. »Nein, es geht da um dieses ... Ding, das wir in der Sammlung haben und das mir nicht so scheint, als wäre es nur ein Artefakt aus längst vergangener Zeit.« Sie wandte sich wieder dem Computer zu und wechselte auf die Website des Museums. Dann klickte sie sich zu einer Unterabteilung der Ausstellung durch, bis eine Seite mit mehreren antiken Exponaten zu sehen war, die auf Gestellen platziert worden waren. »Das ist jetzt kein besonders gutes Bild«, erklärte Paige und zeigte auf ein footballgroßes weißes Objekt. »Dieses Ausstellungsstück soll die antike Steinplastik eines mythologischen Dracheneis sein, doch ich kann mich des Eindrucks nicht erwehren, dass es mehr ist als das.«

Phoebe kam um den Schreibtisch herum und starrte auf den Monitor. Dann fuhr sie mit der flachen Hand langsam über den Bildschirm. »Durch ein Computerbild kann ich leider nichts Übersinnliches wahrnehmen«, sagte sie schließlich, »aber das Ding kommt mir doch etwas … unheimlich vor.«

Paige nickte. Sie fühlte sich bestätigt in ihrem Verdacht. »Könnt ihr, Piper und du, mal vorbeikommen und das Ganze vor Ort begutachten?«

»Klar, wann gehst du wieder ins Museum zurück?«

»Ich bin den ganzen Nachmittag bis fünf Uhr dort.«

»Okay, ich kann früher Feierabend machen. Danach hole ich Piper ab, und dann kommen wir zu dir, ja?«

»Danke, Süße.«

»Und jetzt raus hier«, meinte Phoebe scherzend, während sie Paige von ihrem Bürostuhl vertrieb. »Ich habe schließlich auch noch einen Job. Du erinnerst dich? Dieser Job, wo *andere* Leute mich um Rat und Hilfe bitten?«

Paige verließ die Redaktion mit gemischten Gefühlen. Einerseits war sie erleichtert, dass Phoebe ihren Verdacht hinsichtlich des Dracheneis bestätigt hatte, und andererseits machte ihr genau das große Sorgen.

Am späten Nachmittag verließ Phoebe das Zeitungsgebäude, wobei sie Piper von ihrem Handy anrief und über ihren Plan informierte. »Sag mir einfach, wo ich dich abholen soll«, sagte sie ihrer Schwester. »Wir könnten dann rechzeitig zur letzten Führung im Museum sein.«

»Ich bin im *P3*.«

»Ist Wyatt bei dir?«

»Nein, Leo passt heute auf ihn auf.«

»Piper, du klingst so bedrückt. Was ist denn los?«

Am anderen Ende entfuhr Piper ein langer Seufzer. »Ich erzähl's dir, wenn du hier bist.«

Piper stand schon vor dem Club, als Phoebe vorfuhr. »Okay«, sagte Phoebe, als Piper zu ihr in den Wagen stieg, »was ist denn passiert? Du musst nämlich wissen, dass der ganze Nachmittag im Zeichen von Paiges neuer Eroberung steht und von der Frage bestimmt sein wird, ob er der Richtige sein könnte und was es mit diesem mysteriösen Ei auf sich hat. Da ist es besser, du hast einen klaren Kopf, bevor wir im Lincoln Park eintreffen.«

Piper starrte unverwandt auf den Verkehr vor ihnen. »Ich hab das Problem mit den Büchern gelöst.«

»Wow, das ist doch toll!«

Noch immer wandte Piper ihren Blick nicht von der Straße ab. »Ja, scheint so.«

»Los, sag schon! Was ist denn los?«

»Wir haben doch vor Monaten diese neue Buchhaltungssoftware angeschafft. Die ist echt cool und spart 'ne Menge Arbeit. Na ja, und die besitzt auch eine integrierte Tabellenkalkulation, also hab ich unsere Bestellungen dort eingegeben.«

»Kann man die Geschichte abkürzen und zum guten Ende kommen?«

»Tja, also das Programm füllt die Spalte mit den Bestellungen von Woche zu Woche selbsttätig aus, damit man das nicht jedes Mal manuell wiederholen muss.«

Allmählich ahnte Phoebe, was Piper ihr klar zu machen versuchte. »Und dabei wurde eine Tequila-Bestellung fälschlicherweise immer wieder automatisch ausgefüllt?«

»Yep«, erwiderte Piper mit einem dünnen Lächeln.

»Aber das ist doch prima! Du hast das Problem gelöst und brauchst nur noch die Bestellzahlen zu korrigieren.«

Piper nickte. »So weit der einfache Teil.«

»Und der ... nicht so einfache Teil?«

»Nachdem ich die Zahlen korrigiert hatte, stellte sich heraus, dass nun *zu viel* an Einnahmen vorhanden ist.« Sie massierte sich sanft die Stirn, als wollte sie sich hinter ihrer Hand verstecken. »Du erinnerst dich an die Standpauke, die ich meinen Angestellten gehalten habe? Wie das Schicksal es wollte, hat sich einer unserer Barkeeper, Bernie, die echt zu Herzen genommen. Die in der Abrechnung fälschlich aufgetauchten Zahlen besagten nämlich, dass der Tequila immer während *seiner* Schichten ›weggekommen‹ sein musste. Und er hatte solche Angst, seinen Job zu verlieren, dass …«

Phoebe führte den Satz zu Ende: »… er die Differenz aus eigener Tasche beglichen hat, stimmt's?«

»Ja«, sagte Piper mit tonloser Stimme. »Es war allein meine Schuld, und ich habe meine Angestellten verdächtigt. Offensichtlich bin ich eine solche Sklaventreiberin, dass einer lieber klammheimlich ein Drittel seines Lohns opfert, als sich meinem Zorn auszusetzen.«

»Ach, Liebes …« Phoebe suchte nach den richtigen tröstenden Worten. Worten, die nicht wie eine jener Binsenweisheiten aus ihrer Kolumne klangen. »Du musst es ihm sagen.«

»Das habe ich bereits. Ich hab ihn wissen lassen, wie Leid es mir tut, und ihn darum gebeten, beim nächsten Problem doch direkt zu mir zu kommen, anstatt es hinter meinem Rücken lösen zu wollen.«

»Und? Wie hat er es aufgenommen?«

»Er schien erleichtert. Und er gestand mir, dass er sich bereits mit dem Gedanken getragen hat, zu kündigen, weil er es sich auf Dauer nicht mehr leisten konnte, die Fehlbeträge aus eigener Tasche zu zahlen.« Piper sah auf. »Ich hab ihm das Geld natürlich zurückerstattet, und ich denke, zwischen uns ist nun alles wieder im Lot.«

»Gut«, sagte Phoebe. »Das ist wirklich gut. Doch nun zu einem ganz anderen Thema.«

Rechtzeitig zur letzten an diesem Tag stattfindenden Tour trafen Piper und Phoebe im Museum ein. Sie nahmen an Chases Führung teil, während Paige eine andere Besuchergruppe durch die heiligen Hallen schleuste. Danach trafen die drei Hexen auf dem Museumsflur wieder zusammen. Schon beim Näherkommen sah Paige, dass Piper und Phoebe ihre Daumen anerkennend in die Luft reckten.

»Tolle Führung, die er da gemacht hat«, lobte Piper Chases Leistung.

»Ja«, stimmte Phoebe ihr zu. »Er scheint sich wirklich auszukennen. Und selbst wenn es ein bisschen langweilig werden sollte, kann man immer noch diesen tollen Typen anstarren ... Ähm, es macht dir doch nichts aus, Paige?«

Paige musste lachen. »Also stimmen wir alle darin überein, dass er absolut klasse ist, aber was sehen wir noch in ihm?«

»Potenzial«, meinte Phoebe. »Definitiv. Er könnte jemand sein, den man gern behalten möchte.«

»Und nun sage uns, was du darüber hinaus *noch* gesehen hast?«, forderte Piper sie auf. »Denn wenn ich es richtig verstanden habe, geht hier eindeutig noch was anderes vor, oder? Wäre es nicht so, würdest du dich, so wie jedes andere Mädchen auch, einfach so lange mit dem Typen verabreden, bis du weißt, ob du eine Beziehung mit ihm willst ... oder auch nicht.«

»Es ist dieses Gefühl«, sagte Paige wehmütig. »Dieser neue Vibe. Wirklich mächtig, besonders wenn ich in seiner Nähe bin. Und jedes Mal kann ich fast nicht an mich halten und möchte ihm diese Lippen förmlich aus dem Gesicht saugen.«

»Gut«, meinte Phoebe. »Entweder bist du diesem Typen hoffnungslos verfallen oder du verwandelst dich langsam, aber sicher in einen Vampir.«

»Sehr witzig.« Paiges Blick wanderte durchs Museum. »Die machen hier gleich zu. Lasst uns das Drachenei inspizieren, bevor sie euch noch hier rausschmeißen.«

Während sie weitergingen, sagte Phoebe: »Wir haben das Ei

auf unserem Rundgang gesehen. Mich hat es in seiner Nähe ein wenig gefröstelt, aber ich konnte ja schlecht im Beisein der ganzen Touristen Hand an das Exponat legen.«

»Das wird auch ohne Touristen nicht einfach sein«, meinte Paige. »Aber ich glaube dennoch, ich könnte dir zumindest einen kleinen, ähm, Kontakt verschaffen.«

»Das sollte genügen«, sagte Phoebe.

Sie betraten den Trakt der Sammlung, in dem das Ei ausgestellt war. Der Raum war abgedunkelt, sodass die einzeln angestrahlten griechischen Exponate noch beeindruckender wirkten. Das düstere Ambiente passte perfekt zu der irgendwie bösartigen Aura, die das Ei umgab. Die drei Frauen stellten sich direkt davor auf, während Piper und Phoebe noch einmal die Beschreibung auf dem kleinen Schild daneben lasen.

Da es fast die gleiche Größe und Form eines Footballs habe, hieß es dort, sei es wohl während einer speziellen Zeremonie zum Einsatz gekommen. In das glatte, aus solidem Alabaster gefertigte Ei waren Schriftzeichen aus zwei unterschiedlichen griechischen Epochen eingraviert, die ein einzelnes Bild umgaben. Es zeigte eine längliche Kreatur mit einem schlangenartigen Körper, doch mit einem Kopf, der dem eines Drachen ähnelte. Das weit aufgerissene Maul, die gespaltene Zunge, die aufgeblähten Nüstern, die wolfartigen Reißzähne und die hervorstehenden Augen legten in der Tat den Schluss nahe, dass hier eine Art Drache und keine Schlange abgebildet worden war.

»Ich glaube, die Auffassung, nach der dieses Artefakt zwei Welten überspannt, trifft es ganz gut«, bemerkte Paige. »Doch im Gegensatz zu den Archäologen, die das Steinei gefunden haben und die glauben, dass es eine Art Metapher für den Übergang des mykenischen Griechenlands in die klassische Epoche ist, befürchte ich, dass es den Übergang von der metaphysischen in die physische Welt darstellt.«

»Mit anderen Worten: den Übertritt aus der Welt der Dämonen in unsere Welt«, schloss Piper.

Während Piper und Paige weiter über das Ei sprachen, starrte Phoebe das Exponat nur an und bewegte sich dabei unbemerkt immer weiter darauf zu. Dann beugte sie sich langsam über das samtene Absperrband und streckte vorsichtig ihre Hand danach aus.

Piper, die das Ganze aus den Augenwinkeln beobachtet hatte, fuhr herum und zischte: »Vorsichtig, es scheint ja förmlich ... zu glühen!«

Näher und näher schoben sich Phoebes Fingerspitzen auf die steinerne Oberfläche des Eis zu.

»Die Ausstellungstücke bitte nicht berühren!«, donnerte eine männliche Stimme hinter ihnen.

Phoebe zuckte zusammen, doch für den Bruchteil einer Sekunde gerieten ihre Fingerkuppen in Kontakt mit der Oberfläche des Eis. Sie wich wie elektrisiert zurück, und auf ihrem Gesicht spiegelte sich der blanke Horror wider.

»Tut mir Leid, Fred«, sagte Paige rasch zu dem Museumswächter. »Gerade wollte ich ihr dasselbe sagen. Das ist meine Schwester, und sie wollte sich das Ei mal ganz aus der Nähe anschauen.«

»Anschauen ja, anfassen nein«, sagte Fred bestimmt. »Außerdem schließen wir jetzt. Ihr solltet also besser gehen.«

»Das tun wir, vielen Dank.« Paige wartete, bis Fred auf seinem Rundgang um die nächste Ecke verschwunden war, um Piper dann dabei zu helfen, Phoebe zu einer nahe gelegenen Bank zu begleiten. Mit einer sichtlich geschwächten Phoebe in ihrer Mitte nahmen die drei darauf Platz.

»Geht's dir gut?«, fragte Piper.

Phoebe rang nach Atem und schien noch immer vom Grauen geschüttelt. Sie verkrampfte die Hände ineinander und versuchte sich zu fassen, bevor sie hervorstieß: »Gut, dass ich keine Gelegenheit hatte, es in die Hand zu nehmen. Das Ding ist nicht nur abgrundtief böse, es ist überaus ... mächtig. Im Bruchteil von nur einer Sekunde habe ich ... Äonen gesehen.«

Piper schob ihrer Schwester das Haar aus der Stirn und versuchte sie zu beruhigen. »Äonen von was?«, fragte sie sanft.

»Es ist –«, Phoebe brach ab. »Es ist einfach zu viel für mich; ich kann jetzt nicht weiter darüber sprechen. Aber es scheint, dass in diesem Ei etwas ... schlummert. Vergleichbar mit einem bösen Flaschengeist in einer Öllampe. Und es harrt schon eine lange ... schier unendlich lange Zeit seiner Freilassung.«

Piper sah besorgt aus. »Dann kann man nur von Glück sagen, dass es seit der Antike in diesem Stein eingesperrt ist, oder? Klingt mir nicht wie etwas, das man unbedingt an die frische Luft lassen sollte.«

»Allerdings, aber ich habe auch einen kurzen Blick in die Zukunft tun dürfen«, sagte Phoebe tonlos. »Leute, wenn dieses Ding jemals freikommt ...«

Paige führte den Gedanken weiter: »... dann wäre es frei für ... Äonen?«

Phoebe nickte. »Und es werden Äonen voller Leid, Äonen des Grauens werden. Für alles und jeden auf dieser Welt.«

4

Piper und Paige standen auf dem Dachboden und blätterten im *Buch der Schatten*, während Phoebe in einem alten Sessel daneben saß und, in eine warme Wolldecke gehüllt, Kräutertee trank.

Paige warf ihr einen besorgten Blick zu. »Sicher, dass du in Ordnung bist?«

»Ja, mir geht's gut.« Phoebe gelang ein Lächeln. »Ich kann mich zwar nicht erinnern, nach einer Vision jemals so lange so mitgenommen gewesen zu sein, aber es geht mir schon wieder besser. Wirklich.«

Piper suchte im *Buch der Schatten* weiter stirnrunzelnd nach einem Hinweis. »Kein einziger Eintrag hier, der auch nur im Geringsten etwas mit diesem ... Dämon zu tun haben könnte.«

»Vielleicht, weil dieser Dämon so unendlich alt ist«, sagte Paige. »Immerhin wird das Alter des Eis auf etwa dreitausend Jahre geschätzt. Das ist viel älter als alle Einträge, die je in das Buch aufgenommen wurden.«

Piper warf Phoebe einen nachdenklichen Blick zu. »Wenn eine Vision so viel Schaden anrichten kann, dann dürfen wir unter keinen Umständen zulassen, dass dieser Drachendämon herauskommt.«

Phoebe nippte an ihrem Tee und nickte. »Das ist nun wahrlich ein Geschöpf, dem ich niemals persönlich begegnen möchte.«

Piper sah wieder zu Paige. »Was wissen wir denn noch über dieses Ei?«

Im Geiste ging Paige ihr Wissen über die ausgestellten Artefakte durch. »Der Stein wurde in Sparta ausgegraben und die Inschrift in eine Periode datiert, die das Dunkle Zeitalter der Griechen genannt wird. Eine Ära, die auf das bisher ungeklärte Ende der mykenischen Periode folgte und in der die ganze Zivilisation zum Teufel ging, um es mal salopp auszudrücken. Es gibt aus dieser Zeit kaum archäologische Funde, von ein bisschen Keramik mal abgesehen, und mysteriöserweise scheint es, dass Griechenland zwischen 1200 und 750 v. Chr. in eine Art schriftlose Vorgeschichte zurückgefallen ist.«

»Kann es sein, dass das Ei irgendwas mit diesem kulturellen Verfall zu tun hatte?«, fragte sich Phoebe. »Ist es möglich, dass am Ende der Dämon die Schuld am Niedergang der allerersten griechischen Hochkultur trug?«

»Und erst als die Menschen ihn schließlich in diesen Stein gebannt hatten, konnte die griechische Kultur erneut erblühen«, überlegte Paige. »Hm, das ist sicherlich eine mögliche Erklärung dafür, dass die Griechen ihre beste und ruhmreichste Zeit nach dieser Ära erlebten.«

»Was mir wichtiger erscheint als diese Geschichtsstunde«, meinte Piper, »ist die Tatsache, dass sie es überhaupt geschafft hatten ... Ich meine, dass sie herausfanden, wie man den Dämon wieder einkerkert.«

»Andererseits«, warf Paige ein, »umfasst die neuzeitlichere Gravur auf dem Ei nurmehr eine Art Gebrauchsanweisung darüber, wie man den Dämon in Schach hält.«

»Das wurde doch übersetzt, oder?«, hakte Phoebe nach. »Ja«, antwortete Paige. »Aber die Übersetzung ergibt irgendwie keinen Sinn, da eine Hälfte der Inschrift in einem tausend Jahre älteren Griechisch abgefasst wurde als der Rest.«

»Vielleicht erscheint die Übersetzung nur deshalb so unverständlich, weil die Gelehrten, die sich an der Entschlüsselung versuchten, gar nicht nach einem Dämon fahndeten?«, meinte Piper. Sie sah Paige fragend an. »Sag mal, kannst du uns diese Übersetzung nicht beschaffen? Vielleicht wissen *wir* ja etwas damit anzufangen?«

»Kann ich helfen?«

Die drei Zauberhaften fuhren herum und sahen Leo, der in der Tür zum Dachboden stand. Piper ging zu ihm hinüber und drückte ihn kurz an sich. »Wie geht's Wyatt?«

»Der schläft jetzt«, erwiderte Leo. »Woran arbeitet ihr drei hier oben eigentlich?«

Piper setzte ihn in kurzen Worten ins Bild. »Kommt dir das alles vielleicht irgendwie bekannt vor?«, schloss sie ihren Bericht.

Leo schüttelte den Kopf. »Nein.«

Phoebe stellte ihre Teetasse ab und erhob sich. »Leo, kannst du nicht mal die Ältesten auf das Thema ansprechen?«

Leo nickte. »Ja, und es scheint mir, ich sollte das umgehend tun.«

Piper schenkte ihm ein warmes Lächeln. »Umgehend klingt gut.«

Leo nickte wieder und entschwand in einer Wolke aus blauem Licht.

Paige wandte sich wieder dem *Buch der Schatten* zu. »Das Ganze scheint dem Buch so fremd zu sein, dass es uns nicht mal einen klitzekleinen Hinweis liefern kann.«

Piper schüttelte den Kopf. »Du selbst hast uns doch so viele Hinweise gegeben, Paige, dass uns das Buch vielleicht gar nicht mehr auf die Sprünge helfen muss. Und ich glaube, was du vorhin gesagt hast, bringt es auf den Punkt: Wir haben es mit einem Dämon zu tun, der älter ist als unser frühester Vorfahr und allemal älter als unser *Buch der Schatten.* Und da das, was immer in diesem Ei ist, Jahrhunderte darin zugebracht hat, bestand für keinen der Autoren auch nur die geringste Veranlassung, etwas dazu niederzuschreiben.«

»Bis heute«, ergänzte Phoebe.

»Bis heute«, bestätigte Piper.

In diesem Moment orbte Leo zurück auf den Dachboden.

»Das war aber eine kurze Konferenz«, begrüßte Piper ihn.

»Lang genug.« Leo sah die drei jungen Frauen einige Sekunden lang schweigend an und suchte nach den rechten Worten. »Ihr scheint auf der richtigen Fährte zu sein«, sagt er schließlich.

»Die da wäre?«, fragte Piper ein wenig ungehalten. »Wir

hatten um Hilfe gebeten, und nun lassen uns die Ältesten hängen?«

Leo lächelte unbehaglich. »Erinnert ihr euch noch daran, auf welche Weise die Ältesten den griechischen Pantheon, ähm, geschaffen haben?«

»Ja, klar«, rief Piper. »Die Ältesten hatten dabei nur die besten Vorsätze, aber die Dinge haben sich nicht ganz so entwickelt, wie sie es sich gedacht hatten.«

»Richtig«, sagte Leo. »Und sie gingen daran, die Ordnung wieder herzustellen …«

»Und machten dabei alles nur noch schlimmer?«, vermutete Piper.

»Richtig.« Noch immer lag auf Leos Gesicht dieses unbehagliche Lächeln. »So kann man es wohl ausdrücken.«

»Was willst du uns eigentlich damit sagen?«, fragte Phoebe. »Dass die Ältesten uns nicht helfen möchten, weil sie befürchten, dass dadurch alles *noch* schlimmer würde?«

Leo versuchte krampfhaft, die Dinge ein wenig positiver darzulegen. »Nun, sie glauben nicht, dass ihr momentan ihrer Hilfe bedürft. Ihrer Meinung nach sollte man die Dinge, ähm, den Dämon ruhen lassen, um es mal so zu formulieren.«

Paige nickte nachdenklich. »Und sie werden wohl wissen, worüber sie sprechen. Womöglich wären es erst unsere verzweifelten Bemühungen, den Dämon mit allen Mitteln in Schach zu halten, die letztlich dazu führen, dass er freikommt?«

»Klingt plausibel«, meinte Phoebe. »Wenn Nichtstun das zu verhindern mag, was ich in meiner Vision sehen musste, dann bin ich sehr fürs Nichtstun.«

»Und immerhin *war* es ja nun schon tausende von Jahren in diesem Ei gefangen«, ergänzte Piper, wie wenn sie sich selbst zu überzeugen suchte, »und daher sollten wir den Umstand, dass dieses Ei uns praktisch in den Schoß gefallen ist, am besten geflissentlich ignorieren.«

»Vielleicht reicht es ja aus«, hoffte Paige, »zu *wissen*, dass dieses schreckliche Ding da ist und dass es nur darauf wartet, jederzeit auf diese ahnungslose Welt losgelassen zu werden …« Sie brach ab und sah von Piper zu Phoebe und wieder zurück.

Piper beendete die Überlegungen ihrer Halbschwester. »Ja, vielleicht macht uns dieses Wissen zu Wächtern über diesen eingesperrten Dämon, um dafür zu sorgen, dass genau das niemals passieren wird.« Sie sah ihren Mann aus großen Augen an. »Ist das die Botschaft, die uns die Ältesten zukommen lassen wollten?«

Leo zuckte die Achseln. »Im Grunde ja.« Er trat näher an Piper heran. »Und ich meine, ihr solltet euch diesen Rat vorläufig auch zu Herzen nehmen. Sollten sich die Dinge allerdings ändern …«

Die vier sahen einander beklommen an. Sie wussten nur zu gut, was zu tun war, sollten sich die Dinge tatsächlich ändern.

Nach ihrer letzten Führung betrat Paige die bereits für die Öffentlichkeit geschlossene Museumscafeteria. Chase saß beim Fenster und starrte wieder einmal auf den Pazifik hinaus. Paige lächelte und wollte schon zu ihm hinübergehen, doch da trat plötzlich Grace Stephens an seinen Tisch.

Paige hielt inne und beobachtete, wie die beiden etwa eine Minute miteinander sprachen. Die Szene wirkte unschuldig, doch Grace war ein Profi in ihrem Beruf, und wenn sie und Chase etwas miteinander haben sollten, so war sie gewiss souverän genug, dies nicht im Museum zur Schau zu stellen. Der Gedanke ließ Paige kalt.

Nachdem Grace wieder verschwunden war, wandte Chase seinen Blick wieder dem Ozean zu, dann erhob er sich.

Als sie ihn so beobachtete, wurde Paige bewusst, dass sie ihn die ganze Zeit auf Abstand gehalten hatte und sich nun nicht mehr sicher war, warum. Und nur weil sie gezögert hatte, hatte Grace womöglich nun ihren Platz eingenommen. Plötzlich hatte Paige die Befürchtung, dass Chase ihr durch die Finger zu gleiten drohte, und sie beschloss, genau das nicht zuzulassen.

Entschlossen ging sie zu ihm. »Hallo, Chase!«

Lächelnd wandte er sich zu ihr um. »Paige.«

»Ähm …« Plötzlich wusste sie nicht mehr, was sie sagen sollte. *Sag mal, triffst du dich mit Grace?* erschien ihr bei weitem zu besitzergreifend, vor allem, da sie nicht die geringste Anstrengung unternommen hatte, ihn für sich zu gewinnen. »Ich hab dich mit Grace reden sehen. Alles in Ordnung?«

»Du wirst es nicht glauben«, platzte er heraus, und sein Lächeln wurde noch breiter. »Die Kriegsausstellung ist so beliebt geworden, dass einige Besucher in dem Gedränge die Schilde von ihren Ständern geworfen haben. Daher hat Grace mich gebeten, die Exponate noch heute ein bisschen mehr auf Abstand zu den Massen zu bringen.«

»Aha.« Paige durchlief eine Welle der Erleichterung. »Dann arbeitest du heute also länger?«

»Ja, aber das kümmert mich nicht.« Er sah ihr aus seinen unglaublichen Augen unverwandt ins Gesicht. »Stell dir vor, ich habe die große Ehre, diese Speere und diese Schilde eigenhändig berühren zu dürfen, allein das zählt. Mein Gott, ich darf ein Schwert *halten*, das vor über zweitausend Jahren von einem griechischen Soldaten in die Schlacht getragen wurde.«

»Toll.« Sie war noch immer voll der Erleichterung. »Du Glückspilz.«

»Hey, sag mal, willst du mir nicht dabei helfen?«

Das wird ja immer besser, dachte Paige. »Sicher, und danach darfst du mich auf einen Kaffee einladen, wie wär das?«

»Ich sollte dich eine Woche lang jeden Abend ins *Ritz* einladen«, meinte er. »Ich bin mir sicher, ohne deine Hilfe hätte ich diesen Job schon lange nicht mehr. Ohne dich wäre ich längst wieder zurück in Kansas. Stattdessen bin ich hier und tue etwas, das ich wirklich mag und das sich wie richtige Arbeit anfühlt. Nicht wie etwas, durch das ich mich wie üblich durchschummle.« Wieder lächelte er. »Grace kam und bat *mich*, die Exponate umzusetzen. Weißt du, was sie gesagt hat? Sie meinte, ich brächte den Ausstellungsstücken eine solche Ehrfurcht entgegen – ja, sie sagte *Ehrfurcht* –, dass sie wisse, sie könne mich ohne weiteres mit dieser Aufgabe betrauen.« Wieder strahlte er Paige an. »Und das alles nur dank deiner Hilfe.«

Einmal mehr konnte sie seinem Blick nicht standhalten und sah zu Boden. »Das ist schön zu hören«, sagte sie. »Aber das hast du sicherlich nicht allein mir zu verdanken. Ich glaube, du hattest das Potenzial für diese Arbeit schon, bevor wir uns kennen lernten, du hattest es bis dahin nur noch nicht erkannt.«

»Mag sein«, sagte er. »Aber du hast das Beste in mir zum Vorschein gebracht.«

Paige sah zu ihm auf, ihre Blicke trafen sich, und sie lächelte.

»Wie dem aus sei«, fuhr er fort, »nachdem wir die Exponate umgeräumt haben, würde ich gern etwas für dich tun, um dir meine Dankbarkeit zu beweisen.«

»Was du eben gesagt hast, war doch schon ein nettes Dankeschön.«

»Aber kein angemessenes Dankeschön.«

Paige überkam plötzlich die Vermutung, dass er auf etwas wie einen Kuss und nicht bloß auf ein gemeinsames Abendessen hinauswollte – eine Vorstellung, die sie in Wallung brachte. Sie beschloss, sich Gewissheit zu verschaffen. »Und was wäre ein angemessenes Dankeschön für dich?«

»Na ja, ich denke, dich auf einen Kaffee einzuladen, wäre schon mal ein guter Anfang.«

»Ein Anfang? Und wie würde der Rest dieses Dankeschöns aussehen?«

Er starrte sie an, und sie schmolz unter dem Blick dieser wunderschönen Augen schier dahin wie Butter in der Sonne. Sie nahm sich vor, sich nicht noch einmal zurückzuziehen, sollte er noch einmal ihre Nähe suchen, wie es am Tisch in der Cafeteria der Fall gewesen war. Diesmal würde sie seine Hände ergreifen und ihn festhalten.

»Lass uns erst mal die Ausstellungsobjekte umarrangieren«, sagte er schließlich.

Sie schlenderten durch die Museumsflure, bis sie den Kriegsraum erreicht hatten. Am Eingang blieb Chase stehen und sah sie an. »Also, wenn wir hier fertig sind und nachdem ich dich auf einen Kaffee eingeladen habe, möchte ich dich gern zu einem schicken Abendessen ausführen, das wäre dann die nächste Stufe meines Dankeschöns, wenn man so will.«

Verschiedene Gedanken stürzten auf Paige ein. Sie versuchte nicht daran zu denken, was nach dem Abendessen folgen mochte. Stattdessen kam ihr in den Sinn, wie schlecht sie für diesen Job im Museum bezahlt wurden. »Dinner wäre toll«, sagte sie, »aber es muss nichts Teures sein. Ein Sandwich in diesem Strandcafé wäre auch fein.«

Chase legte den Kopf schief und sah sie an. »Soll das dein Ernst sein? Nach all der Arbeit, die du mit mir hattest? Nach all den Recherchen, die du für mich unternommen, und all den Infos, die du mit mir eingepaukt hast?«

»So viel musste ich nun auch nicht nachlesen. In altgriechischer Geschichte kenne ich mich bekanntlich bestens aus.«

»Ach, wirklich? Erinnerst du dich, als ich mich das erste Mal mit dem Trojanischen Krieg beschäftigte? Schon am nächsten Tag hast du mir einen Haufen Informationen zur griechischen Militärgeschichte geliefert.«

Paige musste ertappt lächeln. »Okay, ich hab vielleicht ein bisschen mehr recherchiert als üblich.«

»Ein bisschen mehr?«

»Vielleicht ein bisschen mehr als mehr.« Sie grinste.

»Und dafür gebührt dir der entsprechende Dank.«

Chase betrat den Raum mit den Rüstungen. »Okay, siehst du da hinten die Absperrung mit den Klebestreifen am Boden? Grace hat mich angewiesen, die Rüstungen und Waffenregale an diesen Platz zu verrücken.«

Paige sah von den Exponaten zu den Klebemarkierungen und

wieder zurück. Wie sie feststellte, mussten nur einige wenige Stücke neu platziert werden, um im Besucherbereich deutlich mehr Raum zu schaffen. Grace hatte sich das alles perfekt überlegt. »Sieht einfach aus«, sagte sie. »Lass uns anfangen.«

Chase kam mit einer Schachtel Einweghandschuhen zu ihr. »Hier«, sagte er und hielt ihr ein Paar entgegen. »Die sollten wir anziehen, bevor wir die Exponate anfassen.«

Paige nahm die Handschuhe und musste lächeln, als sich dabei ihre Fingerspitzen berührten.

Nachdem Chase seine Handschuhe übergestreift hatte, wandte er sich dem ersten Exponat zu, einem griechischen Schild. »Ich nehme den Schild, während du den Ständer an die neue Stelle rückst, okay?«

»Klingt gut.« Nachdem er den Schild vorsichtig in die Höhe gehoben hatte, zog sie das federleichte Gestell mühelos an die neue Position. »Okay«, ließ sie ihn wissen. »Fertig.«

Chase trug den Schild an seinem linken Arm, so wie es ein griechischer Fußsoldat getan hätte, während die Finger seiner rechten Hand respektvoll über den Rahmen strichen. »Das ist so cool«, stieß er atemlos hervor. »Und das, nachdem ich erst kürzlich erfahren habe, wie sie damals ihre Schilde gehalten haben.« Er hob das antike Exponat ehrfürchtig in die Höhe. »Und wie die Reihen ihrer Kämpfer Seite an Seite in die Schlacht zogen«, er nahm einen der Speere zur Hand, »um dann mit solch einer Waffe den ersten Hieb –«

»Chase«, sagte Paige ein wenig missbilligend. »Wir sind hier, um die Ausstellungsstücke neu zu platzieren, nicht, um einen Sandalenfilm nachzustellen.«

Chase lachte leise auf. »Hey, ich warte nur darauf, dass du das Gestell für den Speer an Ort und Stelle bringst!«

Sie lächelte, schüttelte den Kopf und trug das Gestell an seinen neuen Platz. »Hier, bitte schön.«

Doch Chase stand mit Speer und Schild wie angewurzelt da, ganz in seiner eigenen Welt versunken.

»Chase, das Ding ist jetzt da, wo es hin muss.«

»Ja, Ma'am«, neckte er sie. Dann positionierte er zuerst den Schild und dann den Speer auf den Ablagen.

Darauf zogen sie weiter zu den ausgestellten Schwertern. »Bereit?« Sie nickte. Er nahm eines der Schwerter vorsichtig zur Hand, während sie die offene Vitrine mit der gefütterten Unterlage an den neuen Ort schob. Während sie dies tat, hob Chase das Schwert in die Höhe und betrachtete, wie sich das Licht in der matten Schneide spiegelte. »Dank deiner Hilfe weiß ich nun, dass solche Schwerter erst in zweiter Linie zum Einsatz kamen, und zwar nachdem die Schildverteidigung zusammengebrochen war. Dann griffen sie zu Waffen wie dieser hier, und der Kampf Mann gegen Mann begann.«

»Die Vitrine steht bereit ...« Paige versuchte diesmal, nicht allzu vorwurfsvoll zu klingen. Sie war nicht sicher, ob sie von ihm noch einmal »Ma'am« genannt werden wollte.

»Du musst mir das mal abnehmen«, erwiderte er und drehte sich zu ihr um. »Diese Dinger sind ziemlich schwer. Die alten Waffenschmiede verstanden ihr Handwerk, das muss man neidlos anerkennen.«

Sie nahm das Schwert an sich. »Ich stelle es zurück, und du holst in der Zwischenzeit schon mal das nächste, ja?«

Chase lächelte, als er sie mit dem Schwert dastehen sah. »Kannst du es denn nicht fühlen? Mit dieser Waffe hat vor langer, langer Zeit ein unbekannter griechischer Soldat gegen einen Widersacher gekämpft!« Als sie nickte, fuhr er fort: »Aber ja, du fühlst es, ich kann es dir genau ansehen.«

Und er hatte Recht. Es war weniger das Gewicht des Schwertes, das ihr schier die Sprache verschlug, als seine Herkunft. Sie trug im wahrsten Sinne des Wortes ein Stück Geschichte auf Händen, und da Chase es ebenfalls fühlte, konnte das nur heißen, dass die Aura des Schwertes von dieser Welt war. Oder es bedeutete, wie sie schlussfolgerte, dass Chase im Hinblick auf solche Dinge empfindsamer war, als sie zunächst gedacht hatte. »Ja«, sagte sie schließlich, »ich spüre es auch. Ziemlich cool.« Vorsichtig legte sie das Schwert wieder in seinen Schaukasten. »Okay, nun das letzte.« Sie wartete, bis Chase das letzte Schwert zur Hand genommen hatte, dann verschob sie auch dessen Schaukasten an die neue Stelle.

»Ohne dich hätte ich all das niemals erleben dürfen«, sagte er, während er die Waffe nachdenklich in seinen Händen wog. »Nie hätte ich gedacht, dass etwas so Altes mich so sehr antörnen könnte.«

Sie konnte sich ein Lächeln nicht verkneifen, als sie ihre Hände ausstreckte und ihm das Schwert abnahm.

Ihr erster Eindruck von ihm war also richtig gewesen, entschied sie. Der Chase, der in der Lage war, die Macht des Ozeans zu fühlen, war wie sie selbst auch im Stande, den Zauber zu verspüren, der von diesen uralten Waffen ausging. Und was seine andere Seite betraf, die »Ich-schummel-mich-durchs-Leben«-Seite, nun, das war jetzt nicht mehr so wichtig. Ja, heute Abend war definitiv der richtige Zeitpunkt, um ihn wissen zu lassen, dass sie sich mehr Nähe zu ihm wünschte.

Während sie noch immer mit dem Schwert in der Hand dastand und über all das sinnierte, ging Chase langsam auf den Ständer mit dem angestrahlten Alabasterei zu. »Ich schätze, das Ding soll auch ein Stück zurückgesetzt werden, nicht?«

Ihr Kopf ruckte herum, und tatsächlich, hinter dem ausgestellten Ei war auf dem Boden mit Klebestreifen ein neuer Standort markiert worden. Das war nicht gut, ganz und gar nicht gut … »Ähm, warte!«

»Keine Sorge, das Ding ist nicht halb so schwer wie die Schwerter und Schilde. Das ist in zwei Minuten erledigt, dann können wir gehen.« Er machte Anstalten, das Ei von dem Ständer zu heben.

»Chase, lass mich das machen.«

»Wie denn?« Er sah sie verwundert an. »Du hast ja immer noch das Schwert in der Hand. Leg es an seinen angestammten

Platz, dann machen wir das hier zusammen.« Paige beobachtete wie in Zeitlupe, wie er das Ei umfasste und anhob.

»Chase, nicht!« Sie machte ein paar Schritte auf ihn zu, um ihn davon abzuhalten.

Wieder sah er sie verwundert an. »Alles klar. Jetzt leg endlich das Schwert weg und zieh den Ständer an seinen Platz.« Er blickte auf das Ei in seinen Händen, während seine Finger sachte über die Gravuren auf der Oberfläche strichen. »Hey, scheint, als ob da steht: *›Eklutos … prolegô … anoixis … ôioskuphion … agnôstos‹*, was so viel heißt wie: ›Äußerste Vorsicht beim Öffnen des eiförmigen Objekts‹« Er schüttelte verwundert den Kopf. »Wow, ich wusste gar nicht, dass ich das lesen kann.«

»Chase, stell das Exponat sofort auf den Ständer zurück!« Mit der rechten Hand versuchte sie nach dem Ei zu greifen, während sie mit der linken immer noch das Schwert umklammert hielt.

Doch es war schon zu spät. Das seltsame Leuchten, das das Ei schon die ganze Zeit umgeben hatte, wurde stärker, und die eingravierten Worte an seiner Oberfläche begannen seltsam zu glimmen. Chase wurde leichenblass, doch er fuhr fort, die Inschrift zu rezitieren: *»›Exôthen, alexô achrêstos artitokos ethnos …‹«*

In aufsteigender Panik kramte Paige im Geiste ihre Griechischkenntnisse hervor. »›Endlich erhalte ich … einen neuen Körper‹?« Sie versuchte, ihm das Ei zu entreißen. »Stopp! Hör auf damit, sofort!«

Doch das Ei schien in seinen Händen wie festgewachsen zu sein. Er sah sie mit angsterfülltem Blick an. »Ich kann überhaupt kein Griechisch«, stieß er hervor. »Ich habe keine Ahnung, was ich da eigentlich sage.«

»Dann hör auf, überhaupt irgendwas zu sagen!«

»Ich kann nicht!«

Er fuhr mit der mysteriösen Beschwörung fort, ein Schwall aus griechischen Satzgebilden, die zu komplex für Paige waren, als dass sie etwas davon verstand. Gleichzeitig glühte die Inschrift auf dem Ei weiß auf.

Und dann hörte sie es. Ein Knacken, ein Krachen. Das Ei sprang auf; und aus der bemerkenswert glatten Bruchstelle schoss ein blendender Blitz. Paige wandte sich instinktiv ab und hob zum Schutz das Schwert vor ihre Augen. Doch Chase war von dem gleißenden Licht komplett eingehüllt. Eine kleine Wolke aus Rauch oder Dampf entstieg dem Ei und kräuselte sich Richtung Decke. Dort nahm der Brodem für einen Moment die Gestalt des Drachen an, der auf der Außenseite des Eis abgebildet war, bevor er blitzschnell in Chases Körper eindrang. Das schmerzhaft helle Licht erlosch, und Chase sank reglos zu Boden; in jeder Hand hielt er noch immer eine Hälfte des zerbrochenen Eis.

Als Paige langsam näher kam, erhob sich die unheimliche Wolke erneut in die Luft; diesmal schien sie jedoch direkt aus Chase selbst zu kommen. Paige traute ihren Augen kaum, als sie sah, dass der Nebel nun die Gestalt von Chase annahm und zu einer exakten Kopie ihres Freundes und Kollegen wurde.

Das Double schaute auf den noch immer am Boden liegenden Chase herab, verschränkte die Arme vor der Brust und sagte: »*Dokimos meropêios phroura.*«

Paige, noch immer wie vom Donner gerührt, übersetzte im Geiste seine Worte: »›Akzeptabler menschlicher Körper‹?«, fragte sie fassunglos.

Zum ersten Mal nach seiner Manifestation sah der Dämon nun Paige an. Zuerst wiederholte er seine Bemerkung auf Griechisch, dann wiederholte er stockend ihre Worte auf Englisch: »Akzeptabler Körper.«

Ohne Vorankündigung griff er nach ihr und hob seine Fäuste, wie um nach ihr zu schlagen. Paige schaffte es in letzter Sekunde, das Schwert vor sich zu halten, sodass der Dämon sich selbst damit aufspießte. Er tat einen Schritt zurück, und Paige zog das Schwert aus seinem Leib, um es sofort wieder gegen ihn zu richten.

Doch schon sank der Dämon tödlich verwundet auf die Knie. Immer wieder presste er die Hände auf die Stelle an seinem Bauch, wo das Schwert ihn durchbohrt hatte. Dann sah er zu ihr auf, und bevor er gänzlich zusammenbrach, flüsterte er: »*Efkaristo.*«

Paige stand reglos da. Verwirrt versuchte sie sich das Gesagte zu übersetzen. »›Danke‹?«

Der Dämon nickte und schenkte ihr ein schwaches Lächeln. »Danke …«, wiederholte er. Dann schloss er die Augen, und es wurde still im Museum.

Paige eilte zu Chase und ließ noch im Laufen das Schwert fallen, bevor sie neben ihm niederkniete. »Chase? Kannst du mich hören?« Sie suchte nach seinem Puls. In grenzenloser Erleichterung stellte sie fest, dass er noch lebte.

Plötzlich vernahm sie in ihrem Rücken ein Grunzen. Hinter ihr schien wieder Leben in den Dämon zu kommen. Paige hörte ein Geräusch, das klang, als ob er sich wieder erhob. Entsetzt fuhr sie herum, und ihr Entsetzen wurde noch größer, als sie sah, dass sich der Körper des Dämons nun von unten nach oben in zwei Hälften teilte. Sie hörte Muskeln, Sehnen und Fleisch reißen, Knochen und Rippen brechen … Als Letztes wurde der Kopf des Dämons in zwei säuberliche Teile zerlegt, als ob eine unsichtbare Hand ihm eine Axt in den Schädel gerammt hätte.

Noch ehe sich Paige von ihrem Schock erholen konnte, begannen sich die beiden Körperhälften wieder in je einen kompletten Körper zu verwandeln, sodass aus dieser schrecklichen Metamorphose schließlich zwei identische Dämonen hervorgehen würden.

Als Paige begriffen hatte, was sich da gerade vor ihren Augen abspielte, ging alles rasend schnell. Sie sprang auf und griff nach dem Schwert am Boden. Dann rannte sie zu einem der beiden Dämonen, der noch immer im Begriff war, seine zweite Hälfte zu komplettieren, und rammte ihm das Schwert in die Brust. Dann stemmte sie einen Fuß in seinen Unterleib und zog die Waffe wieder aus seinem Körper. Doch diesmal war weder eine Verletzung an ihrem Gegner zu erkennen noch war das Schwert besudelt. Es war, als hätte sie die Klinge in einen Klumpen Ton gestoßen und nicht in einen Leib aus Fleisch und Blut. Ein Loch in einem Körper aus Ton, das sich nun von selbst wieder schloss, als wäre nichts gewesen …

Hinter ihr regte sich der zweite Dämon. Ein hämisches Glucksen verließ seine Kehle. »Danke …«, knurrte er, als er auf sie zukam und nach dem Schwert greifen wollte.

Instinktiv umfasste Paige den Knauf der schweren Waffe mit beiden Händen und hievte sie mit aller Kraft über ihren Kopf, um mit einem kräftigen Seitenhieb zuzuschlagen. Die Schneide traf auf den Hals des Dämons und enthauptete ihn mit einem Schlag. Der Kopflose sank im selben Moment zu Boden.

Schwer atmend rannte Paige wieder zu Chase, während der unverwundbare Dämon grinsend zusah, wie sein kopfloses Gegenstück sich abermals in zwei identische Kopien seiner selbst teilte. Alsbald standen drei Dämonen in dem Ausstellungsraum, und sie kamen langsam, aber sicher auf Paige und den noch immer bewusstlos daliegenden Chase zu.

Die junge Hexe wusste, was sie zu tun hatte. Und anstatt erneut zu versuchen, einen der Dämonen zu töten, ließ sie das Schwert fallen, schnappte sich die beiden Hälften des Alabastereis, ergriff die Hand des Ohnmächtigen und orbte sich und Chase aus dem Museum.

5

Mit Chase im Schlepptau materialisierte Paige im Wohnzimmer von Halliwell Manor. Dort abgekommen, ließ sie die beiden Eihälften fallen und hatte gleichzeitig ihre liebe Not, mit dem noch immer bewusstlosen Chase im Arm nicht ebenfalls zu Boden zu stürzen. »Piper!«, rief sie. »Phoebe! Hilfe!«

Piper kam aus der Küche ins Wohnzimmer gerannt. »Ach, du liebe … Was in aller Welt ist passiert?«

»Chase hat das Ei in die Hand genommen«, stieß Paige hervor, »und dabei irgendwie den Dämon befreit!«

Phoebe kam ebenfalls ins Zimmer gehetzt. »Er hat *was* getan?«

Die drei Zauberhaften betteten Chase auf die Couch und deckten ihn mit einem wärmenden Plaid zu, während sie weitersprachen.

»Ich hab keine Ahnung, wie das passieren konnte«, sagte Paige. »Ehrlich nicht … Und wir haben auch keine Zeit, uns darüber den Kopf zu zerbrechen.« Sie sah zu Phoebe. »Kannst du bei Chase bleiben und dich um ihn kümmern?« Phoebe nickte, und Paige wandte sich an Piper. »Du und ich, wir müssen … dieses Ding aufhalten, bevor alles nur noch schlimmer wird.«

»Moment mal, bevor ihr von hier verschwindet!«, rief Phoebe dazwischen. »Womit haben wir es eigentlich zu tun?«

»Mit einem Dämon, der sich vervielfältigen kann«, erklärte Paige. »Sobald man ihn tötet, teilt er sich, und man hat es mit zweien seiner Sorte zu tun. Und auch die Methode, mit der man den ersten Dämon getötet hat, funktioniert bei ihm und seinen Klonen dann kein weiteres Mal mehr. In meinem Fall konnte das Schwert bei meinem zweiten Versuch, den Dämon zu töten, ihm nichts mehr anhaben … Er blieb unverletzt!«

»Na prima«, knurrte Piper. »Klingt, als ob da 'ne Menge Spaß auf uns zukommt.«

»Wir müssen zurück ins Museum!«, drängte Paige. »Bevor es, ich meine, bevor *sie* noch eine der Wachen verletzen. Und bevor es uns entwischt. Stellt euch nur mal vor, dieses Ding schafft es ins Freie und läuft in der Stadt Amok, und die Polizei versucht es zu erschießen oder so … Dann haben wir da draußen in kürzester Zeit mehr Dämonen rumlaufen, als wir bewältigen können!« Sie ergriff Pipers Hand, und schon waren die beiden in einem Strudel aus Licht verschwunden.

Im Bruchteil einer Sekunde materialisierten sie im Museum und bekamen gerade noch mit, wie einige Wachleute in Richtung Militärausstellung rannten. Mit einer knappen Handbewegung fror Piper die Männer an Ort und Stelle ein. Dann schloss sie die Augen und hob erneut ihre Hand, um eine langsame, weit ausholende Bewegung auszuführen. Mit Blick auf Paige erklärte sie: »Das sollte auch alle anderen, die sich noch im Museum aufhalten, einfrieren.« Argwöhnisch blickte sie sich um. »Wo ist denn nun der Dämon?«

»Du meinst, die *drei* Dämonen.«

»Richtig.«

Paige drehte sich langsam im Kreis, um die böse Aura, die von ihren Widersachern ausging, zu erspüren. »Nicht mehr hier«, meinte sie schließlich. »Zumindest nicht mehr in unserer Nähe.«

»Okay.« Piper dachte einen Moment nach, während ihr Blick über die Verwüstung schweifte, die hier offenbar angerichtet worden war. »Lass uns Schadensbegrenzung betreiben und irgendwie versuchen, ihn zu finden.« Sie verbesserte sich sofort: »*Sie* zu finden.«

»Ich muss hier aber erst mal dringend aufräumen«, meinte Paige. »Gott sei Dank weiß ich, wie die Ausstellung am Ende aussehen soll.« Sie spähte hinauf zu der Beobachtungskamera unter der Decke. »Kannst du die Videobänder an dich nehmen? Die müssten …«

»… im Rekorder im Sicherheitsbüro stecken, ich weiß.« Piper

ließ ihren Blick über die Gesichter der eingefrorenen Wachmänner schweifen, die alle außerordentlich besorgte Mienen zur Schau trugen. »Selbst wenn wir die Aufzeichnungen verschwinden lassen, wird das alles hier nur schwer zu vertuschen sein.«

»Eins nach dem anderen«, meinte Paige. Sie schnappte sich die Box mit den Einmalhandschuhen. »Hier«, sagte sie zu Piper. »Zieh ein Paar davon an. Das Letzte, was wir gebrauchen können, sind unsere Fingerabdrücke überall im Museum.«

Piper nickte und tat, wie ihr geheißen. Dann ging sie hinüber zum Sicherheitsbüro, während Paige die Ausstellungsstücke wieder sorgfältig an ihre vorgesehenen Positionen zurückstellte.

Kurz darauf betrat sie ebenfalls den Sicherheitsbereich. Eine weibliche Wachperson stand reglos in einer der Ecken; auf ihrem Gesicht lag ein Ausdruck höchster Konzentration. Die Augen der Frau waren auf einen der Monitore gerichtet. Dort war die Tafel mit der Geschichte des Alabastereis zu erkennen sowie drei zur Salzsäule erstarrte Wächter. Paige nickte Piper anerkennend zu. »Alle im Museum – nicht, dass es allzu viele wären, die sich jetzt noch hier rumtreiben – sind eingefroren, gute Arbeit, Schwester.«

»Alles nur eine Frage der Übung«, gab Piper zurück. »Ich bin mit den Jahren nicht unbedingt perfekt, aber doch deutlich besser geworden als zu unseren Anfangszeiten.« Sie deutete auf das Regal mit den Aufzeichnungsgeräten. »Soweit ich es überschauen kann, wird der Blick auf das Ei mit drei Kameras festgehalten.« Sie hielt drei Videobänder in die Höhe. »Und die habe ich an mich genommen.«

»Dann lass uns jetzt von hier verschwinden. Je schneller du die Zeit weiterlaufen lässt und die Leute hier wieder freigibst, umso besser.«

»Je schneller wir den Dämon, ähm, die Dämonen finden, umso besser.« Piper sah ihre Halbschwester stirnrunzelnd an. »Und was ist mit diesem Ei? Ich meine, die werden doch in Sekundenschnelle feststellen, dass es nicht mehr da ist.«

»Richtig«, erwiderte Paige. »Aber wir werden es brauchen, wenn wir herausfinden wollen, wie man diesem Dämon das Handwerk legt.«

»Auch wieder wahr.« Piper hielt die Aufzeichnungsbänder in die Höhe. »Warum bringst du die nicht rasch nach Hause und in Sicherheit? Ich treffe dich dann vor dem Museumseingang.«

Paige nickte und verschwand in einem Strom aus Licht, während Piper Richtung Ausgang lief.

Nachdem sie das Museum verlassen und den Park betreten hatte, hob sie ihre Hand und ließ die Zeit weiterlaufen. Sie war sicher, die drei Wachen würden umgehend bemerken, dass irgendwas nicht stimmte, doch sie hatte jetzt keine Zeit, sich darüber Gedanken zu machen. Langsam wandte sie sich um und versuchte herauszufinden, welchen Fluchtweg die Dämonen wohl eingeschlagen hatten.

Paige materialisierte wieder im Wohnzimmer, legte rasch die Videobänder auf den Tisch und wandte sich zu Phoebe um, die noch immer bei Chase auf der Couch saß. »Wie geht es ihm?«

Phoebe sah auf. »Die gute Nachricht: Er ist wieder wach.« Sie sah zu Chase. »Und die schlechte Nachricht: Er ist gelähmt. Kann nichts bewegen, bis auf die Augen, also zwinkert er mir die ganze Zeit nur zu.« Wieder blickte sie Paige an. »Aber ich bin mir ziemlich sicher, dass er alles versteht, was ich sage, wenngleich ich bezweifle, dass er auch nur ahnt, was hier vor sich geht.«

Paige kniete neben Chase nieder und sagte zu ihm: »Wenn du mich verstehen kannst, dann blinzel jetzt bitte zweimal.«

Chase blinzelte einmal, und dann noch ein weiteres Mal.

»Gut.« Sie strich ihm sanft über den Handrücken. »Kannst du das spüren?«

Er blinzelte zweimal.

Sie nickte und lächelte. »Gut.« Wieder berührte sie sanft seine Hand. »Erinnerst du dich daran, was passiert ist?«

Einen Moment lang reagierte Chase nicht, seine Augäpfel bewegten sich langsam hin und her, als ob er sich etwas ins Gedächtnis zu rufen versuchte. Dann blinzelte er, jedoch nur einmal.

Paige nickte. »Schon okay. Wir werden gut auf dich aufpassen. Mach dir keine Sorgen.« Sie erhob sich, entfernte sich von der Couch und gab ihrer Halbschwester zu verstehen, ihr in die Küche zu folgen.

Dort angekommen, flüsterte Paige ihr zu: »Glaubst du, er hat gesehen, wie ich hierher georbt bin?«

»Schwer zu sagen, was er sehen oder hören kann«, gab Phoebe ebenfalls mit gesenkter Stimme zurück.

Paige warf einen besorgten Blick in den Wohnraum. »Ich muss jetzt wieder zurück. Piper sucht schon nach dem Dämon.«

»Also ist er uns entwischt?«

»Ja.«

Phoebe fröstelte. »Irgendetwas sagt mir, dass ihr nicht lange suchen müsst, um ihn zu finden. Folgt einfach dem Pfad der Zerstörung ...«

»Ich hoffe, wir stöbern ihn auf, bevor es so weit kommt.«

»Viel Glück«, sagte Phoebe, doch sie wirkte keinesfalls hoffnungsfroh.

»Ich werde deine Vision jedenfalls nicht vergessen«, meinte Paige. »Wir werden alles in unserer Macht Stehende tun, den Dämon zu besiegen, bevor es vielleicht zu spät ist.« Sie warf einen prüfenden Blick hinüber zur Couch. »Kannst du derweil hier bei Chase bleiben?«

»Sicher. Ich recherchiere in der Zwischenzeit im Internet. Vielleicht finde ich ja doch einige hilfreiche Infos über dieses Ei.«

»Gute Idee.« Ihr Blick wanderte abermals zu Chase. »Ich würde wirklich gern bei ihm bleiben, aber ich muss jetzt zurück, bevor –«

»Keine Sorge, ich bin ja hier«, sagte Phoebe. »Und jetzt beeil dich!«

Paige nickte und verschwand dann so schnell, wie sie gekommen war.

Sie materialisierte lautlos im Lincoln Park, direkt neben Piper. »Gibt's was Neues?«

Piper schüttelte den Kopf. »Alles ruhig hier, fast wie ausgestorben. Was angesichts eines so schönen Sommerabends irgendwie seltsam ist, findest du nicht?«

Paige sah sich um. Piper hatte Recht. Es war wirklich schön hier. Die Sonne war gerade im Begriff unterzugehen, doch es würde noch etwa zwei Stunden hell bleiben. Es war auch deutlich wärmer als an dem Tag, an dem Paige mit Wyatt Land's End besucht hatte. Dem Tag, an dem sie Chase zum ersten Mal begegnet war. Das lag nun schon über drei Wochen zurück.

»Ich vermute, was Phoebe sagte, stimmt«, murmelte sie. »Es scheint, das Schicksal hat mich wirklich dazu auserkoren, Chase über den Weg zu laufen. Allerdings kann ich nicht glauben, dass es wollte, dass ich Chase so viel über altgriechische Geschichte beibringe, damit er am Ende einen schrecklichen Dämon freisetzt.«

Piper legte ihr beruhigend eine Hand auf die Schulter. »Wohl eher eine weitere Ironie des Schicksals, wie schon so häufig in unserem Leben als Zauberhafte.«

Paige sah auf ihre Uhr. »Es ist fast sechs, also immer noch Rushhour. Und irgendwo da draußen ist ein Dämon, genauer gesagt drei Dämonen, die unsere Sprache nicht sprechen, bis auf die Worte ›akzeptabler Körper‹ und ›danke‹.« Als sie Pipers verständnislosen Blick sah, versetzte sie: »Das erkläre ich dir später.« Sie holte tief Luft. »Für den Moment sollten wir herauszufinden versuchen, warum sich niemand in diesem Teil des Parks aufhält.«

In diesem Augenblick hörte Piper das *Flupp-Flupp-Flupp* von Rotorblättern über sich. Sie sah nach oben und entdeckte einen Notfallhelikopter, der am anderen Ende des Parks seine Kreise zog. »Ich habe den Verdacht«, meinte sie und deutete auf den Hubschrauber, »dass unsere Dämonen da hinten sind.«

Paige nickte, und schon rannten die beiden Hexen quer durch den Park dem Ausgang entgegen.

Als sie am anderen Ende des Areals eintrafen, sahen sie schon von Ferne alle Anzeichen eines Autounfalls auf der Straße. Die beiden beteiligten Wagen waren so schlimm ineinander verkeilt, dass der nachfolgende Verkehr in den Park zum Erliegen gekommen war. Mit einem raschen Blick checkten die beiden den Ort des Geschehens. Sie sahen einen Krankenwagen, Polizisten, die den Verkehr umleiteten, einige Fernsehkameras, Schaulustige ...«

Piper runzelte die Stirn. »Das sieht alles so ...«

»... normal aus?«, fragte Paige.

Piper nickte. »Unsere Dämonen sind mit Sicherheit nicht hier.«

»Und jetzt?« Paige sah sich frustriert um. »Sollen wir nach Hause gehen und Nachrichten schauen und darauf warten, bis die dämonischen Drillinge die Stadt in Schutt und Asche legen?«

Paige musterte die gaffende Menge. »Ich denke, genau das werden wir wohl tun müssen.«

In Halliwell Manor sah Paige zuerst einmal nach Chase, der gnädigerweise eingeschlafen war. Behutsam deckte sie ihn zu und wandte sich dann Phoebe zu, die vor ihrem Laptop saß und Seiten mit Informationen über das Ei ausdruckte. »Und, hast du was Interessantes gefunden?«, fragte Paige.

Phoebe deutete auf den Stapel Ausdrucke, die bereits fertig sortiert neben dem Drucker lagen. »Das sind alle Informationen aus unserem Museum, dazu ein paar Seiten von der Homepage eines Athener Museums. Das Ei ist eine ständige Leihgabe aus Griechenland.« Sie sah Paige fragend an. »Aber ehrlich gesagt, ich verstehe kein Wort von dem, was da steht.«

Paige nahm die ersten Ausdrucke an sich und überflog sie. »Gute Arbeit«, lobte sie Phoebe. »Die Erläuterungen aus Griechenland sind viel ausführlicher als die in unserem hiesigen Archiv.« Sie las ein wenig weiter, dann ging sie hinüber zu Piper, die mit gerunzelter Stirn die beiden Eihälften studierte. »Wenigstens glühen sie jetzt nicht mehr«, bemerkte Paige.

»Welche Energie diesem Objekt auch immer innegewohnt haben mag«, sagte Piper, »sie ist nun in diesem Dämon, da bin ich sicher.«

Paige nahm die Eihälften, wog sie auf den Handflächen und hielt sie dann unter das Licht einer Stehlampe. Sie setzte die beiden Teile wieder zusammen und versuchte sich erneut an der Entschlüsselung der Inschrift. »Das ist komisch«, meinte sie plötzlich.

»Was?«

Phoebe gesellte sich zu ihnen, bevor Paige die erste Inschrift laut übersetzte: »›Dies ist das Ei des Drachen‹«, begann sie, dann drehte sie das Exponat herum und machte sich daran, die andere Seite zu entziffern: »›Der Drache darf niemals schlüpfen‹.« Dann nahm sie Phoebes Ausdrucke zur Hand. »Es gibt einige merkwürdige Dinge bezüglich der Gravur auf dem Ei, die von der Wissenschaft nie ganz geklärt werden konnten«, berichtete sie.

»Und zwar?«, wollte Piper wissen.

»Das erste, offensichtliche Rätsel besteht in der Sprache.« Ihre Finger glitten über die Worte *Dies ist das Ei des Drachen.* »Dieser Satz ist in einem tausend Jahre älteren Griechisch verfasst worden als der auf der anderen Seite des Eis, der bekanntlich lautet: *Der Drache darf niemals schlüpfen.*

»Klar«, meinte Piper. »Tausend Jahre älter. Böser, böser Drache. Das wissen wir doch schon.«

»Na ja, aber die Archäologen haben sich immer schon gefragt, warum jemand ein bereits damals uraltes Alabasterei aufs Neue beschriftet haben mag.«

Piper nahm den nächsten Gedankengang vorweg. »Aber *wir* wissen jetzt, dass die zweite, neuere Inschrift als Warnung gemeint war.«

»Sehr richtig«, nickte Paige und vertiefte sich noch einmal in die Computerausdrucke. »Und die Archäologie hat sich auch immer gefragt, warum dabei das Wort ›Drache‹ wiederholt wurde.

Manche vermuteten, damit könnte *Drachen*, also Drache im Plural gemeint sein.«

»Also könnten auch zwei Drachen gemeint gewesen sein«, vermutete Phoebe.

»Oder auch mehr als zwei.« Paige las noch einmal die in den Stein getriebenen Worte. »Und auch der Begriff ›schlüpfen‹ gab Rätsel auf. Einige Experten glaubten, man könne ihn auch mit ›freilassen‹ übersetzen.«

»Gut möglich, dass es für die Wissenschaft keinen Sinn ergibt«, sagte Piper, »für mich ergibt das alles einen ziemlich schrecklichen Sinn.«

Phoebe wollte etwas sagen, doch Piper bedeutete ihr, ruhig zu sein. »Halt dich da mal besser raus, okay?«

»Verstehe«, meinte Phoebe. »Ihr beiden betreibt gerade Grundlagenforschung, wenn man so will.«

»Noch mal zurück zu dem Wort ›Drache‹.« Paige deutete erst auf die eine Hälfte des Eis, dann auf die andere. »Seht ihr, diese Schriftzeichen hier bedeuten ›Drache‹ in altgriechischer Sprache.« Sie setzte die Eihälften zusammen und fuhr mit den Fingern über die Gravuren. Der Bruch ging genau durch die Mitte des Wortes. Dann drehte sie das Objekt um. »Und das Wort hier auf der anderen Seite bedeutet auch ›Drache‹, allerdings, wie man es im tausend Jahre jüngeren Griechenland schrieb.«

Piper fixierte das Ei. »Seht nur, der Bruch geht genau mittendurch! Er verläuft auf jeder Seite genau durch das Wort ›Drache‹!«

»Ja«, bestätigte Paige. »Und wenn ich die beiden Hälften nun auseinander nehme«, sie tat genau dies, »dann ergeben die beiden Teile des Wortes ›Drache‹ je ein neues Wort!«

Piper beugte sich tiefer über die beiden Eihälften. »Und was bedeuten diese neuen Worte?«

Paige nahm ihr Griechischwörterbuch zur Hand und begann darin zu blättern. »Sollte möglich sein, das herauszufinden«, murmelte sie.

Während Paige ein Lexikon nach dem anderen konsultierte, starrte Phoebe auf den beachtlichen Bücherstapel zu Füßen ihrer Halbschwester. »Das ist unglaublich, du hast dir ja 'ne ganze Bibliothek zugelegt, nur um diesem Typen zu imponieren.«

»Psssst«, zischte Piper vorwurfsvoll. »Chase ist gelähmt, aber nicht taub. Und er liegt gleich da drüben.«

»Sorry.«

In diesem Moment sah Paige wieder zu den beiden auf. »Also«, begann sie, »das macht die ganze Sache noch viel interessanter, wenn ihr mich fragt.«

Piper seufzte. »Los, spuck es schon aus, was bedeuten die beiden neuen Wörter?«

»›Rasende Hydra‹.«

»Hydra auf Zerstörungstrip?« Piper versuchte sich zu erinnern. »War die Hydra nicht das Monster, dem jedes Mal zwei Köpfe nachwuchsen, wenn man ihm einen abgeschlagen hatte?«

»Ja«, sagte Paige, die sich wieder mit dem Ei beschäftigte. »Und schaut euch mal das hier an!« Sie deutete auf die Schuppen des Drachen, dessen Bildnis ebenfalls auf der Oberfläche eingraviert worden war. »Seht euch das genau an. Könnt ihr auch erkennen, dass jede Schuppe wie ein kleiner Drachenkopf aussieht, der sich gerade hervorschlängelt?«

Piper starrte auf den Stein. »Stimmt!« Sie musterte die Schuppen eingehender. »Meine Güte, das müssen hunderte von Drachenhäuptern sein!« Sie verstummte einen Moment, und dann: »Da hat jemand sehr viel Mühe darauf verwendet, diese winzigen Details in den Stein zu gravieren, so viel steht fest. Ich bin mir sicher, das soll uns etwas sagen.«

»Und wie«, fragte Paige, »sollen wir erklären, dass demnächst womöglich hunderte von Chases durch die Stadt marodieren?«

Phoebe sah auf ihre Armbanduhr. »Gutes Stichwort, die Nachrichten fangen gleich an.«

Piper ging zum Fernseher und schaltete ihn ein. Soeben verkündete der Nachrichtensprecher, dass direkt nach der Werbepause ein Bericht über einen spektakulären Diebstahl im Kunstmuseum folgen würde.

»Ach herrje.« Paige kam zu ihren Schwestern und setzte sich neben sie. Über all den Sorgen wegen des Dämons hatte sie an den Raub des Eis gar nicht mehr gedacht.

Die Werbepause endete, und der Nachrichtensprecher kam wieder ins Bild. Wie auf Kommando beugten sich die drei Hexen gespannt vor, um den nachfolgenden Bericht zu verfolgen.

»Und nun zur Spitzennachricht des Tages: Heute wurde aus dem ›Legion of Honor‹-Museum in San Francisco ein unschätzbar wertvolles altgriechisches Kunstobjekt entwendet. Ein Drama, das sich am helllichten Tage ereignete, kurz nachdem sich die Pforten des Musentempels geschlossen hatten.«

»Wer ist denn dieser Nachrichtensprecher?«, fragte Phoebe. »Ein verhinderter Poet?«

Zu den Archivfotos des verschwundenen Eis und anderen Bildern aus der Ausstellung dröhnte die Stimme des Moderators weiter: »Die Polizei bringt den Diebstahl mit diesem Mann in Verbindung.« Auf der Mattscheibe wurde ein Foto von Chase eingeblendet. »Einem Mitarbeiter des Museums, der kurz vor dem Raub noch in den Ausstellungsräumen gesehen wurde.« Es folgte eine etwas grobkörnigere Aufzeichnung einer Überwachungskamera, auf welcher der Dämon, der wie Chase aussah, eben den Raum verließ, in dem das Ei ausgestellt worden war.

»Verdammt, daran hätte ich denken müssen«, schimpfte Piper. »Wir haben nur die Bänder an uns genommen, auf denen zu sehen ist, wie der Dämon aus dem Ei entweicht, aber wir haben nicht an die Kameras in den Fluren gedacht.«

Paige sah besorgt in die Runde. »Auf den Bildern ist nur *ein* Dämon zu sehen, aber wo stecken die beiden anderen?«

In diesem Moment klingelte es an der Haustür. Die Zauberhaften sprangen auf wie von der Tarantel gestochen. Piper stellte den Fernseher aus, während Phoebe aus dem Fenster spähte. »Sieht aus wie Polizei in Zivil«, flüsterte sie.

Augenblicklich rannte Piper zur Couch, auf der Chase lag. »Leo?« Im gleichen Moment erschien der *Wächter des Lichts* an ihrer Seite. »Kannst du Chase hoch auf den Dachboden bringen«, bat sie ihn. »Jetzt sofort?!«

»Verstanden.« Leo berührte Chase am Arm und orbte mit ihm in Sicherheit.

Nur eine Sekunde später hörte Piper Leo von oben um Hilfe rufen. Sie rannte zum Speicher hinauf, während es unten erneut an der Tür klingelte.

Als Piper auf den Dachboden stürmte, sah sie, wie sich Leo über einen nach Luft schnappenden Chase beugte. Die Panik in den Augen des jungen Mannes war nicht zu übersehen.

»Da stimmt was nicht«, stieß Leo hervor. »Kurz nachdem wir das Wohnzimmer verlassen hatten, bekam er plötzlich Atemnot. Und ich kann nichts dagegen tun!«

Nun kam auch Paige auf den Dachboden gerannt, in jeder Hand eine Eihälfte. »Phoebe hat gerade die Tür aufgemacht. Ich dachte, wir verstecken diese Dinger besser hier, bevor –« Sie brach ab, als sie den nach Atem ringenden Chase sah. »Was ist denn los mit ihm?« Immer noch mit den Eihälften in der Hand, kniete nun auch sie neben dem Gelähmten nieder.

Doch sobald sie ihm nahe gekommen war, entspannten sich Chases Gesichtszüge, und seine Atmung normalisierte sich wieder.

Paiges Blick wanderte von den beiden Eierhälften zu Piper und dann zu Chase.

Und Piper verstand. »Das ist es also. Er kann ohne die Nähe des Eis nicht überleben.«

Paige legte die beiden Eihälften neben dem Feldbett ab, auf dem Chase lag. »Also … wie machen wir –«

»Paige?«, drang von unten Phoebes Stimme zu ihnen. »Kannst du mal eben runterkommen?«

Paige schenkte Piper ein dünnes Lächeln. »War ja auch nicht schwer zu erraten, wen die Polizei sprechen will, oder?« Sie verließ den Dachboden und ging hinunter ins Erdgeschoss. Piper folgte ihr.

Phoebe stand an der Eingangstür und sprach mit zwei Polizeibeamten in Zivil, als Paige zu ihnen trat.

»Hallo, ich bin Paige, was kann ich für Sie tun?«

Der erste Beamte zog ein Foto von Chase hervor. »Wir haben erfahren, dass Sie im Museum arbeiten, und würden Ihnen gern ein paar Fragen zu diesem Mann und dem heute verübten Diebstahl stellen.«

»Okay.« Paige nickte.

»Wir haben Grund zu der Annahme, dass der Verdächtige bei dieser Tat Hilfe hatte.«

»Was führt Sie zu dieser Annahme?«, wollte Paige wissen, um sich gleich darauf zu fragen, ob sie sich mit einer solchen Frage nicht ebenfalls verdächtig machte.

»Einige Überwachungsbänder fehlen. Nach dem Zeitstempel auf den Aufzeichnungen, die den Verdächtigen zeigen, wie er den betreffenden Ausstellungsraum verlässt, wurden die Überwachungsbänder gestohlen, *nachdem* er das Museum durch den Haupteingang verlassen hatte.«

Piper warf Paige einen verstohlenen Seitenblick zu. »Da sieh mal einer an.«

»Wir haben von Grace Stephens erfahren«, fuhr der Polizist fort, »dass Sie und dieser junge Mann befreundet sind?«

»Ja, das stimmt«, sagte Paige und versuchte dabei so unschuldig wie möglich auszusehen. »Wir wurden am selben Tag eingestellt, und wir haben einige Recherchen zusammen durchgeführt.« Als ihr einfiel, dass sie ihre Lage damit womöglich noch schlimmer machte, fügte sie schnell hinzu: »Recherchen für die Ausstellung. Damit wir unsere Führungen noch sachkundiger gestalten können, verstehen Sie?«

»Sie wurden zusammen gesehen, kurz nachdem das Museum heute geschlossen hatte.«

»Ja, wir haben im Auftrag der Museumsleitung ein paar Exponate für die Ausstellung umgestellt, danach wollten wir zusammen einen Kaffee trinken gehen.«

»Und warum haben Sie es sich dann anders überlegt?«

»Wie bitte?«, fragte Paige, um Zeit zu gewinnen, denn die Frage überraschte sie. Sie wusste, sie musste nun mit dem, was sie sagte, sehr vorsichtig sein.

»Sie sagten, Sie wollten zusammen einen Kaffee trinken, aber auf dem Band verlässt der Verdächtige das Museum allein. Und es zeigt darüber hinaus auch nicht, dass Sie das Museum überhaupt verlassen haben.«

»Richtig, ich musste die Verabredung absagen«, sagte Paige schnell. Das war's, dachte sie. Jetzt holt er gleich die Handschellen raus und verhaftet mich.

Vor dem Haus hielt ein weiterer Wagen, aus dem einer der engsten Vertrauten der Zauberhaften stieg und sich zu den Polizisten auf der halliwellschen Türschwelle gesellte.

Die beiden Beamten, die Paige verhörten, drehten sich überrascht zu dem Neuankömmling um. »Guten Tag, Lieutenant Morris.«

Darryl lächelte seinen beiden Kollegen jovial zu. »Und? Was habt ihr rausgefunden, Mike?«

Der Polizist gab in knappen Worten sein bisheriges Gespräch mit Paige wieder.

Darryl nickte. »Macht es euch Jungs was aus, wenn ich hier übernehme? Der Chef macht wirklich ziemlichen Druck wegen dieser Sache, müsst ihr wissen, und er will, dass der Fall mit höchster Priorität behandelt wird.«

»Kein Problem«, meinte der Polizist namens Mike. »Wir müssen ohnehin noch den Tatort überprüfen.«

Darryl nickte den beiden mit einem verbindlichen Lächeln zu und sah den Kollegen nach, bis diese mit ihrem Wagen um die nächste Ecke verschwunden waren.

»Dein Timing ist unübertroffen«, meinte Piper schließlich nicht ohne Erleichterung in der Stimme.

»Freut mich, dass ich helfen konnte«, sagte Darryl. »Darf ich reinkommen?«

Im halliwellschen Wohnzimmer setzten die Zauberhaften Darryl in groben Zügen ins Bild. Stirnrunzelnd hörte der Detective des San Francisco Police Department, dass ein uralter Dämon sein Unwesen in der Stadt trieb.

»Das fällt in euren Zuständigkeitsbereich«, sagte Darryl schließlich. »In meinen fällt es, den Diebstahl im Museum aufzuklären.« Er sah Paige argwöhnisch an. »Und herauszufinden, wer damit zu tun hat.«

Paige hob hilflos die Hände. »Wie soll ich helfen, den Täter zu schnappen, ohne zuzugeben, etwas mit der Sache zu tun zu haben?«

»Machen wir es also auf die einfache Art«, sagte Darryl. »Kannst du mir gegenüber behaupten, das Ei nicht gestohlen zu haben?«

Paige bedachte ihn mit einem flehenden, fast schon um Verzeihung heischenden Blick.

»Aha.« Darryl wirkte irgendwie ernüchtert.

»Dieses Ei«, schaltete sich nun Piper ein, »ist der Hort eines sehr mächtigen Dämons. Kannst du dir – ohne dass wir damit zugeben zu wissen, wo es ist – daher vorstellen, dass diejenigen, die den Dämon vernichten wollen, dazu das Ei benötigen?«

Der Detective kratzte sich am Kopf. »Okay … aber könnt ihr mir im Gegenzug versichern, dass ihr nicht wisst, wo Chase ist?«

Wieder schenkte ihm Paige diesen flehenden Blick.

Darryl vergrub sein Gesicht in den Händen und seufzte tief. »Gut, dann lasst es mich anders versuchen.« Er sah wieder zu den Zauberhaften auf. »Wie wäre es, wenn ich euch jetzt erzähle, was ich weiß?«

»Klar«, meinte Phoebe. »Schieß los.«

»Gegen halb sechs heute Nachmittag hat irgendjemand ein unschätzbar kostbares griechisches Artefakt aus dem Museum gestohlen.« Er sah zu Paige. »Wir wissen, du arbeitest dort. Wir wissen, Chase arbeitet dort. Wir wissen, ihr beide wart zur fraglichen Zeit in der Nähe des gestohlenen Artefakts.« Er machte eine Pause. »Wir wissen auch, dass jemand drei Aufzeichnungsbänder mitgehen ließ, und zwar zur gleichen Zeit, als das Verbrechen geschah. Das Sicherheitsbüro des Museums wird derzeit auf Fingerabdrücke untersucht.«

»Okay«, sagte Piper.

Darryl fragte ein wenig matt: »Muss ich mir wegen der Fingerabdrücke Sorgen machen?«

»Nein, keinesfalls.« Piper nickte ihm zuversichtlich zu. »Erzähl uns, was ihr noch wisst.«

Der Detective dachte einen Moment lang nach, während er die drei Hexen musterte. »Es gibt da ein paar Details, die wir der Presse vorenthalten werden ... weil sie irgendwie keinen Sinn ergeben.«

»Vielleicht können wir ein wenig Licht ins Dunkel bringen«, sagte Phoebe. »Was sind das für Details?«

»Zum einen wurde Chase dabei gesehen, wie er das Museum *mehrmals* verließ. Um genau zu sein, dreimal. Um noch genauer zu sein, er verließ das Museum dreimal durch unterschiedliche Ausgänge. Doch auf keinem der Bänder sieht man ihn das Museum wieder betreten, was die Voraussetzung dafür wäre, dass er es überhaupt noch einmal verlassen konnte.«

»Der Grund dafür ist ...«, Piper sah Paige und Phoebe fragend an, doch diese bedeuteten ihr, mit der Wahrheit herauszurücken. »Der Grund dafür ist, dass der Dämon sich vervielfältigen, duplizieren kann.«

Darryl kombinierte messerscharf. »Also gibt es drei von ihnen?«

»Sehr richtig. Vielleicht inzwischen auch mehr.« Piper holte tief Luft und fuhr fort. »Jedes Mal, wenn man diesen Dämon tötet, teilt er sich, und dann hat man zwei von ihnen am Hals.«

»Ich habe –« Paige unterbrach sich. »Wir haben Grund zu der

Annahme, dass jemand versucht hat, diesen Dämon zu töten, bevor er und seine zwei Klone das Museum verließen.«

Darryl saß mit regloser Miene da. »Dazu werde ich zum jetzigen Zeitpunkt erst mal nichts sagen«, bemerkte er schließlich. »Lasst mich euch stattdessen erzählen, was wir der Presse außerdem vorenthalten haben.«

»Sicher.« Phoebe versuchte, entgegenkommend zu klingen.

»Eine der Museumswärterinnen kam heute ein bisschen später als sonst zu ihrer Schicht ins Sicherheitsbüro. Und als sie dort eintraf, so schwört sie wenigstens, habe sie im Museum Anzeichen für einen Kampf entdeckt. Exponate, die von ihren Sockeln gestoßen worden waren ... ein am Boden liegendes Schwert ...« Er atmete tief durch. »Doch als die drei Wärter, die sie gleich darauf alarmiert hatte, bei ihr eintrafen, war alles wieder ganz normal, bis auf die Tatsache, dass nun das Ei verschwunden war.«

Piper hob eine Augenbraue. »Sonst noch was?«

»Ja, noch so eine komische Sache. Es fehlen bekanntlich drei Videobänder, doch der Raum, in dem sie aufbewahrt werden, war zu keinem Zeitpunkt unbewacht. Und deshalb sitzt diese Wärterin, die heute zu spät zur Arbeit kam und deren Aussage irgendwie keinen Sinn ergibt, jetzt auf dem Polizeirevier und muss eine Menge Fragen beantworten.«

»Arme Gloria«, sagte Paige.

Darryl bedachte sie mit einem komischen Blick. »Woher weißt du, dass es sich um Gloria handelt?« Er sah Piper an. »Aber will ich die Antwort darauf überhaupt kennen?«

»Ich denke«, sagte Piper, »du willst Glorias Aussage aufnehmen und sie dann wieder nach Hause schicken. Ihre Verspätung zum Zeitpunkt des Diebstahls ist sicherlich nur ein dummer Zufall.«

»Tatsächlich«, fügte Paige hinzu, »handelt es sich um einen Zufall, der gut für alle Beteiligten ist, vor allem für Gloria.«

»Dann ist sie also unschuldig?«, fragte der Detective. Piper nickte, und Darryl erhob sich. »Okay, dann sorge ich mal dafür, dass diese Gloria wieder auf freien Fuß kommt.« Er sah die Drei ernst an. »Und wenn ihr irgendetwas Neues erfahren solltet wegen –«

»Dann werden wir es dich bestimmt wissen lassen.« Piper trat zu Darryl und nahm ihn dankbar in den Arm. »Es ist immer schön, dich zu sehen«, sagte sie, »und ich bin sehr froh, dass deine Untersuchungen stets so geduldig und gleichzeitig so gründlich vonstatten gehen.«

»Na ja«, erwiderte er. »Ihr drei wart mir eine große Hilfe. Da freut es einen natürlich, sich zu revanchieren. Aber bitte sorgt dafür, dass ich nicht zu geduldig vorgehen muss, sonst fangen die Leute an, unbequeme Fragen zu stellen, ihr versteht?«

»Wir wollen auch, dass diese Sache schnell und ohne viel Aufhebens erledigt wird«, versicherte ihm Piper. »Es steht nämlich zu befürchten, dass dieser Dämon durch und durch destruktiv ist. Auf einer nach oben offenen Chaosskala.«

»Das ist ja mal ganz was Neues«, meinte Phoebe trocken.

»Lasst mich wissen, wenn ich irgendwie helfen kann«, sagte Darryl.

»Das werden wir.« Piper begleitete ihn hinaus.

Darryl ging durch den Vorgarten langsam auf seinen Wagen zu. Am Bordstein drehte er sich noch einmal um, als wollte er noch etwas Wichtiges sagen. »Einen schönen Abend«, war jedoch alles, was er hervorbrachte.

»Auch dir einen schönen Abend.« Mit diesen Worten schloss Piper die Tür hinter dem Detective.

Während Piper noch einmal das *Buch der Schatten* konsultierte, sah Phoebe nach Chase. »Er schläft noch immer«, berichtete sie mit gedämpfter Stimme, als sie zu Piper zurückkam. »Wonach suchst du eigentlich?«

»Nach einem Spruch«, gab Piper zurück, »oder irgendetwas anderem, was wir gegen den Dämon einsetzen können.« Sie sah vom *Buch der Schatten* auf und blickte ihre Schwester gedankenvoll an. »Was hat Paige da vorhin noch gesagt …«

»Ist das eine Frage an mich, oder redest du mit dir selbst?«

»Als Paige das Ei inspiziert hat, sagte sie, dass der Bruch zwei neue Wörter aus dem Begriff ›Drache‹ gemacht hat«, murmelte Piper nachdenklich. »›Rasende Hydra‹ … das muss es sein!« Sie vertiefte sich wieder in das *Buch der Schatten.* »Ich weiß, ich hab hier drin mal irgendwas Ähnliches gelesen …« Sie blätterte vor, sie blätterte zurück, dann rief sie: »Ich hab's! Hier ist es: ›Die rasende Bestie!‹« Sie las laut vor, was das Buch darüber zu berichten wusste:

Bring dieser Bestie nie den Tod.
Sonst werden daraus zwei, oh Not!
Und folgen werden ihrer viere,
und acht und sechzehn Höllentiere!
Ein Heer aus Bestien wird's bescheren,
das deine Heimat wird verheeren.

»Hm«, machte Phoebe. »Das ist jetzt nicht wirklich neu für uns, oder? Die Frage ist doch: Was können wir tun, wenn man den Dämon nicht töten kann?«

Piper suchte im Buch noch immer nach einer Antwort. »Ich bin sicher, hier muss irgendwo noch etwas anderes …«

»Such weiter«, sagte Phoebe. »Ich gehe mal rüber zu Paige, um zu sehen, ob die Nachrichten etwas Neues über unseren Dämon gebracht haben. Nach dem, was wir über ihn wissen, bleibt er ja nie lange an einem Ort.«

Phoebe verließ den Dachboden, während Piper weiter im *Buch der Schatten* nach einer Lösung für ihr Problem suchte. Sie hoffte, die Antwort darauf, wie man den Dämon aufhalten konnte, würde sich wie schon so oft mithilfe des Buches quasi von selbst aufdrängen. Und sie wagte nicht darüber nachzudenken, was passieren würde, wenn das diesmal nicht der Fall sein würde.

6

Nach dem Abendessen kümmerten sich Paige und Piper um den Abwasch, als Phoebe in die Küche platzte. »Die Nachrichten haben eben angefangen!«

Die drei Zauberhaften eilten ins Wohnzimmer, wo gerade eine Laufschrift in reißerischer Aufmachung verkündete: »Vierundzwanzigstunden-Supermarkt überfallen!« Phoebe, die den News-Teaser schon gesehen hatte, erklärte: »Sie sagen, der Täter, der auf dem Monitor der Überwachungskamera zu sehen ist, sieht genau wie Chase aus. Der Ladenbesitzer hat dreimal auf ihn geschossen, und dann, so heißt es, hat der Räuber die Flucht ergriffen.«

»Er hat sich ziemlich schnell an unser Jahrtausend angepasst, das muss man ihm lassen«, meinte Paige. »Er muss inzwischen herausgefunden haben, was ein Supermarkt ist, und die Worte ›Das ist ein Überfall!‹ hat er offenbar auch schon gelernt.«

»Allzu viel kann er aber noch nicht gelernt haben, so kurz, wie er erst hier ist«, gab Phoebe zu bedenken. »Dieser Umstand könnte sich für uns als Vorteil erweisen, oder?«

Piper setzte sich an den Tisch und nahm ein Blatt Papier und einen Stift zur Hand. »Drei Dämonen haben das Museum verlassen«, resümierte sie, während sie schrieb. »Und wenn der Besitzer des Supermarktes einen von ihnen über den Haufen geschossen hat, müssen wir davon ausgehen, dass der Übeltäter tödlich verletzt wurde und sich darauf erneut dupliziert hat. Das macht also vier Dämonen.«

Paige runzelte die Stirn. »Ich frage mich, ob nun alle vier Dämonen gegen Kugeln immun sind, oder nur der eine, den wir in den Nachrichten gesehen haben … und sein potenzieller Klon?«

»Ich bin sicher, das werden wir noch früh genug herausfinden«, sagte Piper. »Bis dahin müssen wir unbedingt versuchen, sie aufzuspüren. Es ist wichtig, sicherzustellen, dass wir auch *alle* von ihnen erwischen, sobald wir herausgefunden haben, wie man es … beziehungsweise wie man sie vernichtet.«

»Richtig.« Paige massierte nervös ihre Schläfen. »Aber wie sollen wir Darryl erklären, dass seine Leute den Flüchtigen jetzt nicht mehr erschießen dürfen?«

»Das mache ich schon«, sagte Piper.

»Okay«, meinte Phoebe. »Lasst uns herausfinden, wo sie sind.«

»Ja, aber vorher würde ich gern ein paar Dämonen-Knockout-Tränke brauen«, sagte Piper.

»Aber die werden das Problem doch ohnehin nicht lösen«, erinnerte Paige sie, »sondern eher noch verschärfen.«

»Wenn ich die Wahl hätte, diesen Dämon vorübergehend auszuschalten, auch wenn ich damit das Risiko eingehe, dass er sich dupliziert, oder aber zuzusehen, wie er einen Unschuldigen tötet, würde ich auf jeden Fall die erste Möglichkeit wählen.«

Paige seufzte. »Aber einfacher wird es dadurch nicht für uns, nicht wahr?«

»Ich glaube nicht, dass wir eine andere Wahl haben«, sagte Piper und ging die Treppe hinauf. »Außerdem sind die Tränke nur eine Rückversicherung für den Fall, dass wir keine anderen Möglichkeiten mehr sehen, als sie einzusetzen.«

»Du hättest Pfadfinderin werden sollen«, grinste Paige, als sie hinter Piper die Treppe hinaufging. »Von wegen ›allzeit bereit‹.«

»Das ist das Motto der *Pfadfinderjungs*«, bemerkte Piper, »und ehrlich gesagt, ich hatte nie das Ziel, eine von ihnen zu werden.«

Auf dem Dachboden ging Piper zum *Buch der Schatten*, während Paige nach Chase sah.

Als sie vor seiner Pritsche stand, sah sie, dass er nicht mehr schlief und dass seine Augen ihr folgten. »Hallo«, sagte sie, »du bist wieder wach, das ist schön.« Sie setzte sich neben das Feldbett und sagte: »Du musst dich bestimmt wie ein Gejagter fühlen, den wir hier oben auf unserem Dachboden verstecken.«

Er sah sie mit abwartendem Blick an.

»Und tatsächlich bist du das auch irgendwie. Die Polizei glaubt nämlich, dass du das Ei aus dem Museum gestohlen hast.« Sie hielt einen Moment inne und starrte ihn an, bis sie erkannte, dass er nicht auf sie reagieren konnte, solange sie ihm keine klare Frage stellte. »Hast du Hunger?«

Er blinzelte einmal.

»Durst?«

Er blinzelte zweimal.

»Lass es uns für den Anfang mit etwas Wasser versuchen.« Bevor sie den Dachboden verließ, um Chase etwas zu trinken zu holen, traf ihr Blick auf den Pipers. Dann sah Piper zum Feldbett hinüber, von wo aus Chase sie nicht sehen konnte. »Wie halte ich einen Dämon auf, den ich nicht vernichten kann?«, fragte sie sich verzweifelt.

Sie vertiefte sich wieder in das Buch, und kurz darauf stieß sie auf eine mögliche Antwort:

Um einen Dämon zeitweise aufzuhalten,
sodass du, liebe Schwester, die Flucht antreten kannst,
nimm eine Banyan-Wurzel zur Hand und sage:
»Stehe still!«
Und wie einst der Baum selbst, werden des
Dämons Glieder
fest im Boden wurzeln, und du, meine Liebe,
wirst frei sein.

»Hm, klingt ganz nach meinem ›Freeze‹«, murmelte Piper, doch sie schrieb die Anweisung, wie man die Banyan-Wurzel zu präparieren hatte, trotzdem nieder. Möglicherweise würden sie eines Tages genau so einen Zauber benötigen.

Sie suchte nach einem weiteren Spruch, während Paige mit einem Glas Wasser auf dem Dachboden erschien und sich erneut neben Chase niederließ. »Das erfordert jetzt wohl ein bisschen Übung«, meinte sie zu ihm.

Seine Augen verfolgten jede ihrer Bewegungen.

»Ich werde jetzt deinen Mund ein wenig öffnen.« Ihre Hand näherte sich seinem Gesicht, dann strichen ihre Finger vorsichtig über seine Lippen. »Kannst du das spüren?«

Er blinzelte zweimal.

»Gut.« Sie übte ein wenig Druck auf seine Unterlippe aus, um seinen Mund ein Stück zu öffnen, und zog dann ihre Hand zurück. »Hey, er bleibt offen, das ist perfekt.« Sie lächelte ihn an. »Okay, es kann losgehen.« Sie tauchte einen Trinkhalm in das Glas, saugte sodann ein wenig Wasser ein und verschloss das untere Ende mit ihrem Finger. Das Wasser war nun im Strohhalm eingeschlossen. Dann führte sie den Trinkhalm langsam über Chases geöffnete Lippen, zog ihren Finger zurück, und das Wasser floss sanft in seinen Mund.

»Kannst du das Wasser in deinem Mund spüren?«

Er blinzelte zweimal.

»Kannst du es schlucken?«

Er blinzelte einmal.

»Okay, lass mich dir dabei helfen. Sie legte ihre Hand sanft an seine Kehle und strich mit leichtem Druck auf und ab. Und während sie das tat, schluckte er. »Prima«, sagte sie, während sie den Strohhalm erneut füllte.

Unterdessen hatte Piper im Buch einen weiteren Dämonenbann gefunden, der den Gegner zeitweise erblinden lassen konnte, sowie das Rezept für ein Elixier, mit dem man fast jedem Dämon den Garaus machen konnte. Letzteres, so hoffte sie, würde ihren Dämon in die Unterwelt zurückschicken, ohne dass er die Gelegenheit erhalten würde, sich erneut zu vervielfältigen. Doch sicher war sie nicht. Dennoch fand sie, dass eine schlechte Lösung immer noch besser war als überhaupt keine. Sie sah von ihren Notizen auf und zu Paige, die nicht müde wurde, Chase mithilfe des Strohhalms Wasser einzuflößen. Inzwischen war das Glas schon fast leer.

Piper ging zu ihr. »Ich hab da vielleicht ein paar nützliche

Rezepte entdeckt«, sagte sie, »und gehe nun runter, um nachzusehen, ob wir alle nötigen Ingredienzen im Haus haben. Wenn ja, kann ich die Essenzen schnell zubereiten.«

Paige nickte, und nachdem Piper den Dachboden verlassen hatte, wandte sie ihren Blick wieder Chase zu. »Ich vermute, du hast eine Menge Fragen, richtig?«

Chase blinzelte zweimal.

»Tja, aber ich weiß nicht, was ich dir sagen soll. Meine Schwestern und ich sind noch auf der Suche nach Antworten. Für den Moment solltest du dich daher darauf konzentrieren, wieder in Ordnung zu kommen. Um den Rest kümmern wir uns dann später.«

Er sah sie an, blinzelte diesmal jedoch nicht.

Paige nahm seine Zurückhaltung als wenig begeisterte Antwort und setzte daher hinzu: »Tut mir Leid, dass ich momentan nicht mehr für dich tun kann.« Dann wechselte sie das Thema. »Nachdem wir nun das Schlucken von Flüssigkeit erfolgreich hinter uns gebracht haben, sollten wir dir ein wenig gehaltvollere Nahrung zukommen lassen. Fleischbrühe wäre für den Anfang gut geeignet. Bist du sicher, dass du keinen Hunger hast?«

Seine klaren grünen Augen sahen sie an, fast schien es, als lächelten sie.

»Richtig«, sagte sie peinlich berührt. »Wir hatten uns ja darauf geeinigt, dass ich nur Fragen stelle, auf die ein einfaches Ja oder Nein ausreicht.« Sie atmete tief durch. »Also, noch mal: Hättest du gern ein bisschen Fleischbrühe?«

Er blinzelte zweimal.

»Also gut.« Sie zog ihm die Decke wieder bis unters Kinn, wobei sie seine Schulter berührte. »Ich mache dir gleich welche. Dauert nicht lange.« Einen Moment lang verweilte ihre Hand auf seiner Schulter, wie um ihn zu beruhigen, und sie fragte sich, was sie sonst noch sagen oder tun konnte, damit er sich wohler fühlte. Sie lächelte, tätschelte zuversichtlich seine Schulter, stand auf und verließ den Dachboden.

Als Paige zu ihren Halbschwestern in die Küche stieß, war Piper gerade dabei, das dritte Elixier zuzubereiten, während Phoebe die beiden anderen Flaschen verkorkte. »Was hast du im Buch gefunden?«, erkundigte sich Paige.

Piper deutete auf eine der Flaschen. »Diese Essenz hier wird ihn zeitweise blenden, die andere an Ort und Stelle festhalten, und die hier wird ihn hoffentlich zur Hölle schicken.« Sie sah Phoebe erwartungsvoll an. »Was wir allerdings zunächst mal dringend brauchen, ist eine Möglichkeit, ihn, ähm, sie zu lokalisieren. Sie zu finden, bevor es die Polizei und die Presse tun.«

»Wie wäre es, wenn wir unsere Suche bei diesem Supermarkt beginnen?«, schlug Phoebe vor. »Vielleicht kann ich dort was aufschnappen, ihr wisst schon, irgendwas erspüren, das –«

»Na toll«, meinte Piper ironisch, »noch ein Tatort, an dem uns die Polizei dann mit Chase in Verbindung bringen kann …«

»Also, ich wünsche euch beiden viel Spaß«, ließ sich Paige nun vernehmen, »aber ich muss für Chase etwas zum Essen machen. Bis später.«

»Drück uns die Daumen«, sagte Piper, bevor sie und Phoebe das Haus verließen.

Die Sonne stand schon tief über dem Ozean, aber es war noch immer hell, als Piper und Phoebe aus dem Wagen stiegen und sich dem Vierundzwanzigstunden-Supermarkt näherten. Der Laden war geschlossen, drinnen war alles dunkel. Durch die Schaufenster waren Absperrbänder mit der Aufschrift »Durchgang verboten« vor den Gängen zu erkennen, doch es war keine Polizei mehr zu sehen.

»Das könnte unsere Chance sein«, meinte Piper. »Je weniger wir unseren Jungs und Mädels in Blau zu erklären haben, umso besser.«

Plötzlich blieb Phoebe wie vom Donner gerührt stehen, dann zuckte sie zusammen, als hätte ihr jemand einen Schlag versetzt.

»Phoebe«, fragte Piper besorgt, »alles okay bei dir?«

»Ich empfange ... Wellen«, gab Phoebe zurück. »Sogar jetzt schon, ich meine, auf diese Distanz ...« Sie machte einen Schritt nach vorne und fuhr erneut zusammen. »Wow!«

»Sag mir, was du siehst.«

»So viel. Es ist, als würden vor meinem inneren Auge mehrere Filme gleichzeitig ablaufen.« Sie krümmte sich ein wenig. »Das ist einfach ... zu viel.« Sie wich einen Schritt zurück, dann noch einen. »So ist es schon viel besser«, meinte sie erleichtert.

»Aber was ist denn gerade vor sich gegangen?«

»Etwas mir völlig Neues«, erklärte Phoebe. »Das waren wohl die stärksten Visionen, die ich je gehabt habe. Man stelle sich vor, wir sind immer noch ein gutes Stück von der Eingangstür des Supermarkts entfernt, nicht wahr?« Sie sah zu Boden. »Er muss hier langgekommen sein.« Zögernd machte sie wieder einen kleinen Schritt nach vorn. »Ich habe das Gefühl, diese Dämonen sind alle irgendwie miteinander verbunden, daher diese gleichzeitigen Visionen. Diese verschiedenen Filme in meinem Kopf liefen schneller und schneller und schneller ab und ... brachten fast meinen Schädel zum Bersten ...«

»Hört sich mächtig an.«

»Ja«, sagte Phoebe. »Diese Sache wird alles andere als einfach werden, so viel ist klar.« Sie sah ihre Schwester an. »Aber ich glaube, ich kenne jetzt die Antwort auf diese Es-oder-sie-Frage. Es ist *ein* Ding, mit dem wir es zu tun haben, viele Körper, aber nur *ein* Geist, du verstehst? Ich habe zwar keine Ahnung, wie es auf so vielen Ebenen gleichzeitig funktionieren kann, aber es hegt Pläne, die viele verschiedene Arten von Zerstörung beinhalten. Gewaltsame Zerstörungen.«

»Hast du irgendetwas gesehen, woraus wir schließen können, an welchem Ort es als Nächstes zuschlagen wird?«, fragte Piper.

»Möglicherweise sogar mehrere«, erwiderte Phoebe. »Lass mich kurz nachdenken.« Sie ließ sich auf der Bordsteinkante nieder und schloss die Augen. »Ich sah eine Explosion und ein in Flammen stehendes Gebäude. Einer der Dämonen kam in dem

Feuer um, woraufhin, wie gehabt, zwei wieder auferstanden. Gleichzeitig sah ich einen gemeinschaftlichen Selbstmord – eine Frau und ein Dämon sprangen zusammen von einem Gebäude. Und nachdem sie auf dem Boden aufgeschlagen waren, standen auch hier zwei Dämonen wieder auf.«

»Selbstmord dürfte nicht zählen«, bemerkte Piper in einer Mischung aus Empörung und Ratlosigkeit. »Das dürfte eigentlich keine Möglichkeit für ihn sein, sich zu duplizieren.«

»Ich vermute, es zählt, wenn der Dämon jemanden mit in den Tod nimmt.«

Piper ließ sich ebenfalls auf der Bordsteinkante nieder. »Kannst du einen dieser Orte irgendwie näher identifizieren?«

Phoebe dachte nach. »Den Selbstmord habe ich aus der Perspektive der beiden miterlebt.«

»Und wo warst du da?«

»Ich konnte ein längliches Objekt rund um das Gebäude erkennen, auf dem wir standen.« Sie schloss die Augen und versuchte, sich die Vision noch einmal ins Gedächtnis zu rufen. »Es ist Nacht, und ich kann die Skyline der Stadt vor mir sehen, die Lichter in den Häusern, die ganz nah sind … Der Anblick ist sehr schön. Wir laufen ein Stück … gehen nun um eine Ecke … dann um noch eine … Ich kann die Brücke sehen, den Hafen und das Wasser … Auf dieser Seite ist es dunkler … Aber es ist immer noch so … schön. Meine Hand berührt eine hohe Mauer, die neben mir aufragt … Sandstein, vermute ich … er fühlt sich kühl an … Wir gehen langsam auf eine Kante zu. Ich sehe nach unten, hinab in die Tiefe. Da ist etwas, direkt unter uns an der Außenwand des Gebäudes … es ist … ein riesiges Zifferblatt. Wir halten uns an den Händen … beugen uns vor, und jetzt … fallen wir. Ich sehe das Zifferblatt an mir vorbeirauschen, sehe, wie der Boden immer näher kommt –« Phoebe brach sichtlich schockiert ab.

»Das muss der Uhrenturm des Fährterminals, des historischen Ferry Buildings, sein!«, rief Piper aus. Dann legte sie einen Arm um ihre Schwester. »Alles klar bei dir?«

»Ja, es war nur so … intensiv. Und es passierte so schnell. Und dann waren da noch diese vielen anderen Visionen, die sich wie im Zeitraffer vor meinem inneren Augen abspulten.«

»Ich weiß, das ist jetzt vielleicht ein bisschen viel verlangt«, sagte Piper, »aber konntest du zufällig sehen, welche Zeit auf dem Ziffernblatt angezeigt wurde, als ihr …«

»Na ja, es ging ja alles ziemlich schnell«, Phoebe schloss erneut die Augen, »aber es war … zehn Uhr? Oder viertel vor elf?«

Piper sah auf ihre Armbanduhr. »Es ist jetzt kurz nach acht. Wir haben also noch genügend Zeit.« Sie sah ihre Schwester an. »Und was war mit diesem Feuer?«

Phoebe versuchte sich erneut zu erinnern. »Alles brannte … Es ist ein Großfeuer. Die Explosionen haben viel zerstört.« Sie brach ab. »Auf der anderen Straßenseite, in der Spiegelung eines halb zerbrochenen Fensters kann ich einen Schriftzug erkennen …« Mit der Hand malte sie die imaginären Buchstaben in die Luft.

Piper beobachtete sie aufmerksam ihr und setzte das spiegelverkehrte Wort, das Phoebe in der Scheibe sah, im Geiste korrekt zusammen. Heraus kam »PacBell«. Entsetzt sah sie ihre Schwester an. »Er will das Pacific-Bell-Hochhaus in die Luft jagen?«

»Ich vermute, ja. Und ich vermute auch, dass er es noch heute Nacht tun will.«

»Und welches Unheil sollen wir zuerst zu verhindern suchen?«

Phoebe rief sich noch einmal die Explosion ins Gedächtnis. »Als es brannte, war es noch nicht so dunkel wie während des Selbstmordes …«

»Gut, also wird der Anschlag auf das PacBell-Gebäude zuerst erfolgen, richtig?«

»Ja«, nickte Phoebe. »Und er hat weit mehr Tote zur Folge als dieser Sprung vom Dach.«

Piper ballte grimmig die Fäuste. »Noch ein Grund mehr, uns erst einmal darum zu kümmern.«

Phoebe stand auf und klopfte sich den Straßenstaub von ihrer Jeans. »Lass uns gehen.«

7

Als Piper die Market Street entlangfuhr, passierten sie auch die Transamerica-Pyramide, die inmitten anderer Wolkenkratzer in den Himmel ragte. »Die will er auch zerstören«, sagte Phoebe, nachdem sie die Kreuzung hinter sich gelassen hatten, und deutete auf das riesige Versicherungsgebäude. »Hab ich ebenfalls in einer dieser rasend schnellen Visionen gesehen.«

»Er will die ganze Innenstadt in Schutt und Asche legen«, vermutete Piper. »Er ist hier, um ein neues Armageddon anzuzetteln.«

»Sollten wir nicht Darryl informieren? Ich meine, wegen des PacBell-Gebäudes?«

»Stimmt, wir werden jede Hilfe brauchen, die wir kriegen können.« Piper reichte Phoebe ihr Handy. »Kannst du ihn bitte anrufen? Ich mag beim Autofahren nicht telefonieren. Bin ohnehin schon ziemlich abgelenkt ...«

Phoebe tat, worum sie gebeten worden war, und rief den Freund der Familie an. »Hallo, Darryl, hier ist Phoebe.«

»Was gibt's?«

»Ich habe gesehen, wo er – zumindest einer von ihnen – als Nächstes zuschlagen wird.«

»Wo?«

»Es will das PacBell-Gebäude zerstören.«

»Danke, ich schicke sofort eine Staffel hin. Und noch was, Phoebe ...«

»Ja?«

»Wäre besser, wenn du oder eine deiner Schwestern nach dieser Sache im Museum nicht in der Nähe gesehen würde, okay?«

»Aber Piper und ich sind schon dahin unterwegs«, musste Phoebe zugeben. »Wir werden euch nicht in die Quere kommen, aber den Dämon aufzuhalten ist nun mal *unser* Job.«

Piper konnte den Polizisten am anderen Ende selbst vom Fahrersitz aus seufzen hören. »Nun gut, dann sorgt aber dafür, dass euch niemand sieht, wenn wir da aufkreuzen«, verlangte Darryl.

»Verstanden«, antwortete Phoebe. »Hoffe, man sieht sich nicht.« Sie beendete das Telefonat und sah Piper fragend an. »Soll ich auch Paige anrufen?«

»Nicht, wenn es nicht unbedingt sein muss. Chase ist in dieser Sache kein unwichtiger Faktor. Auf irgendeine noch ungeklärte Weise ist er unsere Verbindung zum Dämon. Wenn es sich zeitlich einrichten lässt, möchte ich noch einmal das *Buch der Schatten* dazu konsultieren. Ich denke daher, es ist im Moment das Beste, wenn Paige auch künftig über ihn wacht.« Sie fuhren eine Weile schweigend weiter, dann setzte sie hinzu: »Und wenn wir sie wirklich brauchen sollten, kann sie ja im Bruchteil einer Sekunde zu uns orben.«

Paige betrat mit einer kleinen Schüssel Fleischbrühe den Dachboden. Sie setzte das dampfende Süppchen auf dem Tisch neben dem Feldbett ab und ließ sich dann wieder neben Chase nieder. Es sah aus, als wäre er wieder eingeschlafen. Sie strich ihm sanft die Stirnlocke aus dem Gesicht. Da schlug er die Augen auf, blinzelte und sah sie an. »Hallo«, sagte sie leise. »Hast du geschlafen?«

Darauf blinzelte er mehrere Male hintereinander.

»Das mit dem Essen hat etwas länger gedauert, als ich geplant hatte.« Sie sah ihn an, und er blinzelte noch immer hektisch. »Du hast Schlaf in den Augen«, fuhr sie fort. »Das können wir uns nicht leisten, denn damit geht unsere ganze Kommunikation in die Binsen.«

Sie ging wieder hinaus und kehrte bald darauf mit einem Schüsselchen mit warmem Wasser, einem Waschlappen und einem Handtuch zurück. »Mach mal die Augen zu«, forderte sie ihn auf. Sie tauchte den Waschlappen ins Wasser und wusch ihm sanft die Augen und das Gesicht. Dabei bemerkte sie, dass sich auf Chases Wangen und Kinn die ersten Bartstoppeln zeigten. Mit dem Handtuch tupfte sie ihn wieder trocken und strich auch die Haare wieder in Form. »Besser?«

Er blinzelte zweimal.

»Gut.« Sie legte das Handtuch beiseite und griff nach der Suppenschüssel. »Das ist vielleicht noch zu heiß«, meinte sie. »Ich probiere sicherheitshalber mal davon.« Sie kostete einen Löffel Suppe. »Mhmm. Nicht zu kalt, nicht zu heiß, Goldlöckchen hätte ihre wahre Freude daran. Oder du.« Sie nahm einen weiteren Löffel. »Ich bin nicht sicher, ob ein Strohhalm hier angebracht wäre, daher versuchen wir es mal so.« Sie bewegte den Löffel in Richtung seiner Lippen und ließ die Brühe langsam in seinen Mund tröpfeln. Danach massierte sie seine Kehle, sodass der Schluckreflex ausgelöst wurde. »Huch«, sagte sie, als ihm ein Tropfen Suppe an der Wange herablief, und wischte ihn mit dem Finger fort.

Irgendwie war dieser Moment sehr intim und gefühlvoll, und er erinnerte sie daran, was sie ihm hatte sagen wollen, wenn sie zusammen einen Kaffee trinken gegangen wären.

»Chase«, sagte sie, während sie ihm einen weiteren Löffel Suppe einflößte, »ich muss dir ein Geständnis machen. Eigentlich mehrere.« Wieder tauchte sie den Löffel in die Brühe, während sie ihre Gedanken ordnete. »Ich war vom ersten Moment an, als ich dich sah, von dir fasziniert.« Sie lächelte. »Und nicht nur, weil du ohne T-Shirt einfach klasse ausgesehen hast.« Sie füllte einen weiteren Löffel. »Es war vor allem wegen der Dinge, die du über den Ozean und seine Macht gesagt hast.« Sie lehnte sich zurück und überließ den Löffel für einen Moment sich selbst. »Und als ich dich dann im Museum wieder getroffen habe, hab ich dich irgendwie auf Abstand gehalten … vielleicht aus sportlichen Gründen, vielleicht aber auch, weil ich Angst hatte, ich weiß es nicht. Aber als ich dich dann heute mit Grace sah, da habe ich erkannt, was für ein Idiot ich wäre, wenn ich dich gehen lassen würde. Und ich war kurz davor, dir zu sagen, wie es wirklich um mich steht, als …« Sie unterbrach sich. »Ich denke, du kennst den Rest.« Sie sah ihm nun direkt in die Augen. »Egal, ich wollte jedenfalls, dass du es weißt. Und wenn es dir wieder besser geht, wenn wir diese ganze Sache hinter uns haben, dann möchte ich wirklich gern mit dir einen Kaffee trinken und es noch mal versuchen.«

Sein Blick traf den ihren, und nach einer Weile blinzelte er zweimal.

»Ich wollte nur, dass du es weißt«, wiederholte sie und nahm den Löffel wieder zur Hand. »Ich denke, das hier wird noch ein Weilchen dauern«, sagte sie mit Blick auf die Suppe und lächelte, »aber wir haben ja Zeit.«

Pipers Wagen kam vor dem PacBell-Hochhaus zum Stehen. »Ich wüsste gerne, wo wir anfangen sollen zu suchen«, wandte sie sich an Phoebe.

»Ich wüsste gern, wo wir parken sollen«, gab Phoebe zurück. »Du kannst das Auto ja schlecht auf der Straße stehen lassen.«

»Etwas sagt mir, wir sollten es nicht zu nahe an diesem Gebäude abstellen«, schlug Piper vor, »falls wir es fluchtartig verlassen müssen.«

Sie suchten sich einen Stellplatz ein paar Blocks entfernt in einem öffentlichen Parkhaus. Als sie sich dem PacBell-Hochhaus auf der New Montgomery Street näherten, versuchte sich Piper an so etwas wie einem Schlachtplan. »Ich denke, wir sollten das Gebäude unauffällig auskundschaften«, meinte sie, »und darauf warten, dass er sich zeigt.«

An der Ecke Market Street hielten die beiden Schwestern an und spähten die Straße hinunter. In der Ferne lagen Fisherman's Wharf und das berühmte Pier 39, und sie konnten auch den schicksalhaften Uhrenturm von hier aus sehen, der nur ein paar Blocks entfernt am Ende des Finanzviertels in den Himmel stach. Auch wenn sie es inzwischen mit vier Dämonen zu tun hatten, schien es doch, als arbeiteten diese auf engstem Raum zusammen.

Die Uhr des Ferry-Turms zeigte acht Uhr dreißig. »Das Ferry Building und das PacBell-Hochhaus zählen zu den historischen Gebäuden der Stadt«, überlegte Piper. »Warum lässt der Dämon seine Zerstörungswut ausgerechnet an den ältesten Bauwerken von San Francisco aus?«

»Vielleicht, weil er selbst so alt ist?«, vermutete Phoebe.

Die Schwestern gingen weiter Richtung Mission Street. »Und wo wir gerade davon sprechen«, fuhr sie fort. »Wie kann es sein, dass ein Dämon, der seit tausenden von Jahren nicht mehr auf dieser Erde gewandelt ist, sich mit explosiven Sprengstoffen auskennt?«

»Gute Frage.«

Sie überquerten die Mission Street und erreichten den letzten Block. An der Ecke zur Minna Street blieben sie erneut stehen; sie befanden sich nun nur noch einen Steinwurf vom PacBell-Gebäude entfernt. Piper sah an dem Haus hoch, während Phoebe die Straße im Auge behielt. »Tja«, meinte die Ältere, »ich denke, wir werden hier warten und darauf hoffen müssen, dass wir ihn sehen, bevor er uns sieht.«

»Stimmt«, sagte Phoebe, die ihren Blick nun ebenfalls gen Himmel richtete. »Lange sollte es nun nicht mehr dauern. Genauso wie jetzt waren die Lichtverhältnisse in meiner Vision.«

»Sag mir, woran du dich noch erinnerst«, forderte Piper sie auf. »Jedes Detail kann wichtig sein.«

»Ach, es war alles so … konfus. All diese gleichzeitig ablaufenden Visionen, die einander fast überlagerten. Aber an dieses Gebäude hier erinnere ich mich ganz genau.« Sie schaute an dem alten Wolkenkratzer hinauf und runzelte die Stirn. »Aber ich sah es von der anderen Seite …«, murmelte sie. »Ja, ich habe die andere Seite des Hauses gesehen.«

»Dann nichts wie hin!«

Sie liefen um das Gebäude herum. Auf der anderen Seite angekommen, verlangsamte Phoebe plötzlich ihren Schritt, während sie im Laufen an der Fassade nach oben sah. Piper behielt den

Bürgersteig im Auge. Sie war sowohl auf der Suche nach einem Dämon, der wie Chase aussah, als auch darum besorgt, dass Phoebe nicht den einen oder anderen Fußgänger über den Haufen rannte. Umsichtig dirigierte sie ihre Schwester gerade um eine Frau in Business-Outfit herum, als Phoebe »Stopp!« rief. Abrupt blieben die beiden Hexen auf dem Gehweg stehen. »Genau diesen Standort hatte ich während meiner Vision«, sagte Phoebe. »Und ich sah einen großen explodierenden Feuerball, genau drei oder vier Stockwerke über uns.«

»Gut«, sagte Piper. »Das ist sehr gut.« Sie holte ihr Handy hervor und betätigte die Wahlwiederholung. »Darryl, hier ist Piper. Wir stehen jetzt vor dem Gebäude, und Phoebe glaubt, dass, was immer auch passieren wird, schon bald passieren wird.« Sie sah, dass Phoebe sich auf der Bordsteinkante niedergelassen hatte. »Ihr solltet das Gebäude besser evakuieren, nur für den Fall der Fälle«, riet Piper. »Um diese Uhrzeit wird es nicht mehr viele Menschen betreffen, allenfalls das Reinigungspersonal und ein paar Workaholics.« Sie beendete das Gespräch und setzte sich zu ihrer Schwester. »Was ist los?«

Phoebe massierte sich die Schläfen. »Ich habe versucht, noch mehr verwertbare Details aus dieser PacBell-Vision herauszuholen«, stöhnte sie, »aber es wird immer schrecklicher.«

»Leichen?«

Phoebe nickte. »Wahrscheinlich nur, wie du sagtest, die Putzkolonne und ein paar Nachtarbeiter, aber ...«

»Wenn er Tod und Zerstörung über die Stadt bringen will, warum schlägt er um diese Uhrzeit zu?«, fragte sich Piper. »Warum lässt er das Ding nicht zur Mittagszeit hochgehen oder während der Rushhour?«

Phoebe schüttelte den Kopf. »Es gibt noch so viel über den Dämon, was wir nicht wissen.«

Piper sah wieder die Straße entlang. »Ich habe den schrecklichen Verdacht, dass wir das alles nur durch Trial-and-Error herausfinden werden.«

»Hoffentlich nicht.«

Während sie sprachen, kreuzten ein paar Polizeiwagen in der Straße auf, und ein paar Cops eilten in das Gebäude. Nur eine Minute später strömten schon die ersten Menschen aus dem Wolkenkratzer.

»Wie wir vermutet hatten«, bemerkte Phoebe, als sie die Menschen auf die Straße eilen sah. »Hauptsächlich Reinigungspersonal.«

»Ja«, sagte Piper. Auch sie beobachtete nun die Männer und Frauen, die fluchtartig das Gebäude verließen; viele von ihnen wirkten verwirrt, andere verängstigt. Einer hielt beim Laufen sogar noch seinen Putzeimer fest vor die Brust gepresst. »Schau mal, der sieht fast wie Chase aus ...«

»Wer? Wo?«

»Der mit dem Eimer. Los, komm mit!« Piper lief den Bürgersteig entlang und verfolgte den jungen Mann, der ohne erkennbare Eile vor ihnen herging, seinen Wischmopp bei sich trug und am Gebäude entlang nach oben schaute.

»Piper? Was genau sollen wir machen, wenn wir ihn geschnappt haben?«

In diesem Moment sah Piper, wie Darryl an dem Dämon vorbeifuhr, allerdings in die entgegengesetzte Richtung. Piper fuhr herum, rannte ihm nach und rief: »Darryl! Hinter dir! Der Typ mit dem Putzeimer!«

Darryls Wagen kam zum Stehen. Der Polizist sprang raus, griff nach seiner Dienstwaffe und rannte dem Verdächtigen hinterher. »Polizei! Stehen bleiben. Keine falsche Bewegung!«

Doch der Dämon lief einfach weiter und geriet ein wenig ins Straucheln, als er über die Schulter zu Darryl und dann wieder an dem Gebäude hochblickte.

Phoebe, die soeben atemlos zu Piper aufschloss, rief: »Vorsicht! Er hat 'ne Bombe!« Mit diesen Worten packte sie ihre Schwester an der Schulter und zog sie hinter einen Einsatzwagen. Kopfschüttelnd starrte sie auf das Fläschchen mit dem Elixier in

Pipers Händen und sah dann ihre Schwester an. »Er hat eine Bombe!«, wiederholte sie eindringlich. »Du kannst nicht nahe genug an ihn heran, um das da zu benutzen.«

Die beiden Polizisten, die auf dem Weg in das Gebäude waren, machten auf dem Absatz kehrt und rannten zurück auf den Bürgersteig. Darryl blieb auch weiter hinter seinem Wagen in Deckung und zielte mit seiner Waffe auf den Dämon. »Bleiben Sie, wo Sie sind!«, befahl er dem Verdächtigen. »Und stellen Sie den Eimer langsam auf den Boden!«

Einer der beiden Cops, die wieder auf den Gehweg gerannt waren, lief zu Darryl, um ihm Flankenschutz zu geben. Dabei bewegte sich der junge Officer schrittweise auf den Dämon zu und verließ damit seine Deckung hinter Darryls Dienstwagen. »Polizei!«, rief er. »Hände über den Kopf!«

Der Dämon schaute von Darryl zu dem diensteifrigen Polizisten und wieder zurück.

»Halten Sie mir den Rücken frei, Roberts«, sagte Darryl zu seinem jungen Kollegen. Dann wandte er sich wieder dem Dämon zu: »Stellen Sie den Eimer ab! Sofort!«

Der Dämon wandte sich wieder Officer Roberts zu und lächelte. Unvermittelt und mit einem unmenschlichen Brüllen griff er den jungen Polizisten an.

Roberts schoss dreimal und traf den Eimer, den sich der Dämon noch immer vor die Brust hielt. Die ersten beiden Kugeln durchschlugen den gelben Kunststoff und bohrten sich ohne erkennbare Wirkung in den Dämon.

Die dritte jedoch löste die Explosion aus.

In der Straße detonierte ein grell-orangeroter Feuerball. Die Explosion riss Roberts von den Füßen und in die Höhe, um ihn gleich darauf wieder auf die Straße zu schleudern. Die Scheiben der Polizeiwagen zerbarsten wie auch die Fenster in den ersten Etagen aller umliegenden Gebäude.

Eng umschlungen pressten sich Piper und Phoebe gegen die Seite des Einsatzwagens, hinter dem sie Schutz gesucht hatten, während eine Welle aus Hitze und Druck über sie hinwegfegte. Zusammengekauert hörten sie, wie um sie herum Glassplitter und kleinere Trümmer durch die Luft flogen und auf die Straße prasselten. Als das vorüber war, erhoben sie sich zögerlich und richteten ihren Blick auf den Ort des Geschehens.

Mitten auf der Straße war, wo der Dämon zuvor gestanden hatte, ein schwarzer, qualmender Fleck zu erkennen. Überall auf dem Bürgersteig lagen Scherben. Darryl hatte sich über seinen jungen Kollegen gebeugt. Die beiden waren von ganzen Haufen aus Glassplittern umgeben, die wie Eis in der Sonne glitzerten. Nachdem er Roberts Puls überprüft hatte, alarmierte er über sein Handy umgehend einen Krankenwagen.

Als er die beiden Schwestern sah, erhob er sich und manövrierte Piper und Phoebe rasch aus dem Zentrum der Zerstörung.

»Wie geht es ihm?«, fragte Piper mit besorgtem Blick auf den jungen Polizisten am Boden.

»Er wird durchkommen. Er hat Verbrennungen im Gesicht, und seine Augenbrauen mussten dran glauben, aber seine kugelsichere Weste hat das Schlimmste verhindert.«

»Gut.« Piper ließ ihren Blick die Straße rauf und runter wandern. »Konntest du sehen, was mit dem Dämon passiert ist?«

»Allerdings«, sagte Darryl mit düsterer Stimme. »Die Explosion … sie hat ihn in Stücke gerissen. Ich hab's mit eigenen Augen gesehen. Ich hab dann nach Officer Roberts geschaut – er wies mit einem Nicken auf den jungen Cop am Boden –, und als ich wieder zu dem … Verdächtigen hinübersah, erhoben sich zwei von ihnen und flohen in diese Richtung.« Er deutete auf die andere Straßenseite.

»Dann haben wir also versagt«, sagte Piper.

»Wie bitte?« Darryl sah sie tadelnd an. »Ihr habt verhindert, dass dieses … Ding die Bombe im Gebäude hochgehen lässt. Ihr habt so das Leben vieler Menschen gerettet!«

»Ja«, sagte Piper erschöpft. »Aber nun haben wir es mit fünf von ihnen zu tun, und wir haben noch immer kein Mittel gefunden, sie aufzuhalten.«

»Das werdet ihr. Schon bald.« Darryl legte ihr zuversichtlich eine Hand auf die Schulter. »Was das angeht, habe ich vollstes Vertrauen in euch.«

Piper lächelte. »Danke. Das hilft. Wirklich.«

Das Geräusch einer näher kommenden Krankenwagensirene erregte ihre Aufmerksamkeit.

»Ich sollte jetzt schleunigst schauen, ob es noch mehr Verletzte gibt«, meinte Darryl. »Und ihr beiden verschwindet am besten von hier, bevor die Presse aufkreuzt. Und bevor einer meiner Jungs euch am Ende erkennt.«

»Richtig.« Piper seufzte und sah zu Phoebe. »Wir wissen, wo einer dieser Dämonen als Nächstes zuschlagen wird. Wir rufen dich an, falls wir deine Hilfe brauchen.«

»Tut das.« Er war schon im Begriff zu gehen, drehte sich dann aber noch einmal nach den beiden Schwestern um. »Und noch mal danke.«

Piper lächelte und nickte. Als Darryl in Richtung des Explosionsortes davonging, wandte sie sich an Phoebe. »Und was lernen wir daraus?«, fragte sie ihre Schwester. »Was hat der Dämon mit dieser Aktion bezweckt?«

»Er wollte, dass man ihn schnappt«, erwiderte Phoebe. »Er wollte sterben.«

Piper nickte und verfolgte den Gedanken weiter. »Er hat Darryl angesehen und dann offenbar beschlossen, sich auf den jungen Polizisten zu konzentrieren.«

»Weil er wusste oder zumindest ahnte, dass Roberts auf ihn schießen würde.«

»Aber er wusste auch, dass die Kugeln ihn nicht töten würden.« Piper zog die Stirn in Falten. »Er hat auf die Explosion spekuliert.«

»Damit er in ihr umkommt?«

»Das vermute ich. Bekanntlich multipliziert er sich jedes Mal, wenn er getötet wird.«

»Und jedes Mal, wenn er stirbt«, erinnerte Phoebe, »wird er immun gegen das, was ihn zuvor das Leben gekostet hat.«

»Was hat das Buch noch dazu gesagt?« Piper überlegte einen Moment, dann wiederholte sie laut die Worte:

Bring dieser Bestie nie den Tod.
Sonst werden daraus zwei, oh Not!
Und folgen werden ihrer viere,
und acht und sechzehn Höllentiere!

Phoebe beendete den Vers:

Ein Heer aus Bestien wird's bescheren,
das deine Heimat wird verheeren.

»Verdammt, er will eine Armee aufstellen!«, dämmerte es Piper. »Und wenn er sie hat, wird keine der Möglichkeiten, mit denen wir ihn zuvor zu vernichten versucht haben, noch etwas gegen ihn und seine Klone ausrichten!«

»Richtig.« Phoebe sah ihre Schwester an und versuchte in ihrem Gesicht zu lesen, versuchte eine Antwort auf die im Raum stehende Frage zu finden: »Was können wir tun, um das zu verhindern?«

»Ich habe keine Ahnung.«

8

Als Leo auf den Dachboden kam, sah er, dass Paige auf ihrem Stuhl zusammengesunken war. Ihr Kopf ruhte auf Chases Brust, der noch immer auf dem Feldbett daniederlag, und ihre Arme umfassten seine Schultern, sodass es aussah, als ob sie tanzten.

Sie waren beide eingeschlafen.

Leo ging zu ihnen und berührte Paige sanft an der Schulter, um sie zu wecken.

Sie bewegte sich, murmelte etwas, öffnete die Augen, sah ihn an und brauchte einige Sekunden, um sich endlich zu erheben. Nachdem sie Chase wieder ordentlich zugedeckt hatte, verließen sie und Leo den Dachboden und gingen nach unten.

»Hast du was von Phoebe und Piper gehört?«

Der *Wächter des Lichts* schüttelte den Kopf. »Sie werden uns anrufen, wenn sie unsere Hilfe brauchen.«

Paige verzog das Gesicht. »Da bin ich mir nicht so sicher. Ich meine, die beiden sind jetzt ganz allein da draußen, und niemand weiß, mit wie viele Dämonen sie es inzwischen aufnehmen müssen. Wir werden die *Macht der Drei* benötigen, um sie zu vernichten.«

»Ich finde, es ist noch zu früh, jetzt schon von Vernichtung zu sprechen«, gab Leo zu bedenken. »Wir sind immer noch im Stadium der Informationsbeschaffung.«

»Sag mal, was ist eigentlich mit den Ältesten los?«

Die Frage schien Leo zu überraschen. Einige Sekunden lang sah er Paige nachdenklich an. »Ich weiß es nicht«, musste er zugeben. »Die ganze Sache … nun ja, sie scheint eine Art Prüfung für euch drei zu sein.«

»Vielleicht wollen die Ältesten aber auch kein neuerliches Desaster im Hinblick auf die Macht der alten Griechen mehr heraufbeschwören?« Sie sah Leo eindringlich an. »Bist du sicher, dass du nicht doch mehr darüber weißt?«

»Ganz sicher. Wenn ich mehr wüsste, würde ich es euch sagen.« Er sah sich um. »Wyatt schläft, Chase schläft, vielleicht sollte einer von uns gehen und Piper und Phoebe unterstützen.«

Paige sah auf ihre Uhr. »Oh, es ist ja schon nach zehn. Was machen die beiden bloß so lange da draußen?«

Piper sah am historischen Ferry Building, dessen oberes Drittel im Dunkeln erleuchtet war, entlang nach oben. Aus den schmalen Öffnungen über dem Ziffernblatt des Uhrenturms fiel sanft das Licht. »Ist es das, was du in deiner Vision gesehen hast?«, fragte sie ihre Schwester.

»Nein«, sagte Phoebe. »Ich habe alles aus ihrem Blickwinkel beobachten müssen.« Sie drehte sich um und studierte die hell erleuchtete Skyline des Finanzdistrikts. »Dieses Panorama habe ich gesehen!«, rief sie aus und ließ den Blick am Turm der Fährstation nach oben wandern. »Aber von dort oben.«

»Gut«, meinte Piper. »Dann lass uns hinaufgehen.«

Sie betraten den Turm, als eben die Zehn-Uhr-dreißig-Fähre ablegte. Als sie ihren Weg nach oben antraten, strömten gerade die letzten Passagiere aus dem Gebäude.

Piper und Phoebe verharrten auf der Treppe, als sie über sich die gedämpften Stimmen einer Frau und eines Mannes vernahmen.

»Solange ich denken kann«, sagte die Frau soeben, »war es immer dieses Bild, das ich als Letztes sehen wollte.«

»Warum?«, fragte der Mann. »Es ist ein so wunderbarer Ausblick. Warum soll denn alles hier enden?«

Phoebe wandte sich Piper zu und flüsterte: »Er klingt ganz wie Chase, nur, dass dieser hier einen Akzent hat.«

Piper nickte. Sie schlichen so lautlos wie möglich weiter die Treppe hinauf.

»Nun, als ich das erste Mal nach San Francisco kam und die Fähre nahm, bin ich hier ausgestiegen und … habe das hier gesehen«, fuhr die Frau fort.

»Die Lichter? Die Häuser?«, fragte die Stimme, welche genau wie die von Chase klang.

»Ja. Und ich wusste, ich wollte in dieser Stadt arbeiten. Wusste, ich konnte mir hier einen Namen machen.«

»Und was geschah dann?«

Die Frau seufzte schwer und sagte dann: »Sagen wir es so: Diese Lichter da unten erinnern mich heute nur mehr daran, wie weit ich von meinen damaligen Träumen und Zielen entfernt bin.«

»Und warum es hier enden lassen?«

»Nur für den Fall, dass ich mich daran erinnern muss, warum ich es tue … warum ich springen werde.«

»Ich verstehe«, gab der Mann zurück.

Phoebe und Piper waren nun so nahe herangekommen, dass sie die beiden Gestalten sehen konnten: eine Frau um die Dreißig, die einen schäbigen dünnen Mantel trug, und den Dämon, der noch immer so gekleidet war wie Chase zu dem Zeitpunkt, da er mit Paige im Museum gewesen war. Auch sonst glich er dem Original bis aufs Haar.

Der Mann und die Frau begannen um den quadratischen Sandsteinturm herumzugehen, bis zu der Seite, die auf den Hafen hinausging. Phoebe nickte Piper zu, und die beiden folgten dem Paar lautlos und in angemessenem Abstand.

»Es tut mir Leid«, sagte die Frau gerade, »aber ich habe Sie gar nicht nach *Ihren* Gründen gefragt.«

»Meine Gründe sind meine Sache«, sagte der Dämon.

»Soll mir recht sein«, sagte die Frau. »Ich bin nur froh, jemanden an meiner Seite zu haben, wenn …«

Piper und Phoebe schoben sich näher heran. Phoebe sah, wie die Frau eine Hand auf die Sandsteinfassade neben sich legte. Sie wusste, die Unbekannte würde die Berührung als kühl und angenehm empfinden. Sie bemerkte, wie Piper in ihren Manteltaschen nach einem der Elixiere kramte.

Der Kopf der Frau ruckte herum, als sie das Rascheln von Stoff vernahm. »Haben Sie das auch gehört?«

»Vielleicht kommt gerade jemand herauf«, sagte der Dämon. Er reichte ihr die Hand. »Es wird Zeit.«

Phoebe registrierte besorgt, dass Piper noch immer nach dem Fläschchen suchte. In diesem Moment fuhr der Dämon zu ihnen herum und sah sie. Einen Atemzug später hatte er die Hand der Frau ergriffen und sprang.

»Piper!«

Piper riss ihre Hand hoch und fror die Selbstmörderin und den Dämon mitten im Flug ein.

Phoebe stürzte an den Rand des Turms und sah hinab. »Ach du liebe Güte!«, rief sie. »Halt mich fest Piper, ich versuche, die Frau hinaufzuziehen.«

»Aber sie ist doch eingefroren!«

»Aber wir nicht!« Phoebe legte sich auf den Bauch, schob sich zentimeterweise nach vorn, starrte in den Abgrund und ergriff die linke Hand der Frau, die wie erstarrt über ihrem blonden Schopf in die Höhe ragte. »Halt mich an meinem Gürtel fest!«, rief sie ihrer Schwester zu, »und jetzt zieh uns beide zurück!«

Piper kniete nieder, packte Phoebes Hosenbund und versuchte sie und die Frau über den Rand zu ziehen, doch ohne Erfolg. »Es geht nicht!«, rief Phoebe. »Ihre rechte Hand wird immer noch vom Dämon festgehalten!«

Phoebe ließ die linke Hand der Frau los, schob sich noch ein wenig weiter vor und versuchte die rechte Hand der Selbstmordkandidatin zu erreichen. Tatsächlich steckte diese im festen Griff des Dämons. Phoebe streckte ihre Arme so weit wie möglich aus, um die ineinander verschränkten Finger der beiden zu erreichen, doch sie schaffte es nicht. »Kannst du mich ein wenig tiefer runterlassen?«, fragte sie ihre Schwester, die noch immer mit beiden Händen Phoebes Gürtel umklammert hielt.

»Nein, dann werde ich dich fallen lassen!«, gab Piper zurück.

Phoebe schob ihre Fingerspitzen noch ein kleines Stückchen vor, bis sie die Hände des Dämons berühren konnte. Soeben wollte sie sich daran machen, die Finger der Frau aus seinem Griff zu lösen, da stellte sie mit Entsetzen fest, dass die Augen des Dämons sie anblickten und jede ihrer Bewegungen verfolgten. »Piper! Er wird wieder wach!«

»Er ist zu mächtig, als dass mein ›Freeze‹ ihn allzu lange festhalten könnte«, erklärte Piper hastig. »Los, beeil dich!«

Phoebe tat, wie ihr geheißen, und löste nach und nach die erstarrten Finger des Dämons aus denen der unbekannten Frau.

In derselben Sekunde, da sie endlich auch den Daumen der Selbstmörderin aus seinen Klauen befreit hatte, kam wieder Leben in den steifen Körper des Dämons, und er schnappte nach Phoebes Hand, um sie mit sich in den Abgrund zu reißen.

Der Ruck riss Phoebe nach vorn über die Kante, und Piper verlor sie aus dem Griff. Hilflos musste sie mit ansehen, wie Phoebe und der Dämon auf den Boden zustürzten und sich im Fall voneinander entfernten. Piper konnte den Schrei ihrer Schwester nicht hören, ihr eigener übertönte alles.

Im gleichen Moment materialisierte Paige neben Piper. Sie schaute über den Rand der Plattform und orbte in der gleichen Sekunde auch schon nach unten. Einen Atemzug später erschien sie direkt neben Phoebe, ergriff ihre Hand und orbte mit ihr in Sicherheit, kurz bevor diese mit dem Boden zu kollidieren drohte.

Einen Lidschlag später hörte Piper das nervenzerfetzende Geräusch eines auf dem Dach der Markthalle aufschlagenden Körpers. Sie wandte sich ab, als Phoebe und Paige neben ihr materialisierten. Piper schlang ihre Arme um die wie Espenlaub zitternde Schwester. »Ich kümmere mich um sie«, sagte sie zu Paige. »Kannst du bitte die Unschuldige in Sicherheit bringen? Die hängt immer noch eingefroren in der Luft.«

Paige nickte und orbte erneut davon.

Piper hielt die noch immer vor Entsetzen schlotternde Phoebe fest und sprach ihr beruhigend zu. Einen Augenblick später gesellten sich Paige und die unbekannte Frau zu ihnen.

Piper ließ die Zeit weiterlaufen, und die Selbstmörderin brach zu ihren Füßen zusammen. Paige kniete sich neben sie und ergriff ihre Hand.

Verwirrt und erschrocken blickte die Frau von einer Zauberhaften zur anderen. »Was ... ist passiert?«

»Sie waren im Begriff, einen schrecklichen Fehler zu begehen«, sagte Piper. »Aber Sie haben eine zweite Chance erhalten.«

Die Frau nickte und schien zu begreifen. »Es war ein Fehler, das wusste ich irgendwie schon vorher«, sagte sie mit tonloser Stimme. »Doch dann erschien plötzlich dieser Mann, und er war so ... überzeugend.«

»Dieser Mann ...«, begann Piper. Sie warf Phoebe einen Blick zu, und während sie über den Rand der Plattform schauten, sahen sie, wie sich weit unter ihnen zwei Dämonen erhoben und vom Dach der Markthalle kletterten. Einer von ihnen sah nach oben zu Piper und rief ihr etwas zu.

»Hat der gerade ›Danke!‹ gerufen?«, fragte Piper irritiert.

Paige, die noch immer neben der Frau kniete, schaute auf. »Höchstwahrscheinlich ja. Ist 'ne lange Geschichte.«

Die Drei wandten ihre Aufmerksamkeit wieder der Frau zu und halfen ihr auf die Beine.

»Ich weiß nicht, wie es passierte«, sagte die Unbekannte und sah wieder von einer zur anderen, »doch ich wusste in dem Moment, da ich sprang, dass ich einen Riesenfehler begehe, und ich wünschte mir in der gleichen Sekunde, ich könne es wieder rückgängig machen.«

»Nun, das konnten Sie«, sagte Piper. »Und das nächste Mal, wenn Sie wieder einmal mit Ihrem Schicksal hadern, denken Sie daran, dass nichts je so schlimm sein kann, dass man deswegen das Kostbarste wegwirft, das man besitzt: sein Leben.«

»Glauben Sie mir, das habe ich nun begriffen.« Die Frau lächelte schüchtern. »Ich … weiß nicht, was ich noch sagen soll.«

»Es ist alles gesagt, solange wir davon ausgehen können, dass es Ihnen gut geht.«

Die vier Frauen betraten die Treppe im Turm und gingen hinunter. In der Halle angekommen, sah sich die Unbekannte um, als stünde sie zum ersten Mal hier. »Ich kann nicht glauben, dass ich all das beinahe fortgeworfen hätte«, sagte sie. »Okay, ich habe meinen Job verloren, meine Wohnung … Ich wohne jetzt in meinem Auto, und das Geld ist knapp, und doch …«

Piper entnahm ihrer Brieftasche zwanzig Dollar und wollte sie der Frau zustecken, doch diese schüttelte entschieden den Kopf. »Nein, Sie haben mir soeben das Leben geschenkt, das ist mehr als genug.«

Piper schob der Frau sanft die Geldscheine in die Hand. »Jetzt, da Sie ihr Leben wiederhaben«, sagte sie, »gehen Sie auf unsere Kosten etwas Schönes essen und überlegen Sie dabei in Ruhe, was als Nächstes zu tun ist.«

Zögernd nahm die Frau das Geld an. »Das werde ich«, sagte sie. Dann ging sie davon.

Sobald sie in der Menge verschwunden war, sank Phoebe mit weichen Knien auf eine der Besucherbänke. »Das, was die Frau gesagt hat … dass sie sich fühlt, als sei sie wiedergeboren worden … glaubt mir, dass gilt doppelt und dreifach für mich.« Sie erschauerte, dann sah sie zu Paige auf. »Danke.«

Piper und Paige setzten sich neben ihre Halbschwester. »Ich glaube, ich hatte noch nie solche Angst«, meinte Piper und legte den Arm um Phoebe. »In diesem Moment wusste ich, dass ich nichts mehr für dich tun konnte, das war schrecklich.«

»Ich glaube, deswegen gibt es drei von uns«, sagte Paige, die Phoebe nun ebenfalls umarmte. »Die gute alte *Macht der Drei* eben.«

Phoebe seufzte tief, als hätten die Umarmungen ihr neue

Kraft verliehen. »Das ist schön und gut«, sagte sie, »aber nun zurück zur Tagesordnung.«

»Okay«, resümierte Piper. »Die Sache mit der Rettung der Unschuldigen haben wir gut hinbekommen, doch der für dieses Beinaheunglück verantwortliche Dämon hat sich wieder einmal dupliziert.«

»Das heißt, wir haben es nun mit sechs von ihnen zu tun«, bemerkte Paige. »Es sei denn, er war in der Zwischenzeit anderweitig ... aktiv, und wir wissen noch nichts davon.«

»Wir müssen sofort mit Darryl sprechen«, rief Phoebe, »und unseren Wissensstand mit dem seinen abgleichen.«

»Gute Idee«, sagte Paige. »Ich mache den Chauffeur.«

Mit diesen Worten orbten die Zauberhaften davon.

9

»Unser Mann war heute Abend ziemlich fleißig«, sagte Darryl ohne jeden Anflug von Spott.

Der Polizist saß an seinem Schreibtisch und wirkte müde. Während er die Computerausdrucke vor sich durchblätterte, sah er kurz zu den drei Halliwells auf: »Setzt euch bitte.«

»Ich hoffe, es ist in Ordnung, dass wir einfach so hierher gekommen sind?«, bemerkte Phoebe, als sich die Zauberhaften auf die Besucherstühle setzten.

Piper berichtete Darryl über den Vorfall auf dem Uhrenturm und darüber, dass sich der Dämon erneut geteilt hatte. Darryl nickte matt. »Er hat zwei weitere Supermärkte überfallen, wobei auf einen Dämon das Feuer eröffnet wurde.«

»Was geschah dann?«

»Er konnte fliehen« berichtete Darryl seufzend. »Der Ladenbesitzer meinte, der Räuber müsse eine kugelsichere Weste getragen haben, weil er ihn dreimal in die Brust geschossen habe. Aber nachdem wir uns die Videobänder der Sicherheitskamera angesehen hatten, war klar, dass er keine schwer gepanzerte Kleidung getragen haben kann. Sein Hemd saß wie angegossen.«

»Was sagen eure Experten dazu?«, wollte Paige wissen.

»Die vermuten, dass der Täter neuartige, superleichte kugelsichere Kleidung getragen hat, die niemand von uns kennt.«

»Das mag als Erklärung vorerst reichen«, überlegte Piper. »Ich meine, die wissen nun hoffentlich, dass es nichts nützt, wenn man auf ihn schießt, oder?«

»Das wurde unseren Beamten mitgeteilt, ja. Aber das erklärt nicht die Tatsache, dass er an verschiedenen Orten gleichzeitig aufgetaucht ist.«

»Lass mich raten«, sagte Phoebe. »Ihr habt zeitgleiche Videos von Tatorten, die über die ganze Stadt verstreut sind?«

»Genauso ist es.« Darryl nahm einen der Fotoausdrucke von seinem Schreibtisch. »Dieses hier wurde um acht Uhr zweiunddreißig heute Abend aufgenommen, was genau dem Zeitpunkt entspricht, zu dem sich unser Dämon vor dem PacBell-Gebäude in die Luft gejagt hat.« Er sah Piper an. »Officer Roberts wird übrigens wieder ganz in Ordnung kommen, aber er fragt sich, wo die Leiche des Täters abgeblieben ist.«

»Was hast du ihm gesagt?«

»Die Wahrheit. Dass wir keine geborgen haben. Doch wie ich bereits sagte, um acht Uhr zweiunddreißig hat ein Mann, der unserem Täter bis aufs Haar gleicht, einen Spirituosenladen überfallen.« Darryl blätterte erneut in seinen Fotos und Protokollen. »Und um acht Uhr siebenunddreißig, nur fünf Minuten später also, hat eine andere Kamera aufgezeichnet, wie er eine Tankstelle überfiel, die über zwanzig Blocks entfernt liegt.« Er seufzte wieder. »Es ist schwer zu erklären, wie sich jemand so schnell von einem Tatort zum anderen bewegen kann ...«

Piper schaute besorgt in die Runde. »Diese Raubüberfälle passen nicht in das Profil, das wir für diesen Dämon erstellt haben.«

»Was für ein Profil ist das?«, fragte Darryl und legte seine Unterlagen beiseite.

»Unsere Theorie besagt, er möchte sterben«, erklärte Piper ihm, »das heißt, wir gingen davon aus, dass er es darauf anlegt, immer und immer wieder getötet zu werden.«

»Damit er sich ständig duplizieren kann«, ergänzte Phoebe. »Wir vermuten, er will so eine Art Klonarmee erschaffen.«

Darryl nickte ernst.

»Also, warum überfällt er nun Supermärkte?«, fragte Piper, »wo man, wie er wissen sollte, höchstwahrscheinlich auf ihn schießt, wobei Kugeln ihm ja nichts mehr anhaben können. Ich meine, auf diese Art kommt er seinem Ziel doch kein Stück näher?«

Darryl sah sie verständnislos an. »Wahrscheinlich aus demselben Grund, aus dem alle anderen Kriminellen Läden überfallen.«

»Er braucht Geld?« Piper schaute ihn stirnrunzelnd an. »Er braucht bestimmte Dinge, und er hat inzwischen gelernt, wie unser System funktioniert, das heißt, er weiß, dass er sich diese Dinge eben kaufen kann.«

»Aber was sollte sich ein so mächtiger Dämon schon für Geld kaufen wollen?«, fragte Darryl.

Piper beugte sich vor und legte ihre Hände auf die Tischplatte. »Er ist hier, um Chaos zu stiften, um den Zusammenbruch unserer Gesellschaft herbeizuführen, so wie er es einst im alten Griechenland tat, bevor für die Menschen dort das Dunkle Zeitalter anbrach.«

Während sie sprach, machte sich Darryl Notizen.

»Stell deine Leute ab, damit sie Waffenläden, Sprengstofflieferanten und andere einschlägige Läden überwachen – du weißt schon, die Art von Firmen, wo sich Waffennarren auszurüsten pflegen«, fuhr Piper an den Polizisten gerichtet fort.

»Und Lieferanten für Düngemittel und andere Substanzen, mit denen man biologische Kampfstoffe zusammenbrauen kann«, ergänzte Paige. »Könnte sein, dass er versucht, eine Art Seuche über unsere Zivilisation zu bringen.«

»Und überprüft noch einmal jeden Laden, in dem er gesehen worden ist«, warf Phoebe ein. »Vielleicht lässt sich ermitteln, was er als Nächstes vorhat, wenn wir wissen, was er dort gekauft hat.«

»Wir können die Presse für uns einspannen«, sagte Darryl, »sein Bild überall veröffentlichen und die Öffentlichkeit um Hinweise bitten, aber wenn unser Mann in den Untergrund abtaucht, um sich dort zu beschaffen, was er braucht, dann macht das die Suche nach ihm noch schwieriger.«

»Stimmt«, musste Phoebe zugeben. »Die meisten illegalen Waffenhändler melden sich schließlich nicht von selbst bei der Polizei, um zu Protokoll zu geben, was sie gerade an wen verkauft haben.«

Darryl nickte matt. »Und dann ist da noch das Problem, wie

ich meinen Leuten, die mit diesem Fall betraut sind, erklären soll, warum dieser Typ immer wieder an verschiedenen Tatorten gleichzeitig auftaucht.«

Piper lehnte sich auf ihrem Stuhl zurück, und Schweigen erfüllte das Büro. Keine der Drei hatte eine Lösung parat.

»Warum nehmen wir die Dinge nicht einfach so, wie sie kommen?«, fragte Phoebe schließlich. »Darryl, wenn du und deine Leute an ihm dran seid, lasst uns einfach wissen, wo er gesehen wurde und was er gekauft hat, und wir werden uns darum kümmern, ihn irgendwie auszuschalten.«

»Klingt nicht besser, aber auch nicht schlechter als alles, was ich vorzuschlagen hätte«, musste Darryl zugeben. »Lasst ihn uns erst mal aufhalten. Über irgendwelche plausiblen Erklärungen können wir uns auch später noch den Kopf zerbrechen.«

Die drei jungen Frauen erhoben sich.

»Wir dürfen aber auf keinen Fall aus dem Auge verlieren, wie oft er sich inzwischen multipliziert hat«, sagte Piper zu dem Polizisten. »Sobald du erfährst, dass er auf eine uns bisher unbekannte Art zu Tode gekommen ist …«

»… werde ich euch umgehend davon in Kenntnis setzen«, versprach Darryl.

Piper seufzte. »Ich denke, das ist es wohl fürs Erste.« Sie ging zur Tür, drehte sich dann aber noch einmal zu dem Freund der Familie um. »Können wir eine Aufstellung der Orte bekommen, wo man ihn gesehen hat, und eine Liste der Dinge, die er erbeutet oder gekauft hat?«

»Sicher.« Darryl reichte ihr seine Unterlagen. »Nehmt gleich diese, ich kann jederzeit einen Satz neue Kopien anfordern. Und alles, was frisch reinkommt, schicke ich direkt per E-Mail an euch weiter.«

»Danke«, sagte Piper. Sie überlegte kurz, ob in dieser Krisensitzung etwas unberücksichtigt geblieben oder vergessen worden war. »Okay, wir gehen nun daran, einen Plan auszuarbeiten und melden uns dann wieder bei dir.«

»Tut das.«

Die Zauberhaften verließen das Polizeigebäude, holten Pipers Wagen aus dem Parkhaus in der Nähe des PacBell-Hochhauses und fuhren nach Hause.

Leo erwartete sie schon im Wohnzimmer. »Wyatt und Chase schlafen«, verkündete er, »und ihr drei solltet euch auch ein wenig ausruhen. Es ist schon sehr spät, und ihr müsst ziemlich erledigt sein.«

Piper ging zu ihm, ließ sich von ihm in den Arm nehmen und genoss für einen langen Moment einfach nur seine Nähe und Wärme.

Paige und Phoebe befolgten Leos Rat und gingen nach oben. Als Piper mit dem *Wächter des Lichts* allein war, sah sie ihn ernst an.

»Piper? Was ist mit dir? Du siehst so ... niedergeschlagen aus.«

»Wir hätten heute beinahe Phoebe verloren«, sagte seine Frau mit tonloser Stimme. »Ich weiß, wir waren schon so oft nah dran, zu sterben, aber nie war es so grauenvoll wie heute. Und das Schlimmste daran ist, zu wissen, dass ich nichts dagegen hätte unternehmen können.«

»Ihr habt Paiges Hilfe benötigt.«

»Ja.«

»Ihr müsst diesen Dämon *gemeinsam* bekämpfen.«

Piper seufzte und löste sich widerstrebend aus Leos Umarmung. »Ich habe keine Ahnung, wie wir ihm zusammen entgegentreten können, wenn er an so vielen Orten gleichzeitig auftauchen kann ... wenn es stets so viele Unschuldige auf einmal zu beschützen gilt.« Sie gingen gemeinsam zur Couch und setzten sich. »Ich habe das Gefühl, wir sollten gerade jetzt schon wieder da draußen sein ...«

»Aber ihr müsst auch mal eine Pause einlegen und euch erholen.«

»Vor allem müssen wir ihn zur Strecke bringen ...« Müde legte sie ihren Kopf in seinen Schoß und seufzte.

»Soweit ich es beurteilen kann, wird das alles noch schlimmer werden, als es ohnehin schon ist.« Er strich ihr zärtlich das Haar aus dem Gesicht. »Daher rate ich dir dringend, ein wenig zu schlafen. Vielleicht erscheint dir ja in einem deiner Träume ein Weg zur Lösung des Problems.«

Leo saß eine Weile einfach nur nachdenklich da. Als er wieder nach unten schaute, war seine Frau fest eingeschlafen.

Behutsam trug er sie hinauf ins Schlafzimmer und legte sie ins Bett.

Das entfernte Geräusch des laufenden Fernsehers aus dem Wohnzimmer weckte Piper. Rasch stand sie auf und ging hinunter. Paige saß auf der Couch und hielt eine riesige Papiertüte aus dem Supermarkt in den Händen. »Guten Morgen«, begrüßte sie Piper, bevor sie sie von oben bis unten musterte. »Du hast in deinen Sachen geschlafen?«

»Ich erinnere mich überhaupt nicht daran, ins Bett gegangen zu sein.« Piper deutete auf die flimmernde Mattscheibe. »Irgendwelche Neuigkeiten von unserem Dämon heute Morgen?«

»Nichts, was eine Nachricht wert wäre«, meinte Paige, »es sei denn, er ist für das Verkehrschaos auf der Brücke zuständig.« Sie öffnete die Papiertüte. »Ich hab ein bisschen was für Chase eingekauft«, erklärte sie und stellte eine Batterie von Gläschen mit Babynahrung auf den Tisch.

»Sieh an«, rief Piper. »Erbsen und Möhrchen. Genau das kriegt Wyatt inzwischen auch zu essen.«

»Ich weiß«, sagte Paige. »Ich dachte, ich versuche es mal damit. Chase braucht ein bisschen mehr als nur Brühe.«

»Wir haben auch noch Süßkartoffeln im Haus. Wyatt liebt Püree aus Süßkartoffeln.«

»Gut, dann werde ich auch das ausprobieren.« Paige sah zu ihrer Halbschwester auf. »Weißt du, jetzt, da ich mich um Chase kümmere, wo er so … hilflos ist, da verstehe ich erst richtig, was es bedeutet, für ein Baby sorgen zu müssen.«

»Das kann ich mir vorstellen.«

»Du weißt, ich bin ganz vernarrt in Wyatt und unternehme so gern etwas mit ihm, aber am Ende übergebe ich ihn immer wieder deiner oder Leos Obhut, und das war's.« Sie seufzte. »Die Sache mit Chase dagegen fühlt sich eher wie etwas an, das ganz mir allein gehört. Er ist voll und ganz meiner Verantwortung überlassen, und das macht den Unterschied.«

»Er bedeutet dir sehr viel, oder?«

Paige lächelte. »Ja, sieht man das denn nicht? Ich meine, da habe ich Tage damit zugebracht, mich mit den alten Griechen zu beschäftigen, und das hauptsächlich, damit ich noch mehr Zeit mit ihm verbringen konnte.«

»Na ja, es hat ja auch funktioniert.«

»In der Tat. Und jetzt ist er hier, in unserem Haus, und ich kann so viel Zeit mit ihm verbringen, wie ich will. Ich wasche ihn, füttere ihn, rede mit ihm … und es gibt nichts, das er für mich tun könnte. Es geht also nicht darum, dass *ich* etwas davon hätte, es ist eher so, als ob ich …«

»Ich weiß«, sagte Piper, »als ob du ein Baby zu versorgen hättest.«

»Nur dass Wyatt nie rasiert werden muss.«

Piper lächelte. »Wirst du dich heute daran versuchen?«

»Ich fürchte, ja. Chase wird langsam, aber sicher ein wenig stachelig.«

»Viel Glück dabei.« Piper sah sich im Zimmer um. »Wo ist Phoebe?«

»Die ist rasch in die Redaktion gefahren, solange die Lage noch ruhig ist.«

»Oje …« Piper ächzte. »Ich hab gestern Abend nicht einmal im *P3* angerufen. Hab noch nicht mal an den Club *gedacht* …«

»Na und, du warst immerhin auch sehr beschäftigt«, sagte Paige. »Warum meldest du dich nicht bei diesem Barkeeper, der das Defizit in der Kasse aus seiner eigenen Tasche beglichen hat?«

»Bernie.«

»Genau der. Sag ihm doch, sein Verhalten hat dich so sehr beeindruckt, dass du ihm für ein paar Tage die Leitung des Clubs überlässt.«

»Das«, sagte Piper, »ist eine großartige Idee!« Sie ging in die Küche. »Schrei laut, wenn irgendwas über den Dämon in den Nachrichten kommen sollte. Ich mache inzwischen Frühstück.«

»Warum stellst du dich nicht erst mal unter die Dusche und wechselst deine Sachen? Ich bin sicher, danach wirst du dich gleich besser fühlen.«

Piper warf einen Blick auf den Fernsehbildschirm. Noch immer waren dort nur Börsenkurse und Straßenzustandsberichte zu sehen. »Okay«, sagte sie. »Ich denke, ich habe Zeit, deinen Rat zu befolgen.«

Phoebe kam zur Tür herein, als Piper im Esszimmer gerade Eier und Toast auf den Tisch stellte. Während sie frühstückten, legten sich die Zauberhaften einen Schlachtplan zurecht.

»Wir wissen nun, was er beabsichtigt«, stellte Piper fest. »Wenigstens glauben wir das. Er will das totale Chaos stiften, um uns, die Polizei und diverse Ladenbesitzer dazu zu zwingen, ihn genau daran zu hindern. Und nachdem man ihn auf jede nur erdenkliche Weise getötet hat, wird er eine praktisch unverwundbare Armee aufgestellt haben.«

»Eine Armee, von der wir nicht wissen, wie man sie bekämpft«, fügte Paige hinzu.

Piper fuhr fort. »Es ist also kontraproduktiv, dass man ihn mittels Kugeln, Messern, Schwertern oder Explosionen tötet.«

»Aber genau das haben wir bisher ohne Erfolg versucht«, warf Phoebe ein.

»Weshalb wir uns etwas Neues einfallen lassen müssen«, schloss Piper.

»Und das schnell, denn wir können ihn schlecht noch weiter Amok laufen lassen«, stellte Phoebe fest.

»Nein«, sagte Piper. »Wir müssen ihn irgendwie austricksen.

Und zwar *jetzt*, noch bevor er seine unbesiegbare Armee aufgestellt hat.«

Paige schob ihren Frühstücksteller von sich. »Irgendwelche Vorschläge?«

»Ich will mir noch einmal das *Buch der Schatten* vornehmen«, sagte Piper. »Es hat uns noch nie im Stich gelassen und immer eine Antwort geliefert. Was bedeutet, dass wir bisher nur die falschen Fragen gestellt haben.«

»Klingt gut«, sagte Paige. »Und was sollen Phoebe und ich derweil tun?«

»Behaltet ihn, ähm, sie im Auge. Rettet so viele Unschuldige wie möglich.« Piper griff in ihre Tasche und holte die drei Elixiere hervor, die sie gestern zusammengebraut hatte. »Und die hier haben wir auch noch nicht getestet. Wenn sich die Gelegenheit ergibt, probiert sie aus und seht, was passiert. Vielleicht wird das dritte Elixier, das ich gemacht habe, zumindest einen von ihnen zurück in die Unterwelt befördern.«

»Stimmt, *alles* hilft«, sagte Phoebe und nahm die Elixiere an sich. »Selbst wenn wir nur ein paar von ihnen erledigen, würde das die Sache für uns erheblich vereinfachen.« Sie stand auf. »Ich möchte noch einmal das Dämonenei in die Hand nehmen. Vielleicht bekomme ich ja noch ein paar Visionen von seinem derzeitigen Aufenthaltsort.«

»Tu das aber nicht allein«, warnte Piper. »Das letzte Mal hat es dich ziemlich umgehauen.«

»Lasst uns alle hinauf auf den Dachboden gehen«, schlug Paige vor. »Ich kann bei dieser Gelegenheit nach Chase sehen, Piper kann noch einmal das Buch befragen und Phoebe Kontakt zum Ei herstellen.«

Oben angekommen überzeugten sich die Zauberhaften als Erstes davon, dass es Chase nach wie vor gut ging. Es schien, als sei er wieder eingeschlafen.

»Du hast Recht, der Junge braucht dringend eine Rasur«, flüsterte Piper.

Phoebe rümpfte die Nase. »Ich glaube, der braucht mehr als nur 'ne Rasur. Ein Vollbad wäre nicht schlecht.«

Paige sah sie fassungslos an. »Ich kann ihn doch nicht baden!«, rief sie aus. »Schließlich sind er und ich … ähm, kein Paar!«

Piper hob eine Augenbraue. »Und weil ich die Mutter von uns dreien bin, soll ich es machen?«

»Vielleicht sollten wir es alle zusammen tun?«, schlug Phoebe vor. »Ich meine, er ist groß und schwer. Egal, wem die Aufgabe zufiele, eine allein könnte ihn niemals auf dieser Pritsche hin und her, geschweige denn in eine Wanne hinein- und wieder herauswuchten.«

Paige sah ihre Halbschwestern unschlüssig an. »Hm, ja, aber wäre das nicht ein bisschen … seltsam, einen erwachsenen Mann zu waschen wie ein Baby?«

»Nein«, sagte Piper entschieden. »Alle möglichen Erwachsenen bedürfen dieser Art der Hilfe. Kinder tun es für ihre greisen Eltern, wenn diese sich nicht mehr selbst versorgen können. Ehepartner tun es für ihre Frauen oder Männer, wenn diese schwer erkrankt oder aus anderen Gründen hilflos sind. Kurz, diese Art der Pflege wird tagtäglich unzähligen Menschen zuteil, *weil es nun einmal erforderlich ist.*«

»Klar.« Paige nickte. »Natürlich. Ich hole ein paar saubere Laken.«

»Und bring auch einen Waschlappen, Seife und warmes Wasser mit.« Piper sah Phoebe auffordernd an. »Lass uns anfangen.«

Nachdem Chase gewaschen und seine Laken gewechselt waren, wandte sich Piper dem *Buch der Schatten* zu, während Paige sich mit einem Einmalrasierer und etwas Rasierschaum neben Chase setzte. Plötzlich öffnete er die Augen. »Lass mich dich rasieren«, sprach sie ihn an.

Sie feuchtete die Gesichtshaut mit warmem Wasser an und verteilte sanft den Rasierschaum auf Kinn und Wangen. Unentschlossen griff sie nach dem Rasierer. Als sie ihn ansah, bemerkte sie, dass er sie beobachtete. »Okay«, murmelte sie. »Ich denke, das ist so ähnlich, wie wenn ich mir die Beine rasiere, nur haariger und stacheliger.« Sie holte tief Luft. »Also frisch ans Werk.«

Vorsichtig und Stück für Stück schabte sie über seine Wangen, seinen Hals und sein Kinn und wurde mit jeder Minute selbstsicherer. Vorsichtig wischte sie den Rasierschaum und die Haare fort und tupfte die bereits rasierten Stellen in seinem Gesicht trocken. Und als sie ihn zwischendurch prüfend ansah, schien es ihr, als ob seine grünen Augen sie anlächelten.

Während sie weiterarbeitete, sah sie von Zeit und Zeit zu Piper hinüber, die am Stehpult hochkonzentriert im *Buch der Schatten* las. Sie schloss den alten Folianten gerade in dem Moment, als Paige die letzten Reste Rasierschaum aus Chases Gesicht entfernte. »So, du musst dich nun ein bisschen ausruhen«, sagte sie zu dem jungen Mann. »Ich komme bald wieder und bringe dir etwas zu essen.«

Paige drehte sich zu Phoebe um, die in der Nähe des Eis stand, es jedoch nicht berührte, sondern nur ihre Handflächen darüber hielt. Als sie Paige ansah, zog sie die Hände wieder zurück. »Ich wünschte, wir könnten das Ei mit nach unten nehmen«, raunte sie ihr zu. »Ich mag es nur ungern untersuchen … so nah bei –« Sie deutete mit einem Nicken auf Chase.

»Das geht nicht«, sagte Paige. »Er und das Ei sind irgendwie eine Einheit.«

»Phoebe, du kannst getrost *hier* Hand an das Ei legen«, sagte Piper am Stehpult. »Chase hat genug gesehen, um zu wissen, dass hier nicht alles mit rechten Dingen zugeht.«

»Na gut«, meinte Phoebe. »Dann wird er gleich noch ein bisschen mehr sehen.«

»Doch nicht *direkt* neben ihm!«, zischte Piper. Sie trat zu den beiden, schnappte sich die Eihälften und bedeutete Paige und Phoebe, ihr in die hinterste Ecke des Dachbodens zu folgen. Dort verzogen sich die drei Hexen hinter Grams alten Kleiderschrank. »Geht es ihm noch gut, jetzt, wo das Ei ein gutes Stück von ihm entfernt ist?«, fragte Piper.

Paige lugte um die Ecke in Richtung Chase. »Es scheint alles in Ordnung zu sein.«

Piper wandte sich an Phoebe. »Dieser Kleiderschrank wird dich ein wenig von ihm abschirmen.«

Phoebe streckte ihre Hände nach dem Ei aus, doch Piper sagte: »Warte und setz dich lieber hin.«

Phoebe ließ sich auf dem Boden nieder und nickte. »Bereit.«

Piper ging neben ihr in die Hocke und hielt ihr zögernd je eine Eihälfte entgegen. Phoebe hob langsam ihre Hände und schob sie in gemessenem Abstand über beiden Objekte. Dann senkte sie Millimeter um Millimeter ihre Handflächen über die beiden Eihälften, bis ihre Fingerkuppen gerade eben die Oberfläche berührten.

Augenblicklich lief ein Zucken durch ihren Körper, bevor sie sich komplett versteifte. Ihre Augen rollten in den Höhlen, und dann begann sie wie verrückt am ganzen Leib zu zittern. Mit einem Mal umklammerten ihre Hände die Eihälften, sie öffnete den Mund, wie um zu sprechen, brachte jedoch kein Wort heraus.

»Paige!«, stieß Piper erschrocken hervor. »Schnell! Hilf mir, sie fortzuziehen!«

Paige griff nach den Eihälften, doch es schien, als seien sie fest mit Phoebes Händen verwachsen. In einer schier unendlichen Kraftanstrengung gelang es den beiden schließlich, Phoebes Griff um die Objekte zu lockern.

Phoebe schnellte zurück und schlug mit dem Kopf gegen die Wand des Dachbodens. Sie schnappte keuchend nach Luft und sah fassungslos auf ihre Hände, die seltsam knotig, ja fast arthritisch verkrümmt wirkten.

Paige legte die Eihälften beiseite, dann nahmen sie Phoebe erst einmal fest in den Arm und massierten sanft ihre Finger.

Allmählich kam Phoebe wieder zu sich. Blinzelnd, jedoch stumm starrte sie zu Boden. Auf ihrem Gesicht spiegelte sich das pure Grauen wider.

»Wie schlimm wird es werden?«, fragte Piper sie leise.

Phoebe versuchte zu antworten, doch heraus kam nur ein Stottern, und dann lief ihr eine Träne über die Wange. »Ich … ich kann … es«, beschwor sie. »Ich kann.«

»Lass dir Zeit mit deinem Bericht, Süße«, sagte Piper. »Kein Grund zur Eile. Fang irgendwo an. Vielleicht nicht unbedingt mit dem Schlimmsten.«

»So etwas … gibt es nicht«, stieß Phoebe hervor. »Es gab nichts … aber auch gar nichts zu sehen, was nicht wirklich und wahrhaftig … grauenvoll gewesen wäre.« Sie schloss die Augen und holte tief Luft. »Es war wie beim letzten Mal auch … als ob vor meinem inneren Auge gleichzeitig hunderte von Filmen im Zeitraffer abgelaufen wären.« Nach ein paar Sekunden fuhr sie fort. »Doch diesmal … noch mehr Morde, noch mehr Raserei, noch mehr Zerstörung … Und dann … begannen sich die Dämonen zusammenzurotten und als Einheit zu agieren. Zwei, dann drei, dann zehn, und immer mehr. Und sie verbreiteten mehr Terror denn je. Und dann sah ich –« Sie blickte bestürzt auf. »Ich sah eine verfallene Öde, eine ehemals blühende Stadt, die nun in Trümmern lag. Es war San Francisco, soviel konnte ich erkennen, aber –« Sie schüttelte den Kopf. »Ganze Straßenblocks waren dem Erdboden gleichgemacht worden … Überall brannte es … Wo man hinsah, Menschen, die zu fliehen versuchten.« Sie brach wieder ab. Fassungslos. »Es sah aus wie auf den Bildern, die ich mal von Dresden während des Zweiten Weltkrieges gesehen habe … nachdem die ganze Stadt durch die Bombenangriffe der Alliierten in Schutt und Asche gelegt worden war.« Wieder hielt sie inne. »Und die Dämonen hatten sich inzwischen zu einer riesigen Armee formiert … eine Killerschwadron, die durch die Ruinen auf mich zukam. Und alle trugen riesige Schwerter, und es schien, als hielten sie in den Straßen und Ruinen Ausschau nach jedem, der noch nicht den Tod gefunden hatte.«

Erschüttert saßen die drei Hexen in der Ecke des Dachbodens – sie sprachen kein Wort, sondern hielten einfach nur fest die Arme umeinander geschlungen.

10

Phoebes Worte hallten unablässig in Pipers Kopf wider, während die Drei schweigend auf dem Dachboden saßen. »Wir dürfen nicht zulassen, dass so etwas passiert«, sagte sie schließlich entschlossen. »Dieses Ausmaß an Zerstörung muss verhindert werden, koste es, was es wolle.«

Sie wandte sich an Phoebe: »Ich mache dir jetzt eine heiße Bouillon. Die wird dich beruhigen. Und dann möchte ich, dass du dich an alles Wichtige aus deinen Visionen zu erinnern versuchst, an alles, was uns womöglich helfen könnte. Aber erst die Bouillon …«

»Dafür haben wir keine Zeit«, sagte Phoebe. Sie versuchte sich aufzurappeln. »Es waren doch nur Bilder … Ich kann –« Sie kam strauchelnd auf die Füße, dann jedoch wankte sie bedenklich und drohte, zu Boden zu stürzen.

Piper half ihr, sich wieder hinzusetzen. »Nie zuvor habe ich gesehen, dass eine Vision eine derart verheerende Wirkung auf dich hatte. Ich mache jetzt erst mal die stärkende Fleischbrühe, und du wartest hier. Vielleicht denkst du in der Zwischenzeit an kleine Kätzchen oder Häschen oder irgendwas anderes Erfreuliches, bis ich wieder hier bin.«

Phoebe protestierte nicht mehr. Erschöpft lehnte sie sich an die Wand, und Paige legte ihr eine Decke über die Knie. Dann hielt sie neben ihr Wache, während Piper hinunter in die Küche ging. Leise summend stimmte Paige ein Schlaflied an, und schon bald hatte Phoebe den Kopf in ihren Schoß gebettet.

Einige Minuten später erschien Piper wieder mit einem dampfenden Schüsselchen Bouillon auf dem Speicher.

Phoebe setzte sich auf, nahm sie lächelnd entgegen und trank einen Schluck von der aromatischen Brühe. »Danke«, sagte sie. »Euch beiden. Ich fühle mich schon viel besser.«

»Trink aus«, befahl Piper. »Danach reden wir.«

Phoebe schlürfte noch einmal genüsslich von der Brühe. »Die ist sehr lecker«, meinte sie. »Was ist das?«

»Das willst du gar nicht wissen.«

Wieder musste Phoebe lächeln. »Komisch, irgendwie beunruhigt mich das kein Stück.«

»Gut, dann hat die Bouillon ja ihren Zweck erfüllt.«

Piper wartete, bis Phoebe auch den letzten Schluck von der Brühe getrunken hatte, dann sagte sie mit sanfter Stimme: »Und nun vergiss einmal den ganzen Horror aus deinen Visionen. Die Verwüstung. Das Leid. Ruf dir nur die Dämonen ins Gedächtnis zurück. Wie genau haben sie das, was sie taten, angestellt? Wie konnten sie sich so schnell vervielfältigen?«

»Durch die Armee«, sagte Phoebe. »Ich meine, durch *unsere* Armee und deren Aufgebot … Panzer, Granaten, Flammenwerfer, Luftangriffe. Diese Waffen vernichten gleich mehrere Dämonen auf einmal, da sie zu diesem Zeitpunkt schon in größeren Gruppen agieren, wodurch deren Reproduktion nur noch schneller vorangetrieben werden wird.«

»Das ergibt Sinn«, sagte Piper. »Je größer das aufgefahrene Geschütz, umso schneller und massiver schreitet der Prozess der Vervielfältigung voran. Und mit jedem neuen Dämonenschub muss mehr Militär eingesetzt werden, um der Lage Herr zu werden.«

»Wodurch auch unsere eigenen Streitkräfte maßgeblich an der Zerstörung von San Francisco beteiligt sein würden«, warf Paige ein.

»Und irgendwann«, ergänzte Phoebe, »wird man feststellen, dass man es mit einem Gegner zu tun hat, der nicht von dieser Welt ist. Und an diesem Punkt setzt dann die Panik ein.«

»Was genau der Effekt ist, den er sich wünscht«, schloss Piper grimmig.

»Gut«, murmelte Paige. »Ich denke, so können wir es versuchen …«

»Was meinst du?«, fragte Piper.

»Im Moment scheint es, als herrsche so etwas wie die Ruhe vor dem Sturm«, erklärte Paige. »Er wartet darauf, dass seine Zeit kommt, macht sich bereit, den nächsten Schritt zu tun. Und wenn es so weit ist, rechnet er mit einer Panik, wie Phoebe es eben beschrieben hat. Er will, dass alle wissen, was für ein mächtiger Gegner er ist. Kurz, er sucht die Öffentlichkeit.« Paige sah ihre Halbschwestern kämpferisch an. »Und wir sollten dafür sorgen, dass er eben die *nicht* bekommt.«

»Klingt gut«, meinte Phoebe. »Doch wie sollen wir das anstellen?«

»Wir halten die Presse aus allem raus.« Paige sah Piper an. »Wir bitten Darryl, keine offiziellen Erklärungen an die Öffentlichkeit zu geben. Bei größeren Verbrechen gibt die Polizei ja normalerweise Presseerklärungen ab, um so die Bevölkerung am Stand der Ermittlungen teilhaben zu lassen.«

»Gut, wir entziehen ihm die Öffentlichkeit«, sagte Phoebe. »Dennoch wird er weiter durch die Stadt marodieren und Chaos anrichten.«

»Je länger wir das Militär aus der Sache raushalten können, umso länger wird es dauern, bis sie versuchen, der Lage mit ihren Mitteln Herr zu werden«, sagte Piper.

»Dann müssen wir aber diese Dämonen hier und jetzt vernichten«, sagte Paige. »Noch bevor sie richtig in Aktion treten können.«

»Ich hätte da im Hinblick auf meine Visionen ein paar Orte anzubieten, an denen wir unser Glück versuchen könnten«, sagte Phoebe. »Sogar eine ganze Menge Schauplätze… Lasst mich rasch ein paar von ihnen aufschreiben, an denen wir versuchen können, ihm die Tour zu vermasseln.«

Während Phoebe die Liste erstellte, ging Piper wieder zum *Buch der Schatten*. Paige sah derweil nach Chase.

»Hey«, sagte sie leise zu ihm. »Wie viel von dem, was wir getan und besprochen haben, hast du mitbekommen?«

Seine Augen sahen sie an, doch er blinzelte nicht.

»Ach ja, ich vergaß, eine klare Ja-oder-nein-Frage, bitte schön: Hast du mit angehört, worüber wir gesprochen haben?«

Chase blinzelte einmal.

»Aber du denkst schon, ein bisschen was aufgeschnappt zu haben, richtig?«

Er blinzelte zweimal.

»Aber was du aufgeschnappt hast, ergibt keinen Sinn für dich?«

Wieder blinzelte er zweimal.

»Tja, das ist nichts Neues für uns.« Sie sah zu ihren Halbschwestern hinüber. »Wir drei sind nämlich Hexen. Gute Hexen. Und wir sind hier, um das Böse in dieser Welt zu bekämpfen. Das Böse, von dem die meisten Menschen auf diesem Planeten nicht einmal wissen, dass es existiert.« Sie hielt einen Moment inne. »So wie die meisten Touristen sich niemals der Macht des Ozeans bewusst werden.«

In Chases Blick trat ein verständnisvoller Ausdruck.

»Ich dachte mir, dass du das begreifen würdest. Einige Menschen sehen die Kräfte, die für unser Wetter und das Klima verantwortlich sind, und sie verstehen, warum es hier an einem Junitag bitterkalt sein kann. Und andere wiederum … nun, die machen sich nicht die geringsten Gedanken über solche Zusammenhänge und gehen durchs Leben, ohne jemals über das Zusammenwirken der Mächte nachzudenken, die dafür verantwortlich sind.«

Chase sah sie aufmerksam und abwartend an.

»Im Moment stehen meine Schwestern und ich auf der einen Seite, und das Ding, das aus dem Drachenei schlüpfte, auf der anderen.« Sie machte eine kleine Pause. »Und du Chase … du bist praktisch genau in der Mitte gefangen.« Sie zwang sich zu einem Lächeln. »Zumindest, bis wir die Sache hier erledigt haben.« Sie strich das Oberlaken glatt und zog es ihm wieder über die Schultern. »Also bleibst du einstweilen schön hier. Und wenn wir mit diesem Typen und seinen Freunden fertig sind, die genau wie du aussehen, dann werden wir dafür sorgen, dass du wieder ganz der Alte wirst.«

Chase blinzelte zweimal.

»Gut.« Sie sah hinüber zu ihren Halbschwestern. Piper schloss soeben das Buch, und Phoebe schrieb den letzten Eintrag in ihre Liste.

»Ich muss jetzt gehen«, sagte Paige zu Chase. »Aber ich komme zurück.«

Die Zauberhaften verließen den Dachboden.

Unten fütterte Leo gerade Wyatt, der in seinem Hochstuhl saß.

»Hallo«, rief Piper ihnen vom Treppenabsatz aus zu und ging zu ihrem Sohn. »Da ist ja mein großer Junge.«

Wyatt gluckste freudig und streckte ein Händchen in Richtung seiner Mutter. Piper griff danach, und seine winzigen Fingerchen umklammerten ihren Daumen.

»Mama und die beiden Tantchen müssen jetzt einem richtig üblen Dämon das Handwerk legen«, sagte sie, während sie seine kleine Faust liebevoll streichelte. »Aber das ist bestimmt nichts Neues für dich.« Sie beugte sich vor und küsste ihn. »Wie dem auch sei, mach Papa keinen Ärger. Mama wird schon bald wieder zurück sein.« Sie sah zu Leo auf. »Diese Sache wird noch schwieriger werden, als wir annehmen«, sagte sie. »Und wir dürfen es nicht vermasseln.«

»Ist das nicht immer so?«, fragte er.

»Nie war es wichtiger, nicht zu versagen, als in diesem Fall.« Sie küsste ihn zärtlich zum Abschied. »Ich werde mich heute Abend wieder bei dir melden und Bericht erstatten. Im Moment geht es darum, die Zahl der Dämonen zu reduzieren, sofern uns das möglich ist.«

»Viel Glück.«

Piper drehte sich zu Phoebe um. »Okay«, sagte sie, »ich will drei Fliegen mit einer Klappe schlagen. Nenne uns also einen

Ort, wo wir einen Unschuldigen retten, das grünäuige Monster aus der Presse raushalten und die Zahl seiner Klone um einen verringern können.«

Phoebe konsultierte ihre Liste. »Hier wäre was«, meinte sie. »Der Dämon wird versuchen, eine Frau zu erwürgen ... in einem Apartment in Haight-Ashbury. Zum Zeitpunkt der Tat wird er jedoch vom Ehemann der Frau überrascht werden, der den Dämon mit einer Schrotflinte über den Haufen schießt.«

Piper wirkte überrascht. »Wie, das hat bisher noch niemand getan?«

»Vermutlich nicht. Denn wenn ich der Kinofassung meiner Vision glauben darf, dann wird sich der Dämon auch diesmal teilen und beide, den Mann und seine Frau, töten.«

»Ich kann mir vorstellen, dass sich die Presseheinis wie die Aasgeier auf diesen Fall stürzen werden«, sagte Paige. »Ein gefundenes Fressen. Wann wird es passieren?«

Phoebe ging zum Fenster und sah nach dem Stand der Sonne. »Ähm ... jetzt irgendwann.«

Piper schnappte sich ihre Autoschlüssel. »Gehen wir!«

Die *Zauberhaften* parkten an der Haight Street in der Nähe des Buena-Vista-Parks, hetzten durch die Grünanlage und scheuchten dabei versehentlich einen Obdachlosen auf.

»Nicht erschrecken, alles in Ordnung«, versicherte Paige dem Mann. »Wir sind nur hier, um zu helfen.«

»Sozialarbeiter«, murmelte der Mann abfällig und machte sich durch den Park davon.

Phoebe sah an der Häuserfront auf der gegenüberliegenden Seite der Straße hinauf. »Das kommt mir bekannt vor«, sagte sie und ließ ihren Blick nach links und rechts wandern.

In der Nähe entdeckten sie eine Frau, die sich gerade damit abmühte, zahlreiche in Plastikfolie gehüllte Kleider aus dem Kofferraum ihres Wagens zu nehmen, die sie offenbar gerade aus der Reinigung geholt hatte. Ein Mann, der wie Chase aussah, jedoch anders gekleidet war, kam vorbei und bot ihr lächelnd seine Hilfe an.

»Clever«, bemerkte Piper. »Wahrscheinlich hat er im Fernsehen beobachtet, wie man so was macht.«

»Wie sollen wir vorgehen?«, fragte Phoebe. »Es hat keinen Sinn zu warten, bis die beiden das Haus betreten haben.«

»Ich schlage vor, wir frieren die Frau ein und jagen den Dämon dann zum Teufel«, sagte Paige.

Piper sah sie überrascht an. »Hier? Mitten auf der Straße? Ich dachte, wir wollten versuchen, so wenig Aufmerksamkeit wie möglich zu erregen?«

»Was immer wir tun, wir sollten es schnell tun«, drängte Phoebe. »Sie sind schon fast an dem Haus angelangt, in dem sie wohnt.«

Die Zauberhaften überquerten die Straße. »Okay«, verkündete Piper im Laufen. »Ich friere sie ein. Paige, du orbst uns und den Dämon sofort danach in den Park. Dort können wir ihn dann erledigen.«

Sie erreichten das Paar. Der Dämon, der einen Teil der schweren Kleiderlast im Arm hielt, sagte gerade etwas, worüber die Frau lachen musste.

Die Drei legten einen Schritt zu, bis sie fast auf Tuchfühlung hinter den beiden hergingen. In diesem Moment blickte der Dämon über seine Schulter und erkannte die Hexen. Sofort ließ er die Pakete in seinem Arm zu Boden fallen und machte Anstalten, zu fliehen.

»Jetzt!«, rief Paige.

Piper fror die Frau ein, während Paige den Dämon berührte und ihn sowie ihre Halbschwestern über die Straße orbte.

Sobald sie im Park materialisiert hatten, hob Piper eine Hand, und der Dämon explodierte.

»So weit, so gut«, sagte Paige.

Doch während sie noch unschlüssig dastanden, türmten sich die zersprengten Partikel des Dämons wie von Zauberhand zu zwei Haufen auf, die sofort begannen, Rümpfe und Extremitäten auszuformen.

Rasch zog Piper das dritte Elixier aus ihrer Tasche und rief:

Dämon aus der alten Welt,
kehr zurück, hier nichts dich hält.
Du bist nicht tot, doch lebst du nicht.
Verlass der Erde Angesicht!

Piper verteilte den Inhalt der Phiole über die beiden sich wieder zusammensetzenden Materiehaufen.

Eine Vortex entstand, die wie ein kleiner weiß-grauer Tornado aussah. Sie sog die Teile des explodierten Dämons in sich auf, die noch immer rasend schnell im Begriff waren, zwei neue Körper zu formen. Der Strudel wurde immer dunkler, je mehr Materie er zu schlucken versuchte.

»Ein bisschen klein … diese Vortex, oder?«, bemerkte Paige.

»Gütiger Himmel, beim nächsten Mal mache ich es besser«, sagte Piper.

Argwöhnisch ließ Paige den Blick durch den Park schweifen, auf der Suche nach dem Obdachlosen oder einem Besucher, der zufällig beobachtete, was sie hier trieben. »Dauert es noch lange?«

»Keine Ahnung«, gab Piper zurück. »So was hab ich vorher noch nie gemacht.«

Die Vortex, nun von tiefschwarzer Farbe, verschwand jetzt langsam im Boden. Doch noch während dies geschah, schoss aus ihrem Zentrum eine Hand hervor, griff nach einem Ast eines in der Nähe wachsenden Gehölzes und zog sich stückweise aus dem Strudel wieder ans Tageslicht. Phoebe sah es mit Erschrecken. »Piper?!«

Im Zentrum der Vortex erschien ein Kopf, dann eine Schulter, dann der zweite Arm. Unter größter Kraftanstrengung versuchte der Dämon, sich aus dem wirbelnden Schlund herauszuziehen. Und er lächelte den Zauberhaften siegesgewiss zu.

Da schoss Phoebe vor und versetzte dem grinsenden Schädel einen gezielten Roundhouse-Karatetritt. Der Kopf verschwand wieder im Sog, ebenso einer der Arme des Dämons, doch die andere Hand klammerte sich nach wie vor an den Ast. »Jag ihn noch mal in die Luft!«, schrie Phoebe, während sie erfolglos auf die Hand eindrosch.

»Das kann ich nicht!«, gab Piper zurück. »Zweimal funktioniert so etwas nicht bei ihm.«

Mit einem wütenden Aufschrei trat Phoebe gegen den dicken Ast – er brach, und die Hand verschwand mitsamt Ast in dem schwarzen Strudel.

In gleichen Moment versank die Vortex vollständig im Boden.

»Puh, das war knapp«, bemerkte Paige.

Phoebe sah besorgt zur anderen Seite des Parks hinüber. »Piper, die Frau auf dem Bürgersteig ist immer noch eingefroren!«

Piper fuhr herum, hob eine Hand, und dann sahen sie, wie die Frau fast unter der Last der von ihr getragenen Pakete zusammenbrach. Die eingeschweißten Kleidungsstücke purzelten zu Boden, während sie selbst einfach nur verwirrt dastand.

In sicherem Abstand ließen sich die Zauberhaften auf der Wiese nieder. »Gebt ihr noch eine Minute«, sagte Piper. »Wir wollen nicht hoffen, dass sie reingeht und ihrem Mann erzählt –« Sie brach ab. »Ach, was kümmert es mich, was sie ihrem Mann erzählt, solange die beiden in Sicherheit sind.«

»Eins zu null für uns«, sagte Phoebe. »Zwei Unschuldige gerettet und einen Bösewicht daran gehindert, sich zu klonen.«

»Und, nicht zu vergessen, diesen Bösewicht aus dieser Welt geschafft«, fügte Paige hinzu. »Einen, den wir von unserer Liste streichen können.«

»Aber um welchen Preis?« Piper sah die beiden ernst an. »Von nun an kann ich nie wieder einen von ihnen per Molekularbeschleunigung zum Teufel jagen.«

»Aber wir haben ihn doch gar nicht getötet«, erinnerte Paige. »Wir haben ihn lediglich verbannt. Also sollte es auch beim nächsten Mal möglich sein, einen von ihnen in die Unterwelt zu schicken.«

»Nur dass wir ihn vorher in unzählige Stücke gesprengt haben«, fügte Phoebe hinzu.

Paige sah hinüber zu der Frau, die sich noch immer mit ihren Paketen abmühte, inzwischen jedoch den Hauseingang erreicht hatte und kurz darauf im Gebäude verschwand. »Wir wissen, dieser Dämon wird schwierig aufzuhalten sein«, sagte sie. »Aber wir wissen auch, dass wir umso mehr gewinnen, je mehr von ihnen wir *jetzt* außer Gefecht setzen. Ich schlage deshalb vor, auch jeden Teilsieg als Erfolg zu werten und einfach so weiterzumachen.«

Piper und Phoebe nickten einträchtig.

Mit einem Mal wurde hinter ihnen panisches Geschrei laut. Die Drei sprangen erschrocken auf. Es war der Obdachlose von eben, der nun steif vor Schreck dastand und auf die andere Seite des Parks zeigte. Zu ihrem größten Entsetzen mussten die Zauberhaften mit ansehen, wie sich in einiger Entfernung die Vortex wieder aus dem Boden schraubte und wirbelnd auf den Vagabunden zutrieb. Angsterfüllt hob der Mann die Hände vors Gesicht, um sich vor den herumfliegenden Grasfetzen und Erdklumpen zu schützen.

»Dieser Strudel ist ... kein Strudel mehr!«, schrie Piper. »Er saugt nichts mehr ein, sondern bläst alles wieder heraus!«

Starr vor Bestürzung sahen die drei Hexen, wie nun vier Dämonen praktisch auf die Erde gespien wurden, bevor der Strudel verschwand.

Das dämonische Quartett verlor keine Zeit und bewegte sich zielstrebig zum weiter entfernten Ausgang des Parks. Bevor sie aus dem Blick der Zauberhaften verschwanden, drehte sich einer von ihnen noch einmal um und reckte siegesgewiss eine Faust in die Luft.

»Danke!«, hörten sie ihn rufen.

Dann waren die vier Dämonen im Häusermeer der Millionenstadt untergetaucht.

11

Erschöpft und deprimiert kehrten Piper, Paige und Phoebe nach Halliwell Manor zurück.

»Wir müssen dringend irgendetwas unternehmen!«, sagte Phoebe. »Denn diesmal haben sie sich nicht getrennt und sind in verschiedene Richtungen ausgeschwärmt. Sie blieben zusammen. Es könnte sein, dass es soeben begonnen hat.«

»Dass *was* soeben begonnen hat?«, fragte Paige.

»Die geballte Zerstörung, die ich in meinen Visionen gesehen habe.«

»Gebt mir eine Minute«, sagte Piper. »Nur … eine Minute. Oder zwei. Ich muss mit Leo unter vier Augen sprechen.«

Piper ging in Wyatts Zimmer und sah nach ihrem Sohn. Er schlief friedlich in seinem Bettchen. Sie strich ihm zärtlich über die Wange und traf dann mit ihrem Mann in der Küche zusammen. Leo saß über Pipers Dämonenliste gebeugt am Tisch. Piper sah ihm über die Schulter und erkannte, dass er drei weitere Dämonen hinzugefügt hatte, womit sich die Zahl ihrer Gegner auf neun erhöht hatte.

»Aha«, sagte sie, während er sich von seinem Stuhl erhob. »Du weißt also schon, was geschehen ist.«

Leo nickte.

Sie schob ihn mit sanftem Nachdruck in das gemeinsame Schlafzimmer, schloss die Tür und legte ihren Kopf an seine Schulter. »Dann sag mir, bitte, was geschehen ist.« Und ehe er zu sprechen beginnen konnte, fügte sie hinzu: »Wir haben unser Bestes gegeben. Ich weiß, dass ich einen Zauber gewirkt habe, der ihn nicht töten konnte, und dennoch hat es nicht funktioniert.«

»Als du ihn in Stücke gesprengt hast, da starb er. Und als du ihn in die Unterwelt verbanntest, hat er sich geteilt.«

»Ja, aber er, ich meine, sie waren doch weg. Nicht tot, sondern einfach weg.«

»Das Problem ist, dass du nicht wissen kannst, was in der Zwischenzeit in der Unterwelt passiert ist.«

Piper hob den Kopf und starrte ihn verständnislos an. »Du meinst, sie haben sich in der Unterwelt … töten lassen?«

»Das wäre möglich«, sagte Leo. »Das würde immerhin erklären, dass diese Dämonen die Möglichkeit erhielten, wieder hierher zurückzukommen.«

»Aber das ist doch nicht fair!«, empörte sich Piper. »Wenn sie in der Unterwelt getötet werden, dann sollten sie verdammt noch mal auch in der Unterwelt bleiben!«

»Wir haben es hier mit einem uralten und sehr mächtigen Dämon zu tun. Jemand oder etwas hält sie irgendwie zusammen. Es gibt eine Art Verbindung, die wir nicht kennen. Diesen Umstand solltet ihr in eure Überlegungen mit einbeziehen.«

»Oh, Leo …« Sie verspürte plötzlich den Drang, ihn zu boxen oder in Tränen auszubrechen – oder beides zu tun. »Ich brauche Hilfe bei diesem Problem. Das Ganze übersteigt meine Möglichkeiten, ich bin völlig durcheinander. All unsere Kräfte scheinen wirkungslos zu sein gegen diesen … einen. Sie verwarf die Idee, auf Leo loszugehen, und lehnte sich stattdessen gegen seine starke Brust.« »Wir können ihn nicht töten, und jetzt können wir ihn noch nicht einmal verbannen! Und Unschuldige zu schützen, indem man ihn für den Moment davon abhält, sie zu töten, macht ihn auch nur noch stärker.« Sie seufzte schwer. »Phoebe hat die totale Zerstörung von San Francisco gesehen. Es war, als ob die gesamte Stadt bombardiert worden wäre. Und ich weiß verdammt noch mal nicht, wie wir das verhindern sollen.«

Leo legte einen Arm um sie und zog sie fest an sich. »Du brauchst eine Verschnaufpause.«

»Nein!« Aufgebracht schob sie ihn von sich. »Ich brauche ein paar Antworten! Ich brauche ein wenig Hilfe! Ich muss wieder da rausgehen, *jetzt*, und dafür sorgen, dass es aufhört!«

»Schhhhh …« Leo zog sie sanft wieder an sich. »Was du tust, hat aber nicht den erwünschten Effekt. Dein Eingreifen macht die Dinge nur noch schlimmer, macht ihn nur noch stärker. Du musst damit aufhören.«

»Und das soll eine Hilfe sein?« Sie sah ihn ungläubig an. »Mir zu sagen, dass alles, was ich tue, ein hoffnungsloses Unterfangen ist? So also sieht neuerdings dein Beistand aus?«

»Ich habe nicht gesagt, dass die Lage hoffnungslos ist. Entspann dich, Piper, und höre mir zu.«

Sie stellte fest, dass ihr Atem so heftig ging, als hätte sie einen Dauerlauf hinter sich. Sie holte tief Luft und versuchte sich zu beruhigen. »Okay«, sagte sie schließlich, »ich höre.«

»Schließ die Augen und versuche, dir etwas für mich vorzustellen.«

Sie tat es und wartete.

»Wenn du versuchen solltest, einen aufgeschreckten Vogel einzufangen, der sich ins Innere eines Hauses verirrt hat –«

»Leo, wir haben es hier nicht mit einem aufgeregten Piepmatz zu tun! Hier geht es um einen Dämon, der vorhat, die ganze Stadt in Schutt und Asche zu legen!«

»Piper …«

Die Art und Weise, wie er ihren Namen aussprach, war irgendwie vieldeutig: Es lag Zärtlichkeit darin und Zuversicht, doch es schwang auch der dezente Hinweis darin mit, dass er im Begriff war, die Geduld mit ihr zu verlieren.

»Richtig«, erinnerte sie sich. »Ruhe bewahren.« Wieder atmete sie tief durch. »Ich bin ganz entspannt.« Sie schloss erneut die Augen. »Also, ein kleiner Vogel flattert ängstlich im Haus umher und zerstört dabei die ganze Stadt –«

»*Piper* …« Das klang noch bestimmter und deutlich weniger duldsam als zuvor.

Sie seufzte. »Okay, hab verstanden. Also, da hat sich ein Vogel ins Haus verirrt …«

»Er hat Angst. Und je massiver du ihm nachstellst, umso unkontrollierter reagiert er. Inzwischen fliegt er gegen alle möglichen Hindernisse, fast panisch versucht er, einen Weg hinauszufinden …«

»Ich verstehe«, sagte sie mit noch immer geschlossenen Augen. »Ich sehe, was du meinst.«

»Gut. Und was tust *du*?«

»Ich trete einen Schritt zurück und lasse ihn sich beruhigen.«

»Gut.«

»Nur wenn ich mich von diesem Dämon zurückziehe, dann –«

»Der Vogel, Piper. Bleiben wir bei diesem Vogel. Vergiss einmal den Dämon, nur für einen Augenblick.«

Sie massierte sich die Stirn, hielt die Augen jedoch noch immer geschlossen. Dann faltete sie die Hände im Schoß und sagte: »Okay, der kleine Flattermann ist voller Angst, und ich ziehe mich zurück, um ihn nicht weiter aufzuscheuchen.«

»Und was geschieht nun?«

»Ich denke darüber nach, wie ich ihn in die Freiheit entlassen kann, ohne ihn noch weiter zu ängstigen.«

»Gut. Welche Möglichkeiten stünden dir zur Verfügung?«

»Ich könnte ein Fenster öffnen und warten.«

»Oder?«

»Ich könnte … eine Tür öffnen. Und warten.«

»Noch eine Idee?«

»Nein, eigentlich nicht.«

»Gut, aber warum das alles?«, fragte Leo.

»Weil er nicht im Haus bleiben kann. Und je mehr ich ihn jage, desto aufgeregter flattert er umher. Also muss ich ihn dazu bringen –« Sie brach ab, schlug die Augen auf und starrte Leo an. »Oh … ich verstehe!«

»Was verstehst du?«

»Die Sache mit dem Dämon hat durchaus Parallelen zu unserem Vogel. Ich darf ihn nicht zerstören, also muss ich ihn irgendwie dazu bringen, dahin zurückzukehren, woher er kam.«

»Ja, genau.« Leo nickte. »Verbannt ihn wieder in dieses Ei. Das meinte ich. Und ich glaube, es könnte funktionieren.«

»Als ob du das nicht schon die ganze Zeit über wusstest«, sagte sie ein bisschen vorwurfsvoll. »Warum hast du mich nicht schon viel früher darauf hingewiesen?«

»Weil ich selbst noch nicht daran gedacht habe.«

»Wie bitte? Diese ganze Vogelanalogie ... Du wusstest selbst noch nicht, was dabei herauskommen würde?«

Er zuckte die Achseln. »Ich wollte nur, dass du dich dem Problem aus einer anderen Richtung näherst.«

»Wow«, sagte Piper nachdenklich. »Das ist irgendwie ... kosmisch.«

»Ja.«

Sie seufzte. »Aber ich kann den Dämon nicht sich selbst überlassen, wie ich es mit dem Vogel tun würde.«

»Nein, aber es könnte dir gelingen, ihn in Sicherheit zu wiegen.«

»Vielleicht. Vielleicht auch nicht. Der große Unterschied zwischen deinem Vogel und unserem Dämon ist, dass der Dämon ganz bewusst auf Zerstörung aus ist.« Sie schwieg einige Sekunden und fuhr dann fort: »Vielleicht wäre der Vergleich tauglicher gewesen, wenn wir statt des Vogels einen Alligator genommen hätten, der sich in einen Kindergarten verirrt hat? Oder einen rasenden Bullen in einem Porzellanladen?«

»Nein«, sagte Leo. »Weil dir dann als einzige Lösung nur die Beseitigung dieses Alligators oder Bullen in den Sinn gekommen wäre.«

»Wahrscheinlich hast du Recht.« Piper wandte sich wieder dem ursprünglichen Problem zu. »Die Gemeinsamkeit zwischen dem Vogel und dem Dämon ist also, dass wir beide dazu veranlassen müssen, wieder dahin zurückzukehren, woher sie kamen. Ich will, dass der Vogel wieder an die frische Luft kommt, und ich will, dass der Dämon wieder in sein Ei verschwindet.«

Sie wandte sich ihrem Mann zu und gab ihm einen zärtlichen Kuss. »Danke«, sagte sie.

»Ich bin froh, dass ich helfen konnte«, gab er zurück. »Ich weiß, was für eine harte Nuss dieser Fall für euch ist.«

»Und sie ist noch nicht geknackt, um bei dem Bild zu bleiben.« Piper ging zur Schlafzimmertür und wandte sich dann noch einmal zu ihm um. »Ich weiß nun zwar, dass wir dieses Ding wieder in das Ei hineinbekommen müssen, aber ich habe keine Ahnung, wie wir das anstellen sollen.«

12

In der Küche setzte sich Piper mit Phoebe und Paige an den Tisch und erzählte den beiden von ihrem Gespräch mit Leo. »Und vielleicht«, so schloss sie ihren Bericht, »finden wir einen Weg, wie wir all diese dämonischen Kopien von Chase wieder zurück in das Ei verbannen können.«

»Was mir am meisten Sorge bereitet, ist diese neueste Gruppe von Dämonen«, sagte Phoebe. »Sie waren kurz in der Unterwelt und blieben danach zusammen, als sie den Park verließen.«

»Glaubst du, du kannst sie aufspüren?«, fragte Piper.

»Ich könnte versuchen, eine Vision heraufzubeschwören, die sich auf den Park bezieht.«

»Diese Idee gefällt mir nicht«, sagte Piper. »Deine Visionen werden immer gewalttätiger, und sie nehmen dich von Mal zu Mal stärker mit.«

Paige sah die beiden ernst an. »Ich empfange diese merkwürdigen ... Schwingungen ... seit dieses Ding gestern aus dem Ei in unsere Welt kam«, sagte sie. »Ich bin sicher, die kommen von den Dämonen. Oder von den Unschuldigen, die sie bedrohen. Vielleicht können wir sie aufspüren, wenn ich dahin orbe, wo diese Energien am stärksten sind.«

Piper nickte. »Wenn die letzten vier noch immer als Gruppe agieren, sollten die Energieströme, die von ihnen ausgehen, die stärkste Reichweite haben.«

»Ich denke, wir drei sollten sie aufstöbern«, sagte Paige, »und herausfinden, was sie als Nächstes vorhaben.«

»Geh du mit Phoebe«, schlug Piper vor. »Ich will noch einmal einen Blick ins *Buch der Schatten* werfen. Vielleicht finde ich einen Hinweis darauf, wie man einen Dämon einlullt. Vielleicht gibt es ja etwas, mit dem man ihn in Sicherheit wiegen kann – wie unser armes kleines, verschrecktes Vögelchen.«

»Okay«, sagte Paige. »Phoebe und ich versuchen rauszufinden, was sie planen, und du schaust nach, ob und wie man ihn nasführen kann.«

»Wow«, kicherte Piper. »›Nasführen‹. Dieses Wort hab ich seit Grams Tagen hier im Haus nicht mehr gehört.«

Phoebe erhob sich. »Vielleicht ist es für unser Problem gar nicht so verkehrt, sich das eine oder andere von Grams Denkweise zu Eigen zu machen.«

»An die Arbeit«, rief Paige. Sie ergriff Phoebes Hand und orbte mit ihr davon.

Piper ging hinauf auf den Dachboden. Zuerst sah sie nach Chase, um sicherzugehen, dass er es bequem hatte, dann wandte sie sich dem *Buch der Schatten* zu. Sie öffnete den schweren Folianten, glättete die Seiten und konzentrierte sich darauf, etwas zu finden, mit dem man den Dämon in Sicherheit wiegen konnte.

Langsam blätterte sie eine Seite nach der anderen um, und nach ein paar Minuten schien es, als hätte sie ein altes Rezept gefunden, das ihnen möglicherweise weiterhelfen konnte:

Bepflanze einen Garten mit folgenden Kräutern:
Gänsekraut, Mondraute, Scharfkraut –
ihrer jeder drei.
Brau einen Sud aus drei mal zwanzig jungen Trieben
und daraus einen Trunk, der den Gaumen erfreut
und das Herz eines männlichen Dämons erweicht.
Von diesem lass ihn kosten,
bis der Punsch auf den letzten Tropfen geleert ist.
Sodann möge er schlafen.
Du, Schwester, überlass ihn seinen Träumen.
Träume von glücklicheren Zeiten als diesen.
Doch wenn der Trank ihn nicht zu besänftigen vermag,
dann kann nichts auf der Welt dies
Wunder bewirken.

In einer Mischung aus Freude und Sorge las Piper die Anweisung für den Trank.

Freude, weil sie es tatsächlich mit einem fraglos männlichen Dämon zu tun hatten, und Sorge, weil sie keine Zeit hatte, erst einen Kräutergarten anzulegen und darauf zu warten, dass die ersten Triebe sprossen, um schließlich je zwanzig Blätter von den drei gepflanzten Gewürzkräutern zu ernten.

Freude, weil die Möglichkeit, diese Dämonen in Schlaf zu versetzen, ihnen ein wenig Zeit verschaffen konnte, die nächsten Schritte zu planen. Sorge, weil die letzte Zeile des Rezepts den Eindruck erweckte, als könne der Trank auch durchaus versagen.

»Eine Sache nach der anderen«, beschwor sie sich selbst. Sie musste einen Kräutergarten finden, der auch zu dieser Zeit bereits abgeerntet werden konnte. Sie hoffte, es kam bei diesem Zauber nicht darauf an, dass sie das Beet eigenhändig anlegte, wie das Rezept empfahl. Sie ging hinunter, warf den Computer an und durchforstete das Internet.

Paige und Phoebe orbten in einen schmalen Durchgang und fanden sich in einem übel riechenden Müllcontainer wieder.

»Okay«, meinte Phoebe ungehalten, als sie dem Unrat entstiegen und sich aus dem Dunstkreis des Gestanks entfernten, »warum ausgerechnet hier?«

»Von hier geht die stärkste Energiestrahlung aus, die ich empfangen konnte«, erwiderte Paige, »obwohl ich dir sagen muss, dass einige zur Auswahl standen.«

»Er macht sich bereit, den nächsten Schritt zu tun«, vermutete Phoebe. »Deshalb hast du auch so viele Signale gleichzeitig empfangen. Man kann nur hoffen, Piper findet diesen Besänftigungszauber so schnell wie möglich.«

Sie verließen die düstere Gasse und traten auf die Hauptstraße hinaus. Sofort fiel ihr Blick auf einige Polizeiwagen, die offenbar ein Bankgebäude umstellt hatten. Auch sahen sie Darryl, der hinter dem Heck seines Autos kauerte. Sie eilten zu ihm.

»Was ist denn hier los?«, sprach Phoebe ihn an.

Darryl fuhr herum, perplex, die beiden hier zu sehen. »Wie zum Teufel habt ihr mich gefunden? Wir haben uns fast überschlagen, um die Presse hier rauszuhalten.«

»Wir verfolgen die Dämonen, nicht dich«, sagte Paige.

»Oh.« Er richtete seinen Blick wieder starr auf das Gebäude. »Es freut mich zwar, euch zu sehen, aber ich befürchte, ihr könnt in diesem Fall nichts tun.«

Phoebe sah an der Fassade des Kreditinstituts hoch, doch es war nichts Verdächtiges zu entdecken. »Worum geht's denn hier?«

»Raubüberfall mit anschließender Geiselnahme.« Darryl nickte in Richtung der Bank. »Eine Viererbande hat im Erdgeschoss nach unseren Schätzungen an die zweiundzwanzig Leute in ihre Gewalt gebracht.«

»Zweiundzwanzig ...« Phoebe flüsterte die Zahl der Geiseln fast. »Darryl, diese vier Kanaillen sind höchstwahrscheinlich niemand anderes als die letzte Gruppe Dämonen, die uns heute im Park entwischt ist. Denen sind diese Leute scheißegal. Die wollen nur auf eine nie dagewesene Weise getötet werden. Wenn deine Männer dieses Gebäude stürmen, endet das Ganze in einem Blutbad.«

»Da könntet ihr Recht haben«, sagte Darryl. Er wirkte unendlich müde. »Wir erhielten einen Anruf von einer der Angestellten, die dort drinnen festgehalten werden. Sie gab an, von Vierlingen als Geiseln festgehalten zu werden. Mehr konnte sie uns aber nicht mehr sagen, denn danach war die Leitung tot.«

Paige nickte ernst und sah Phoebe an. »Du hattest Recht«, sagte sie. »Klingt ganz danach, als ob er den Einsatz erhöht hat.«

»Bis jetzt hat er sich ja noch einigermaßen zurückgehalten«, wandte sich Phoebe an Darryl. »Doch nun scheint es, als würde er um jeden Preis die Öffentlichkeit suchen. Er will, dass wir in Panik geraten. Die vier da drinnen werden auf eine ziemlich spektakuläre, blutige Weise sterben, und dann werden sie zurückkommen, zahlreicher und brutaler denn je, und unsere Versuche, sie zu stoppen, werden gewalttätiger als zuvor ausfallen müssen – und wir werden San Francisco in dem Versuch, die Stadt zu retten, am Ende notgedrungen zerstören.« Sie holte tief Luft, um in einem fast flehentlichen Tonfall fortzufahren: »Darryl, ihr dürft das Gebäude *auf keinen Fall* stürmen, denn genau das will er.«

»Wenn er anfängt, Geiseln zu töten, werden wir genau das tun. Das liegt von dem Moment an nicht mehr in meiner Verantwortung.« Der Polizist deutete mit einem Nicken auf ein Spezialeinsatzkommando, dessen Mitglieder soeben hinter einem gepanzerten Lastwagen Stellung bezogen. »Diese Jungs da werden die Sache in die Hand nehmen.«

Phoebe sah zu Paige. »Nein, *wir* müssen die Sache in die Hand nehmen. Wir müssen die Leute da rausschaffen, bevor sie zu Schaden kommen.«

»Was soll ich denn deiner Meinung nach tun?«, fragte Paige. »Reinorben und sie nach und nach in Sicherheit bringen?«

»Genau!«, rief Phoebe. »Großartige Idee.«

»Moment mal, die Frage war eher ironisch gemeint«, wiegelte Paige ab. Sie sah zu dem Bankgebäude. »Oder glaubst du allen Ernstes, ich sollte da reinorben, jemanden bei der Hand nehmen und mit ihm verschwinden?«

In diesem Moment meldete sich Darryl wieder zu Wort. »Die Dämonen kennen euch beide doch schon, oder?«

»Ja«, bestätigte Phoebe. »Wir haben sie schon mal getroffen. Zumindest einige von ihnen.« Sie sah Darryl stirnrunzelnd an. »Um die Wahrheit zu sagen, wir wissen nicht genau, ob die da drinnen dieselben sind, die –«

»Also anstatt ein paar Unschuldige da herauszuholen«, unterbrach Darryl sie, »die euch überhaupt nicht kennen, wäre es da nicht besser ...«

»... wenn wir stattdessen die bösen Jungs aus dem Gebäude orben würden?«, beendete Paige seinen Satz. Sie sah Phoebe hoffnungsvoll an. »Das könnte funktionieren.«

Doch Phoebe war sich dessen nicht so sicher. »Was wissen wir denn schon groß von den vieren? Wie sind sie bewaffnet? Wo genau im Gebäude befinden sie sich gerade? Sind sie zusammen? Oder haben sie sich vielmehr aufgeteilt und unter die Geiseln gemischt? Wie willst du in kürzester Zeit von einem zum anderen gelangen, Paige? Was, wenn die anderen bemerken, wie du mit einem von ihnen nach draußen orbst?«

Darryl hob eine Hand, als ob er sie am Weiterreden hindern wollte. »Berechtigte Fragen, Phoebe«, räumte er ein. »Mal sehen, wie viele wir davon beantworten können.« Sprach's und ging hinüber zu den Männern des Spezialeinsatzkommandos.

Phoebe und Paige sahen sich schweigend an, dann folgten sie ihm. Als sie näher kamen, sahen sie, dass der Einsatzleiter einen Plan mit dem Gebäudegrundriss auf der Ladefläche eines Lastwagens ausgebreitet hatte. Darryl und er studierten die Zeichnung, doch als die beiden Frauen neben sie traten, sah der Einsatzleiter misstrauisch auf. »Wer sind diese beiden Zivilisten?«

»Eine Psychotherapeutin, mit der ich schon einmal in der Vergangenheit zusammengearbeitet habe«, erwiderte Darryl, »und ihre Schwester.« Er wandte sich zu Phoebe und Paige um. »Darf ich vorstellen, das ist Captain Rodgers.«

Doch Captain Rodgers wirkte einigermaßen unbeeindruckt. »Ich hab jetzt wirklich keine Zeit, mich mit einem Seelenklempner auseinander zu setzen, der mir erzählen will, was ich ohnehin schon weiß. Vier Männer haben einen Haufen Leute in ihre Gewalt gebracht. Und wir werden jetzt da reingehen und das Ganze beenden. Wir können nicht hier rumstehen und warten, bis die ersten Geiseln sterben.«

Darryl hielt dem entschlossenen Blick des Einsatzleiters stand. »Ich habe miterlebt, wie die zwei sogar schwierigere Situationen gemeistert haben. Wenn sie uns helfen können, die Sache unblutig zu beenden, würde ich ihnen gern die Chance dazu geben.«

Rodgers sah von Darryl zu den beiden und wieder zurück zu Darryl. »Wenn ich und meine Männer hier bereit sind, werden wir das Gebäude stürmen.« Er sah auf seine Uhr und dann wieder zu Phoebe und Paige. »Sie beide haben also genau fünf Minuten.«

Darryl nickte, schnappte sich den Grundriss des Gebäudes und entfernte sich wieder vom Sammelpunkt. Die beiden Zauberhaften folgten ihm, und Rodgers wandte sich wieder seiner Einsatzbesprechung zu.

Darryl lotste die Frauen hinter seinen Wagen, wo sie ungestört reden konnten. Phoebe registrierte, dass niemand der anwesenden Polizisten ihnen mehr Beachtung schenkte; vielmehr richteten alle Beteiligten ihre Aufmerksamkeit voll und ganz auf das besetzte Bankgebäude. Darryl breitete den Plan auf dem Heck des Autos aus und sagte: »Hinter den Schaltern befindet sich eine Hintertür. Was ihr hier seht, ist der Kundenbereich. Unweit der Schalter gibt es drei Schreibpulte sowie ein Büro in der Ecke.« Er gab den beiden einen Moment Gelegenheit, die Zeichnung zu studieren. »Die Geiselnehmer haben die Rollläden heruntergelassen, aber Rodgers hat ein paar Leute abgestellt, die den Bereich mittels Hightechabhörgeräten belauschen. Er sagt, die Geiseln befinden sich genau hier ...« Darryl deutete auf einen Punkt, der genau zwischen den Schaltern und den Schreibpulten lag. »... Sie sitzen oder liegen allesamt auf engstem Raum am Boden.«

»Warum will der Captain die Bank denn so schnell stürmen?«, wollte Paige wissen.

»Die Männer an den Abhörgeräten haben ihm gesagt, dass die Entführer vorhaben, die Geiseln zu töten. Und das schon bald.«

Paige sah hinüber zu dem Bankgebäude. »Haben sie denn irgendwelche Forderungen gestellt?«

»Nein, deswegen will er ja keine Zeit mehr verlieren. Wenn es Forderungen gegeben hätte, hätte man einen Unterhändler damit beauftragen können, die vier ein bisschen hinzuhalten. Doch so hat Einsatzleiter Rodgers keine Chance, ein wenig Zeit zu gewinnen. Er muss also schnellstmöglich handeln.«

»Lasst mich in dem Bereich hinter den Geiseln materialisieren«, schlug Paige vor und zeigte auf die betreffende Stelle im Plan. »Von dort aus kann ich überprüfen, wo sich die Dämonen aufhalten, dann rasch zurückorben, und dann entscheiden wir gemeinsam, wo ich die Jungs abladen soll.«

»Was, wenn einer von denen dich sieht?«, wollte Darryl wissen.

Paige sah ihm fest in die Augen. »Was, wenn ich gar nicht erst reingehe?«, fragte sie provozierend zurück.

»Okay, ich sehe zu, dass ich hier irgendwo einen sicheren Bereich ausfindig machen kann«, erwiderte Darryl. »Du gehst rein und peilst wie vorgeschlagen die Lage, Paige.«

Paige nickte, und schon war sie davongeorbt.

Als sie fort war, legte Phoebe dem Polizisten freundschaftlich ihre Hand auf die Schulter. »Ich weiß, du bist es gewohnt, in solchen Situationen die Befehle zu geben«, sagte sie. »Doch du musst uns jetzt tun lassen, wovon wir glauben, dass es das Richtige ist. So schwer es dir auch fällt, du musst uns jetzt einfach ohne Wenn und Aber gewähren lassen.«

Darryl seufzte. Sein Blick schweifte über die Einsatzwagen, die bis an die Zähne bewaffneten Polizisten daneben und dann zu dem belagerten Bankgebäude. »Ich verstehe«, sagte er. »Aber das hier ist meine Welt. Ich muss einfach irgendeine Art von Kontrolle über die Situation erlangen.«

»Über diese Dämonen wirst du nie Kontrolle erlangen.« Phoebe folgte seinem über die Szenerie schweifenden Blick. »Halte deine Männer hier unter Kontrolle, und wir kümmern uns um den Dämon. Sieh das Ganze einfach als Teamwork an.«

Darryl nickte. »Ich denke, das kann ich.«

In diesem Moment materialisierte Paige direkt neben ihnen.

»Hat dich jemand gesehen?«, fragte Phoebe besorgt.

»Nein, niemand hat auch nur die geringste Notiz von mir genommen. Alle Geiseln sind viel zu verängstigt, um auch nur nach links oder rechts zu schauen.« Sie sah Darryl an und deutete dann auf die Grundrisszeichnung. »Du hattest Recht. Die Leute sind genau an der vermuteten Stelle zusammengepfercht worden. Sie liegen mit dem Gesicht nach unten auf dem Boden, die meisten von ihnen völlig regungslos. Alle sind starr vor Angst.« Sie bewegte ihren Finger über dem eingezeichneten Kundenschalter. »Die Dämonen befinden sich genau hier.«

»Alle vier?«, fragte Darryl.

Paige nickte. »Und sie sind bewaffnet. Ansonsten stehen sie einfach nur Seite an Seite da. Sieht aus, als warteten sie auf etwas.«

»Sie warten darauf, angegriffen zu werden«, vermutete Phoebe. »Schließlich haben sie sich ja aus eben diesem Grund in dem Gebäude verschanzt.« Sie zeigte in der Zeichnung mit dem Finger auf den Bereich hinter dem Kundenschalter. »Paige, kannst du genau hier materialisieren, dir einen oder zwei von denen schnappen und sofort wieder rausorben?«

»Ich glaube, ich kann das sogar noch besser. Ich werde direkt *auf* dem Kundenschalter materialisieren, *alle vier* mit einem Arm oder einem Bein oder einem anderen Körperteil berühren und sie dann allesamt mit hinausnehmen.«

Darryl sah, wie Rodgers seinen Männern, die auf dem Dach neben dem Gebäude sowie auf dem Gehweg auf ihren Einsatz warteten, ein Zeichen gab.

Phoebe, die das Signal zum Angriff ebenfalls mitbekommen hatte, sagte zu ihrer Halbschwester: »So wird's gemacht!« Und an Darryl gewandt: »Und wo soll Paige die vier nun abladen?«

Darryl sah sich hektisch um. »In dem gepanzerten Lastwagen da drüben!«

Phoebe sah, wie das Sonderkommando auf dem Bürgersteig sich bereit machte, die Vordertür zu stürmen. »Ist da womöglich noch jemand drin in dem Lastwagen?«

Darryl flitzte hinüber zu dem Fahrzeug, riss die hintere Klappe auf, schaute hinein, schlug die Tür wieder zu und schüttelte den Kopf in Richtung der beiden Hexen.

»Verriegel die Klappe!«, rief Phoebe ihm zu.

Darryl tat, wie ihm geheißen.

Phoebe wandte sich an Paige. »Und los geht's!«

Paige orbte davon. Eine Sekunde später brach der Einsatztrupp durch die Vordertür in das Gebäude ein. Phoebe vernahm Geschrei und erschreckte Rufe aus dem Inneren der Bank, doch bisher noch keine Schüsse.

In diesem Moment materialisierte Paige wieder neben ihr. »Erledigt«, sagte sie. »Alle vier Dämonen sitzen im Innern des Lastwagens fest. Natürlich sind sie nach wie vor bewaffnet.«

Das Geräusch gedämpfter Schüsse ließ alle Anwesenden herumfahren. Das kugelsichere Glas des gepanzerten Lastwagens zeigte Sprünge, doch es zerbarst nicht. Mit offenen Mündern verfolgten Darryl und die anderen Polizisten, wie aus dem Inneren des Wagens wütende Schreie, Flüche und das Geräusch weiterer Gewehrsalven nach außen drangen.

Darryl kam zu den beiden Zauberhaften zurück. »Gute Arbeit«, sagte er. Er nickte in Richtung des Bankeingangs, aus dem die Männer des Sonderkommandos soeben die Geiseln in Sicherheit brachten.

In derselben Sekunde sah Phoebe, wie Captain Rodgers einigen seiner Männer bedeutete, die Hintertür des Panzerwagens zu öffnen und das Feuer auf die Insassen zu eröffnen. »Nein!«, rief sie entsetzt und fuhr zu Darryl herum. »Sie dürfen die Tür des Wagens nicht öffnen! Im gleichen Moment, in dem sie das tun, werden die Dämonen entkommen, und wir stehen wieder ganz am Anfang!«

Bevor Darryl reagieren konnte, sprang plötzlich der Motor des Panzerwagens an. Ruckelnd setzte sich das Gefährt in Bewegung.

Paige sah Phoebe erstaunt an. »Wann haben die denn gelernt, Auto zu fahren?«

Der Panzerwagen rollte die Straße entlang, streifte dabei eine Reihe parkender Autos auf dem Seitenstreifen und raste dann schlingernd weiter.

»Offensichtlich«, erwiderte Phoebe trocken, »haben sie es noch nicht gelernt.«

Captain Rodgers befahl seinen Leuten, auf die Reifen zu schießen, doch noch immer rumpelte der Panzerwagen unbeirrt auf der Straße davon.

Einer der Polizisten hob seine Panzerfaust, zielte und feuerte. Das Geschoss detonierte im Heck des Panzerwagens, und die Achse brach. Das Fahrzeug schwankte hin und her, kippte zur Seite und blieb schließlich liegen.

Sich von einem parkenden Auto zum nächsten vorarbeitend, näherten sich die Soldaten mit ihren Waffen im Anschlag dem Panzerwagen. Als sie das havarierte Gefährt fast erreicht hatten, flog die Fahrertür auf, und die Dämonen machten sich daran, aus dem Wagen zu klettern.

In diesem Moment eröffneten die Soldaten das Feuer. Einige Dämonen schossen zurück, während immer mehr von ihnen aus dem Fahrerhaus auf die Straße sprangen.

»Sechs ... sieben ... acht«, zählte Paige, als sie in Deckung gingen, um nicht ins Visier der wild um sich schießenden Dämonen zu gelangen. Betroffen sah sie hinüber zu Phoebe. »Vier habe ich eingesperrt, und acht kamen wieder heraus.«

Im Schutz eines Polizeiwagens notierte Phoebe diese Information. »War das nun Tod durch Autounfall oder Tod durch Panzerfaustbeschuss?«

Paige schüttelte deprimiert den Kopf. »Keine Ahnung.« Sie warf einen Blick zu Darryl, der den beiden offenbar fassungslos zugehört hatte. »Ich schlage vor, du erzählst diesem Captain Rodgers, dass du glaubst, die Täter würden sehr leichte, jedoch hocheffektive Panzerkleidung tragen.« Sie sah wieder zur Straße, wo die Männer des Einsatztrupps offenbar die Verfolgung der Dämonen aufgenommen hatten. »Und ich schlage zudem vor, du erzählst ihm, dass sich jeder der Augenzeugen hinsichtlich der Zahl der Entführer ein bisschen verrechnet haben muss.«

»Und wie in aller Welt erkläre ich ihm zunächst einmal die

Tatsache, dass die Täter aus der Bank hinaus- und in den Panzerwagen hineingelangt sind?«, fragte Darryl.

Paige sah Phoebe an und dann wieder Darryl. »Da wird dir schon was einfallen«, gab sie zurück.

»Wie viele sind es denn inzwischen?«, wollte Darryl wissen. Er klang fast ein wenig verzweifelt.

»Dreizehn«, sagte Phoebe und hielt ihren Notizblock in die Höhe. »Zumindest wissen wir von dreizehn.« Sie seufzte. »Und an diesem Punkt fängt die Sache an, wirklich hässlich zu werden. Denn dies ist der Beginn dessen, was ich in meiner Vision gesehen habe. Captain Rodgers wird zweifellos einige der Dämonen zur Strecke bringen, ein paar von ihnen auf völlig neue Art und Weise, wodurch sich diese abermals multiplizieren ... Und dann wird Rodgers irgendwann begreifen, dass er sie nicht aufhalten kann, und die Armee zu Hilfe rufen, die natürlich noch mehr von ihnen töten wird. Und dann werden aus den dreizehn ganz schnell sechsundzwanzig, und aus diesen zweiundfünfzig werden.« Sie legte Darryl eine Hand auf die Schulter. »Vergiss nie, wir haben es hier mit einem Dämon zu tun, der ganz scharf darauf ist, zu sterben.«

Schweigend sahen die Drei auf die vor ihnen liegende Stadt, und Paige fragte sich, wie lange es dauern würde, bis die Skyline von Rauch und Feuer verhüllt sein würde.

13

Zögernd betrat Piper das Geschäft »Der Zaubergarten« und sah sich um.

Die Sonne fiel sanft durch die in die Decke eingelassenen Oberlichter und tauchte den kleinen Pfad aus Naturstein, der sich durch den Laden schlängelte, in ein warmes Licht. Auf jedem freien Fleckchen standen Blumenkübel, und das Geräusch plätschernden Wassers aus einem Dutzend kleiner Springbrunnen erfüllte die Luft. Unter so manchen der eingetopften Pflanzen lugten Gnome aus Jute, Frösche aus Keramik und bemalte Fliegenpilze aus Holz hervor.

Piper schloss die Tür, worauf ein kleines Glöckchen ihre Ankunft verkündete. Aus dem Hinterzimmer trat eine alte Frau in den Laden, die aussah, als sei sie soeben einem Dickens-Roman entstiegen. Sie war sehr klein und hatte ihr silberfarbenes Haar zu einem strengen Knoten gebändigt, während sie zu ihrem dunklen, formlosen Kleid einen grauen Wollschal trug.

Die Frau lächelte Piper freundlich an. »Guten Tag, meine Liebe, was kann ich für Sie tun?«

»Sind Sie Mrs Pickens?«, fragte Piper.

»Bitte«, sagte die Frau. »Nennen Sie mich Emily.«

»Ich bin durch Ihre Website auf Ihren Laden aufmerksam geworden«, erklärte Piper. »Dort steht, Sie führen auch exotische Heilpflanzen und Medizinkräuter?« Sie ging auf dem gewundenen Pfad tiefer in den Laden hinein bis zu der kleinen Ladentheke, hinter der Emily stand. Diese Ladentheke, so stellte Piper fest, bestand aus einer dicken Baumscheibe, deren borkiger Rand aussah, als steckte noch immer Leben darin.

»Das ist richtig«, erwiderte Emily. »Darauf haben wir uns sogar spezialisiert.« Die alte Frau nickte in Richtung der weniger extravaganten Topfpflanzen, die den Pfad säumten. »Mit diesen hier machen wir allerdings unseren Hauptumsatz. Die Nachfrage nach Heilkräutern ist nicht sehr groß, wissen Sie.«

Piper holte eine Liste aus ihrer Handtasche. »Ich bin auf der Suche nach Gänsekraut, Mondraute und Scharfkraut.«

»Ah«, sagte Emily, und in ihrem Gesicht erschien ein Anflug von lebhaftem Interesse. »Wohl für einen Zauberspruch, habe ich Recht?«

»Ich … äh, ich möchte mir einen Kräutergarten anlegen.«

Emily nickte. »Das, was Sie suchen, haben wir hinten.«

Piper folgte Emily durch die Tür hinter der Theke in einen kleinen, bis an die Decke voll gestopften Lagerraum und von dort in einen riesigen Garten. Piper sah sich erstaunt um. »Wow, unglaublich, wie viel Platz Sie hinter dem Haus haben, einfach toll!«

»Ja, da haben wir wirklich Glück gehabt. Der Laden und das Grundstück sind schon seit Generationen im Besitz meiner Familie. Die Stadt ist praktisch um uns herum gewachsen.«

Der Boden der Parzelle war fast überall mit dunkler, kompostartiger Erde bedeckt. Dutzende, wenn nicht hunderte von Pflanzenkübeln standen hier. Über ihren Köpfen hielten hauchdünne Schattiermatten die schädlichsten Sonnenstrahlen von den jungen Gewächsen ab.

»Kommen Sie doch einmal hierher«, hörte Piper Emily hinter sich rufen.

Piper drehte sich um und sah die Ladenbesitzerin inmitten einer Batterie aus eingetopften Kräutern stehen. Sie ging zu ihr hinüber.

»Nun, meine Liebe, wie bald wünschen Sie den Spruch zu wirken?«

»Wie bitte?«

Emily dachte einen Moment lang nach, dann startete sie einen neuen Versuch. »Nun, was ich wissen muss, ist, wie groß die Pflanzen denn sein müssen.«

»Ähm …« Piper überlegte, wie viel von ihren Plänen sie

Emily gegenüber verraten durfte. »Ich benötige von jeder Sorte zwanzig Blätter.«

Emily stützte ihre Hände in die Hüften. »Zwanzig … hm, das muss ein ziemlich mächtiger Zauberspruch sein …«

»Hören Sie, können wir das Thema Zaubersprüche nicht einfach lassen? Ich brauche lediglich ein paar Pflanzen.«

»Selbstverständlich.«

Emily drehte sich um und verfiel ins Grübeln. Dann holte sie eine Gartenschubkarre und lud verschiedene Pflanzen in die Wanne, wobei sie diese zu drei Gruppen zusammenstellte.

Piper sah ihr dabei zu. Sorgfältig wählte Emily vier oder fünf Pflanzen jeder Sorte aus, doch Piper stellte fest, dass jede von ihnen allein mindestens zwanzig Blätter besaß. »Ich glaube nicht, dass ich so viele Töpfe brauchen werde«, ließ sie Emily wissen.

Emily drehte sich zu ihr um. »Sie wollten doch zwanzig Blätter von jeder Sorte für Ihren … Garten, richtig?«

Piper nickte.

»Aber Sie wollen nicht einfach irgendwelche Blätter.« Es klang mehr nach einer Feststellung denn nach einer Frage. Vorsichtig bog Emily die Zweige einer der Kräuterpflanzen ein wenig auseinander. »Sehen Sie die Blätter hier? Diese sind zu dunkel und schon viel zu dick …« Sie schüttelte den Kopf. »Diese wollen Sie nicht.«

»Nein?«

»Nein, Sie wollen diese hier.« Emily deutete auf ein anderes Blatt, das verglichen mit dem vorherigen fast winzig zu nennen war. »Diese müssen es sein. Jung, zart und noch kaum mit Blattgrün angereichert. Am besten sind die, die sich noch nicht einmal entrollt haben.«

Piper rief sich einen Teil des Spruchs ins Gedächtnis:

Brau einen Sud aus drei mal zwanzig jungen
Trieben …

»Ich denke, Sie haben Recht.« Sie fühlte sich plötzlich seltsam erleichtert. »Ich habe nur für die *frischen* Triebe Verwendung.«

Emily nickte. »Wie ich's mir dachte.«

Piper überschlug im Geiste die Anzahl der ausschließlich jungen Blätter, und sie musste feststellen, dass Emily ganz genau wusste, was sie tat. Wenn man lediglich die zarten Triebe der Pflanzen auf der Schubkarre zusammenrechnete, dann kam man genau auf die für das Rezept erforderliche Menge.

»Ja«, sagte Piper. »Die nehme ich.« Unschlüssig stand sie eine Weile da. »Also, dann fahre ich mit den Kräutern jetzt nach Hause, schneide die zarten Triebe ab und …«

Emily sah ihre junge Kundin stirnrunzelnd an. »Sie wollten Ihre Angelegenheiten hier nicht diskutieren, und ich habe das respektiert.« Sie machte eine kleine Pause, als ob sie nach einer unverfänglichen Möglichkeit suchte, die Sache zu erklären. »Aber ich glaube nicht, dass Sie für Ihr Vorhaben schon jetzt irgendetwas von diesen Pflanzen abschneiden sollten.«

»Ich muss –« Piper unterbrach sich. »Ich brauche diese Blätter ziemlich schnell, wissen Sie.«

»Das bezweifle ich keineswegs. Aber Sie sagten, Sie wollten einen Garten anlegen …« Emily sah Piper abwartend an.

Piper rief sich noch einmal die Anweisung aus dem *Buch der Schatten* ins Gedächtnis:

Pflanze einen Garten mit folgenden Kräutern …

»Und wieder haben Sie Recht.« Piper fühlte sich plötzlich reichlich undankbar. »Tut mir Leid, dass ich so eine Geheimniskrämerin war. Vielen Dank, Emily, Sie waren mir bis jetzt eine große Hilfe.« Sie lächelte und versuchte es noch einmal: »Doch, bitte sagen Sie mir, wie lege ich diesen Garten denn nun am besten an, wenn ich die zarten Blätter schnellstmöglich ernten möchte?«

»Aha, endlich eine konkrete Frage.« Emily ging zu einem

Stück freien Boden, nahm ein Stöckchen zur Hand und begann, ein Pentagramm in das dunkle Erdreich zu zeichnen. »Ich nehme an, Sie wissen, was das ist?« Piper nickte, und Emily fuhr fort. »Eine nach oben zeigende Spitze muss nach Norden zeigen. Pflanzen Sie sodann je ein Kräuterstöckchen an jeder der fünf Spitzen.« Sie bohrte mit dem Stecken fünf kleine Löcher in die betreffenden Stellen. »Es spielt dabei keine Rolle, welche Kräuter Sie wo einpflanzen, weil die ja alle für Ihren … Tee oder was immer Sie damit anstellen wollen, gebraucht werden.«

Piper nickte und folgte fasziniert Emilys Ausführungen.

»Nun besitzen Sie insgesamt mehr als ein Dutzend Pflanzen. Setzen Sie sodann fünf weitere an den Schnittstellen der Pentagramm-Linien in die Erde ein.« Sie markierte auch diese Positionen mit ihrem Stöckchen. »Und alle übrigen Pflanzen setzen Sie nun in das fünfeckige Zentrum des Pentagramms. Achten Sie jedoch darauf, dass Sie diese auch wirklich nur *innerhalb* des Fünfecks einpflanzen.«

»Verstanden.« Piper nickte.

»Sie können natürlich sämtliche jungen Blätter ernten, aber jene Pflanzen, die sich an den fünf Spitzen befinden, sind die mächtigsten.«

Piper sah Emily dankbar an. »Das werde ich mir gut merken.«

»Bereiten Sie das Beet vor Sonnenuntergang vor, doch pflanzen Sie die Kräuter noch vor dem heutigen Vollmond«, sagte Emily. »Und falls Sie irgendwelche, ähm, Worte kennen, die dem Pflanzenwachstum zuträglich sind, dann sprechen Sie sie dabei.«

»Ja, dafür kenne ich einen guten Zauberspruch«, platzte Piper heraus, die nun jegliche Hemmungen Emily gegenüber verloren hatte.

»Gut. Und morgen Früh, nachdem der Tau getrocknet ist, ernten Sie die jungen Blätter rasch und noch bevor die ersten Sonnenstrahlen ihnen Schaden zufügen können.«

»Vielen Dank.«

»Brauchen Sie sonst noch etwas? Einen hübschen Farn fürs Badezimmer vielleicht?«

»Nein, danke«, sagte Piper und deutete auf die Kräuter in der Schubkarre. »Nur diese da.«

Emily nickte und schob die Karre zurück in Richtung Ladenlokal.

Piper ging neben ihr her. »Nochmals vielen Dank für Ihre Hilfe«, sagte sie. »Meine Großmutter verfügte zwar über das nötige Wissen, doch sie starb, bevor sie mir alles Wichtige beibringen konnte.«

»Wie war ihr Name?«, fragte Emily. »Vielleicht kannte ich sie ja.«

»Penny.«

Emily hielt abrupt inne. »Penny Halliwell?«

Piper nickte.

Emily versank ein paar Sekunden in Gedanken, dann schob sie die Schubkarre weiter. »Ich erinnere mich gut an Penny«, sagte sie. »Sie kam oft hierher; sie war eine wundervolle Frau.«

»Ja«, erwiderte Piper. »Das war sie.«

Als sie die Ladentheke erreicht hatten, sinnierte Emily über den Töpfen mit den Kräutern, als würde sie den Verkaufspreis im Kopf überschlagen. Und tatsächlich, so stellte Piper fest, gab es weit und breit keine Kasse, mit deren Hilfe man die Ware hätte erfassen können.

Emily hob den Kopf und sagte: »Das macht dann insgesamt achtunddreißig Dollar.«

Piper fischte die Scheine aus ihrem Portmonee und reichte der alten Frau den gewünschten Betrag. Als Emily das Geld entgegennahm, legte sie für einen Moment ihre Hand über die von Piper. »Ich liege wohl nicht völlig falsch, wenn ich vermute, dass Sie einen Beruhigungstrank herzustellen beabsichtigen. Und wenn ich die Menge der Kräuter sehe, die Sie dafür verwenden wollen, muss es ein Trank für etwas sehr, sehr Mächtiges sein. Vielleicht sogar für etwas sehr, sehr Böses.«

Piper sah sie schweigend an, unsicher, ob und was sie darauf antworten sollte.

»Sie wollen Ihre Angelegenheiten für sich behalten«, fuhr Emily fort. »Ganz genau wie Ihre Großmutter. Aber lassen Sie sich noch Folgendes gesagt sein …« Sie beugte sich vor und senkte die Stimme. »… die Macht der Kräuter, die Sie für Ihren Trank verwenden werden – und die Macht des Zaubers, über den Sie nicht zu sprechen wünschen – hängt ganz entscheidend davon ab, wie genau Sie sich an die Pflanzanweisung und den Erntevorgang halten.«

»Ich verstehe.«

»Ich habe keinen Zweifel daran, dass Sie eine sehr mächtige Hexe sind, ganz wie Ihre Großmutter eine war, aber gehen Sie vorsichtig zu Werke. Der kleinste Fehler könnte Ihr Elixier bis hin zur völligen Unwirksamkeit verderben … Ich meine, unwirksam im Hinblick darauf, was Sie damit zu erreichen suchen.«

»Danke«, sagte Piper. »Noch mal danke.«

Emily nickte. »Nehmen Sie die Schubkarre mit hinaus zu Ihrem Wagen. Sie können sie nach dem Einladen dann vor der Tür abstellen.«

Piper umfasste die Griffe der Schubkarre und wollte schon hinaus, da drehte sie sich noch einmal zu Emily um. »Ich hoffe sehr, wir sehen uns eines Tages mal wieder.«

Emily nickte wieder. »Seien Sie gesegnet«, sagte sie. Mit diesen Worten war sie im hinteren Bereich ihres Ladens verschwunden.

14

Paige und Phoebe betraten Halliwell Manor, und wie schon so oft war es, als ob sie damit das Tor zu einer anderen, ganz und gar friedlichen Welt durchschritten hätten.

»Wir sollten uns unbedingt kurz mit Piper besprechen«, sagte Paige. »Und danach brauche ich dringend eine Dusche. Ich stinke immer noch nach diesem Müllcontainer.«

»Was ja wohl nicht meine Schuld ist«, erwiderte Phoebe. Sie ging durch die Halle und sah sich suchend im Wohnzimmer um. »Hallo, jemand zu Hause?«

Da betrat Leo die Halle; er war auf dem Weg ins Wohnzimmer und trug Wyatt auf dem Arm. »Falls ihr Piper sucht, die ist hinterm Haus.«

»Hinterm Haus?« Paige verstand nicht. »Du meinst, im … Garten?«

Leo nickte. »Ja, sie ist gerade dabei, ein Beet anzulegen.«

Paige und Phoebe sahen sich stirnrunzelnd an, dann eilten sie durchs Haus und betraten über die Hintertreppe den Garten.

Und tatsächlich, dort stand Piper, in einem fleckigen Arbeitsoverall und mit einem Strohhut auf dem Kopf. Mit Handschuhen und einer Schippe ausgerüstet, hob sie soeben ein kreisförmiges Beet im Boden aus. Das ausgegrabene Erdreich wurde nach jedem Spatenstich sorgfältig auf einer großen Pappunterlage zwischengelagert. Neben ihr stand ein kleines Taschenradio, in dem sie einen Sender eingestellt hatte, auf dem rund um die Uhr Nachrichten ausgestrahlt wurden.

»Sieh mal einer an«, meinte Paige und trat zu ihr. »Während wir unter Einsatz unseres Lebens versuchen, die marodierenden Dämonen da draußen zu dezimieren, beschäftigst du dich … ja, womit eigentlich? Gräbst du aus lauter Frust den Garten um, oder was?«

»Nein, ich möchte diese Kräuter dort einpflanzen«, gab Piper ruhig zurück. Sie deutete auf die unlängst gekauften Pflanzen, die nun unter einem schattigen Baum ihrer weiteren Verwendung harrten. »Die sind für einen Spruch gedacht, mit dem man den Dämon möglicherweise besänftigen kann.«

»Ach?« Paige sah Piper zweifelnd an. »Und ein ›besänftigter‹ Dämon wird infolgedessen auch ... ein wenig entspannter Amok laufen als ein weniger ›besänftigter‹?«

»Ein besänftigter Dämon«, entgegnete Piper, während sie ungerührt weiterarbeitete, »wird für eine Weile in Schlaf fallen, was uns Gelegenheit gibt, einen Weg zu finden, ihn wieder in dieses Ei zu verbannen ... bevor er San Francisco dem Erdboden gleichmacht.«

»Apropos ›Erdboden gleichmachen‹«, mischte sich nun Phoebe ein. »Ich fürchte, diese Phase hat soeben begonnen.«

Sie und Paige berichteten Piper sodann von ihrem Abenteuer vor dem Bankgebäude und dem Vorfall mit dem Panzerwagen.«

»Dreizehn«, wiederholte Piper sichtlich bestürzt. Und dann: »Was ist dieser Captain Rodgers eigentlich für ein Typ? Glaubt ihr, es besteht die Gefahr, dass er und seine Jungs die Zahl der Dämonen in kürzester Zeit drastisch erhöhen könnten?«

»Darryl will mit ihm reden«, sagte Paige. »Obwohl es bestimmt schwer sein wird, Rodgers und seine Truppe davon zu überzeugen, dass sie die Sache nicht eskalieren lassen. Immerhin hat er mit angesehen, wie acht Tatverdächtige aus dem Panzerwagen gestiegen und geflohen sind.«

»Darüber kam aber noch nichts in den Nachrichten«, sagte Piper.

»Kein Wunder«, erwiderte Phoebe. »Darryl hat es irgendwie geschafft, die Presse aus der Sache rauszuhalten. Aber er kann auch nicht ewig verhindern, dass etwas nach außen dringt.«

»Wenn auch nur ein einziger Pressehubschrauber über dem heutigen Tatort gekreist ist, sind die Nachrichten schon bald voll von diesem Ereignis.«

»Umso dringender ist es, dass ich diesen Garten hier fertig mache.« Piper sah sich den Kreis, den sie ausgehoben hatte, an. »Ist eigentlich noch was von Grams Kompost übrig?«

»Eigentlich sollte kein einziger Krümel davon fehlen«, meinte Phoebe. »Schließlich haben wir ihn bisher noch nie gebraucht.«

Argwöhnisch sah Piper zu der alten Kompostmiete aus Holz hinüber, die in einer Ecke des Gartens angelegt war. »Wie lange hält sich dieses Zeug eigentlich?«

»Kompost ist Kompost«, sagte Paige. »Was sollte daran verderben können?«

»Na ja«, begann Piper. »Es ist nur so, dass der Beruhigungstrank wirklich sehr stark, und vor allem sehr wirksam sein muss. Und damit er bestmöglich gelingt, müssen die dafür nötigen Kräuter einfach optimal gedeihen.« Sie sah auf die Erdklumpen, die sie gerade ausgehoben hatte, und fuhr fort: »Ich möchte, dass die Erde, in der die Kräuter eingepflanzt werden, genauso riecht und beschaffen ist wie diejenige im ›Zaubergarten‹.«

»Grams Kompost wird diesen Anforderungen bestimmt gerecht werden«, meinte Phoebe. »Erinnert ihr euch noch daran, mit welcher Hingabe sie die ganzen Obst- und Gemüseabfälle dort hinten aufgeschichtet hat? Und wie sie dabei immer dieses Gedicht aufgesagt hat?«

Piper nickte. »Daran erinnere ich mich noch sehr genau, und dieses ›Gedicht‹ war eine Art Segen. Daher ist der Kompost von Grams Zauberkraft erfüllt, und darum werde ich diesen Segen beim Einsetzen der Kräuter ebenfalls sprechen.«

Die Zauberhaften gingen zum Komposter, der im Schatten eines Baumes in der Ecke des Grundstücks stand. Piper hob die Klappe und griff hinein. Dann holte sie eine Hand voll bester Erde daraus hervor, roch daran und schloss die Augen.

Paige runzelte die Stirn. »Was machst du da?«

Piper hielt ihr die Erde hin. »Wonach riecht das für dich?«

Paige wich reflexartig zurück, doch Phoebe schnüffelte vorsichtig daran. »Dieser Kompost«, sagte sie lächelnd, »riecht wie ... wie der Wald, in dem wir früher gecampt haben.«

»Genau«, sagte Piper. »Es wollte mir nicht auf Anhieb einfallen. Und genauso aromatisch riecht es im ›Zaubergarten‹ – als ob man durch einen herbstlichen Wald spaziert.« Sie holte ihre Schaufel sowie Grams alten Eimer und füllte Letzteren mit der humushaltigen Erde aus dem Komposter. »Wir hätten uns näher damit beschäftigen sollen«, sagte sie und deutete auf die Kompostmiete. »Mir ist nie klar gewesen, dass Grams diesen Bodenverbesserer nicht allein zum Zeitvertreib angesetzt hat. Es gibt Zaubersprüche, die erfordern die Verarbeitung von speziellen Kräutern. Kräuter, die in bester Erde gedeihen müssen und die wir selbst ziehen können.« Sie reichte Paige den bis oben gefüllten Eimer. »Verteil den Kompost bitte in dem von mir ausgehobenen Kreis und bring ihn dann wieder zurück.«

Paige starrte skeptisch auf den Eimer, dann seufzte sie ergeben. »Warum nicht, ich wollte sowieso gleich duschen.«

Nachdem der Kreis im Boden sorgfältig mit einer Lage Kompost aufgefüllt worden war, arbeitete Piper diesen mit der Schaufel in die Erde ein. Phoebe kniete neben ihr und unterstützte sie dabei mit einer alten Pflanzkelle.

»Schade«, meinte Paige, »dass wir nicht mehr Gartenwerkzeug im Schuppen haben; ich würde euch gern helfen.«

Piper deutete auf eine Harke, die an der Rückseite des Hauses stand. »Schnapp dir das Ding; damit kannst du den Boden ebnen, den Phoebe und ich schon umgegraben haben.«

Wenige Minuten später bestand das kreisförmige Beet aus lockerer, wohl duftender, fruchtbarster Pflanzerde.

»Genau so habe ich mir das vorgestellt«, sagte Piper zufrieden. »Danke«, fügte sie an die beiden anderen Zauberhaften gerichtet hinzu.

»Gut«, sagte Paige, während sie sich die Gartenerde von der Kleidung klopfte. »So was sollten wir in Zukunft viel öfter machen.«

»Und nun?«, wollte Phoebe wissen. »Pflanzen wir die Kräuter jetzt ein?«

»Nein«, erklärte Piper. »Wir müssen damit bis zum heutigen Vollmond warten.«

»Also ich gehe jetzt duschen«, verkündete Paige. Sie ließ die Harke fallen und eilte Richtung Haus.

»Paige!«, rief Piper ihr nach. »Warte kurz. Eine Sache fehlt noch!«

Paige machte auf dem Absatz kehrt und trottete wieder zurück, wobei sie ihre Augen gegen die Sonne abschirmte. Ungeduldig sah sie Piper an.

»Ich denke, wenn wir den Segen gemeinsam sprechen, wird er stärker wirken«, erklärte Piper.

Paiges Gesichtsausdruck wurde bei diesen Worten sanft. »Natürlich«, sagte sie. »Die *Macht der Drei.*« Sie ergriff die Hände ihrer Halbschwestern. »Aber ihr müsst mir die segensreichen Worte erst noch beibringen«, fügte sie lächelnd hinzu. »Schließlich habe ich nie mit angehört, wie Grams die Gemüseabfälle, ähm, besprochen hat.«

Piper versuchte sich zu erinnern. »Wenn ich mich nicht täusche, war der Segensspruch ziemlich lang.«

»Nun, da du es erwähnst«, warf Phoebe ein. »Er war sogar viel länger als die anderen kleinen Sprüche, die sie uns lehrte, und er reimte sich nicht.«

»Und doch war er irgendwie einprägsam.« Piper schloss die Augen und begann:

Aus dem warmen Schoß der Erde
dem Lichte du entgegen strebtest,
bis geerntet wurdest du vom Felde.
Daheim hast du uns wohl geschmeckt,
doch deiner Bestimmung damit nicht genug.

Phoebe fiel mit ein, und die beiden fuhren fort:

Die Mineralien, die dem Boden du entnahmst,
und die Wärme, welche die Sonne dir verlieh,
schlummern noch immer
in deinen Wurzeln und Blättern.
Ruhe nun hier und gib Mutter Erde
zurück jene Kraft,
um Blumen, Bäumen und Kräutern
neues Leben zu schenken.
Dem Leben, geboren im glitzernden Tau
des Morgenlichts.

»Das war's?«, fragte Paige. »Hm, das kann ich mir gerade noch merken. Los, sagt es noch einmal auf.«

»Nein«, sagte Piper. »Da kommt noch was.« Sie und Phoebe intonierten:

Ein Wunder ist der Kreislauf des Lebens.
Denn dein Leben gabst du nicht vergebens.
So kehre zurück in den Schoß der Erde,
um neu zu erstehen als Blume, Baum oder Frucht.
Von größtem Wert warst du einst für uns,
nun gib dein Bestes ein weiteres Mal.

Piper öffnete die Augen und betrachtete versonnen das Beet mit der dunklen Erde zu ihren Füßen. »Als wir noch klein waren, dachte ich, das wäre auch wieder nur eines dieser Dinge, die unsere Großmutter ein bisschen anders handhabte als die Eltern unserer Freunde. Doch als ich dann älter wurde, erkannte ich, dass dieses Ritual mehr war als nur ein simples ›Dankeschön‹ für das Geschenk der Natur.«

Phoebe nickte. »Und mit dem Satz, ›nun gib dein Bestes ein weiteres Mal‹, hat Grams diesen Dünger für den Kräutergarten vorbereitet, um der Erde all das Gute der Natur zurückzugeben.« Sie sah Piper an. »So, wie du es nun auch getan hast.«

Piper nickte. »Ich denke, du hast Recht.« Sie blickte hinüber zu Paige. »Glaubst du, du kannst den Segensspruch nun mit uns gemeinsam aufsagen?«

»Oje«, stöhnte Paige. »Das Ding ist *wirklich* ziemlich lang. Aber wenn ihr es noch mal langsam aufsagt, wird's schon irgendwie gehen.«

Gemeinsam sprachen die Zauberhaften sodann Grams Segen über den für das Kräuterbeet vorbereiteten Boden. Als sie fertig waren, schwiegen sie eine Weile und gaben sich ganz dem wunderbaren Gefühl hin, eins mit der Natur zu sein.

Schließlich sagte Paige: »Ich glaube, ich verstehe es nun ein bisschen besser. Dieser Kompost hier ist mehr als nur ein Haufen alter Erde. Er ist so etwas wie recycelte Magie.«

»Sehr richtig«, sagte Piper.

Paige betrachtete ihre Hände und die feine dunkle Humusschicht, die an ihren Fingern klebte. »Also wohnt dem, was wir gemeinhin Schmutz nennen, ein ganz eigener Zauber inne.« Sie sah ihre Halbschwestern an und grinste. »Aber ich will trotzdem als Erstes unter die Dusche.« Ohne eine Antwort abzuwarten, eilte sie zurück ins Haus.

Nach dem Abendessen begaben sich die drei Hexen ins Wohnzimmer. Der Fernseher wurde eingeschaltet und ein Lokalsender eingestellt, der sein Programm, falls nötig, für wichtige Nachrichten aus San Francisco und der Region sofort unterbrechen würde. Doch von irgendwelchen Katastrophenmeldungen war nichts zu sehen.

»Irgendwie ist das doch komisch, oder?«, wunderte sich Paige. »Er ist da draußen, gleich in dreizehnfacher Ausführung, und wir sitzen hier und warten darauf, dass er zuschlägt?«

»Nein«, erinnerte Piper sie. »Wir warten darauf, dass der Mond aufgeht – zumindest *ich* tue das.«

Phoebe erhob sich. »Brauchst du Hilfe beim Einsetzen der Kräuterstöcke?«

»Ich glaube nicht«, sagte Piper. »Ihr beiden wart mir heute schon eine große Hilfe bei der Vorbereitung des Bodens und bei dessen Segnung. Ich denke, von nun an komme ich gut alleine zurecht.«

Phoebe sah Paige auffordernd an. »Dann schlage ich vor, dass wir beide ganz im Stil von Batman und Robin durch die Stadt patrouillieren und nach dem Rechten sehen.«

»Gute Idee«, meinte Paige. »Aber keine Strumpfhosen, damit das klar ist. So was steht mir nicht.« Sie ging in Richtung Treppe. »Ich sehe nur eben schnell nach Chase, danach können wir auf die Jagd nach den bösen Buben gehen.«

Paige betrat den Dachboden und ging leisen Schrittes auf die Pritsche zu. Chase schlug in dem Moment die Augen auf, da sie sich neben ihm niederließ. »Hallo«, begrüßte sie ihn mit sanfter Stimme. »Ich wollte nur mal sehen, wie's dir geht. Hast du Hunger?«

Er blinzelte einmal.

»Durst?«

Wieder nur ein kurzes Blinzeln.

»Dann fehlt dir also nichts. Soll heißen, dann geht's dir also gut?«

Er blinzelte zweimal.

Paige gewann zunehmend den Eindruck, dass sie immer besser verstand, Chases Gefühlsregungen allein von seinem Blick abzulesen. Und heute wirkten seine Augen irgendwie traurig. Sie berührte sacht seinen Arm. »Ich vermute, die ganze Situation fängt an, dich richtig zu nerven, stimmt's?«

Nach einem kurzen Zögern blinzelte er zweimal.

»Das kann ich gut verstehen.« Sie beugte sich ein wenig näher zu ihm. »Das muss alles ziemlich schlimm für dich sein. Aber du solltest nie das Gute daran vergessen: Du bist in Sicherheit, du bist am Leben, und du bist bei Menschen, die dir helfen können, wieder der Alte zu werden.«

Er blinzelte zweimal, und es schien, als würden in seinem Blick Zustimmung und auch wieder ein wenig Zuversicht liegen.

»Ich wünschte, es gäbe eine Möglichkeit, dir schon heute zu helfen«, sagte sie. »Aber leider kann ich dir nur sagen, dass wir derzeit lediglich dafür sorgen können, die Krise erst einmal in den Griff zu bekommen. Und wir tun wirklich alles in unserer Macht Stehende dafür.«

Wieder blinzelte er zweimal, diesmal ohne zu zögern.

»Gut«, sagte sie, während sie seinen Arm tätschelte. »Phoebe und ich, wir werden nun wieder hinausgehen und versuchen, diesen Typen aufzuhalten. Und eines Tages, das verspreche ich, werden wir ihn kriegen.«

Erneut blinzelte er zweimal.

Sie erhob sich, beugte sich über ihn und küsste ihn sanft auf den Mund. »Hab Geduld«, sagte sie. »Das alles wird schon bald Geschichte sein, das schwöre ich dir.«

Sie wandte sich um und verließ den Dachboden, ohne eine Reaktion in seinem Blick abzuwarten.

Phoebe sah, wie Paige die Treppe wieder herunterkam. Sie ging zu ihr, hakte sie unter und wandte sich dann zu Piper um. »So werden wir also hinaus in die Welt gehen, das Böse zu bekämpfen«, sagte sie mit Grabesstimme.

Piper sah ihnen lächelnd nach, als die beiden das Haus verließen. Sie hörte, wie draußen der Motor des Wagens angelassen wurde und seufzte schwer angesichts der soeben eingetretenen Stille. Sie trat ans Fenster und schaute, ob sich der Mond schon am Osthimmel zeigte. Doch das war noch nicht der Fall, also beschloss sie, nach ihrem Sohn zu sehen.

Als sie Wyatts Zimmer betrat, sah sie Leo, der in einem Schaukelstuhl saß und das Baby wiegte. »Er ist gerade eingeschlafen«, sagte der *Wächter des Lichts* zu seiner Frau. Er erhob sich und machte Anstalten, Wyatt in sein Bettchen zu legen.

»Warte«, sagte Piper. »Gib ihn mir.«

»Aber, er –«

»Ich weiß, er schläft.« Sie öffnete ihre Arme. »Ich möchte ihn nur ein bisschen halten.«

Vorsichtig legte Leo seiner Frau das Baby in den Arm. Sie nahm im Schaukelstuhl Platz und wiegte sich mit ihrem Sohn sanft vor und zurück. Zärtlich strich sie ihm das seidenweiche Haar aus der Stirn.

»Er ist so winzig«, sagte sie leise. »Und wenn ich ihn anschaue, dann weiß ich wieder, warum wir diesen Dämon dahin zurückschicken müssen, woher er gekommen ist. Dieses wunderbare Wesen muss einfach vor ihm beschützt werden.«

»Nur er?« Leo zwinkerte ihr zu. »Und der Rest von San Francisco?«

Piper sah ihn verständnislos an. »Ich kann schließlich nicht ganz San Francisco in meinen Armen halten.«

»Aha, ich sehe, du versuchst wieder aufzutanken.«

»Sehr richtig, ich *versuche* es.« Plötzlich klang Piper ein bisschen quarrig. »Ich versuche, fünf Minuten mit meinem Sohn zu verbringen.« Sie seufzte. »Nur fünf Minuten. Dann werde ich mich wieder darum kümmern, die Stadt zu retten.«

»Die sollst du haben«, meinte Leo. Er wandte sich um und verließ leise das Zimmer.

Piper schloss die Augen und begann, ein Schlaflied zu summen, während sie sich auf dem Schaukelstuhl vor und zurück wiegte. Und tatsächlich, für einige Minuten vergaß sie sogar den Dämon. Der kleine Wyatt, der noch immer friedlich schlummerte, umfasste im Schlaf mit seiner Hand ihren kleinen Finger. Sie lächelte und blickte dann wieder zum Fenster.

Am Himmel stieg soeben das letzte Viertel des fahlen Vollmondes hinter den Baumwipfeln des Halliwellschen Gartens auf und tauchte die Blätter in silbriges Licht. Piper sah wieder auf ihren Sohn. »Selbst wenn du schläfst, wachst du über mich«, sagte sie.

Sie erhob sich, küsste Wyatt und legte ihn vorsichtig in sein Bettchen.

Piper betrat den Garten, schnappte sich eine Pflanzkelle und wartete, bis sich ihre Augen an das helle Vollmondlicht gewöhnt hatten. Dann verneigte sie sich ehrfurchtvoll in alle vier Himmelsrichtungen, näherte sich dem frisch angelegten Beet und stellte sich mit Blick gen Norden davor auf. Mit der Spitze des Spatens begann sie, das Pentagramm in die vorbereitete Erde zu ritzen. Mit einem Zwiebelpflanzer stach sie anschließend an den Spitzen sowie an den Schnittstellen des fünfeckigen Sterns insgesamt zehn Löcher aus. Danach zog sie mit dem Spaten einen Kreis um das Pentagramm und versah auch diesen in regelmäßigen Abständen mit Pflanzkuhlen.

Als dies erledigt war, lud sie die gekauften Kräuterstöcke auf Grams alte Schubkarre und schob das Ganze in die Nähe des vorbereiteten Beetes. Vorsichtig nahm sie die erste Pflanze zur Hand und überlegte lange, wo diese wohl am besten einzusetzen sei. Dann kniete sie nieder, weitete mit ihrem Spaten das ausgewählte Loch, entfernte den Plastikübertopf vom Wurzelballen und setzte die Pflanze ein. Nach und nach füllte sie die Kuhle mit Erde auf und drückte diese so lange an, bis sie sichergestellt hatte, dass alle Wurzeln mit dem guten Humus bedeckt waren. So verfuhr sie auch mit dem nächsten Kräuterstöckchen, dem übernächsten und allen darauf folgenden, wobei sie das Pentagramm im Uhrzeigersinn bepflanzte.

Der Mond stand fast voll am Nachthimmel, als sie endlich die letzte Pflanze in den Boden eingesetzt hatte.

»Piper?«

Noch auf den Knien drehte sie sich um. Hinter ihr stand Leo im Schatten. »Hallo.«

»Hast du Probleme hier?«, fragte er. »Brauchst du vielleicht Hilfe?«

»Hilfe?«, wiederholte sie verständnislos. »Nein, alles ist in Ordnung. Warum fragst du?«

»Na ja, weil du schon fast drei Stunden hier draußen zugebracht hast.«

»Wirklich? Wow!« Sie stand auf und klopfte sich die Erde von der Hose. »Aber nun bin ich fertig.«

Leo kam näher und begutachtete ihre Arbeit. »Cooler Kräutergarten!«, rief er aus.

»Ja«, erwiderte Piper. »Vielleicht behalten wir ihn.«

»Du solltest dich jetzt ein wenig hinlegen«, meinte Leo. »Du musst doch vor Sonnenaufgang wieder aufstehen, richtig?«

»Richtig«, sagte Piper. »Das hätte ich fast schon wieder vergessen.«

Sie ging auf Leo zu und schlang ihre Arme um seinen Oberkörper. »Kennst du vielleicht einen guten Segensspruch für Pflanzen?«

»Das fragst du ausgerechnet mich?«

»Wir haben heute schon Grams ›Kompostsegen‹ für die Erde gesprochen, und da dachte ich, es wäre vielleicht nicht schlecht, auch die Pflanzen selbst zu segnen, jetzt, wo sie in unserem Garten stehen.«

»Du bist die Hexe von uns beiden. Denk dir was aus.«

Piper sah ihn mit krauser Stirn an und überlegte. Schließlich wandte sie sich zu dem Kräutergarten um, hob die Arme und schloss die Augen:

Ihr guten Kräuter aus Wald und Flur,
stärkt euch nun hier bei Mutter Natur,
Wachst und gedeihet über Nacht.
auf dass ihr tun könnt, wofür ihr gedacht.

»Nicht schlecht«, meinte Leo grinsend. »Hast du dir das wirklich gerade erst ausgedacht?«

»Yep.«

»Mir gefällt es, dass der Spruch eine Verbindung zwischen dir und den Kräutern schafft.«

Sie drehte sich wieder zu ihm um und küsste ihn. Dann gingen sie Arm in Arm Richtung Haus. »Ich bin nicht sicher, ob es *mir* so sehr gefällt«, sagte sie. »Aber es ist wahr – ob es mir nun gefällt oder nicht, es besteht nun eine Verbindung zwischen mir und den Pflanzen.«

Plötzlich blieb Leo abrupt stehen, als ob er von irgendwoher ein beunruhigendes Geräusch vernommen hätte. Doch Piper kannte dieses Verhalten nur zu gut. »Was ist?«, fragte sie alarmiert.

»Deine Schwestern«, sagte er. »Sie sind in Schwierigkeiten.«

15

Die Flammen schlugen hoch in den Nachthimmel von San Francisco, und der Vollmond über ihr flackerte und leuchtete rot.

Phoebe lag auf dem Bürgersteig und versuchte sich aufzurichten, während sie sich fragte, wo sie eigentlich war. Verwirrt sah sie sich um.

Rauchende Trümmer und züngelnde Flammen dort, wo vorher ein Kaufhaus gestanden hatte.

»Verdammt«, murmelte Phoebe. »Dieser Dämon scheint eine Vorliebe für Explosionen zu haben.« Sie stemmte sich auf die Ellbogen und stellte schmerzhaft fest, dass sie einige Verletzungen davongetragen hatte. Aus den Augenwinkeln sah sie schattenhafte Figuren aus dem halb zerstörten Gebäude huschen. Dämonen. Phoebe versuchte sie zu zählen, doch ihr Verstand war dazu noch viel zu umnebelt.

Plötzlich sah sie, wie einer der Dämonen einen Haufen Körperteile auf die Straße trug und sie kurzerhand aufs Pflaster warf. In der gleichen Sekunde begannen sich die Teile in altbekannter Manier zu verändern, und zwei unversehrte neue Körper entstanden.

»Vierzehn«, flüsterte Phoebe. Sie drehte den Kopf und sah, wie sich dieser Vorgang auf der anderen Straßenseite wiederholte. »Fünfzehn …« Sie sah in eine andere Richtung, auch hier dasselbe Bild. »Sechzehn …«

Sie versuchte sich weiter aufzurichten, schrie jedoch vor Schmerz auf. Dann drehte sie sich zu Paige um. »Lass uns von hier verschwinden«, sagte sie. »Diese Batman-und-Robin-Aktion scheint irgendwie nicht funktioniert zu haben.«

Keine Antwort.

Phoebe kroch zu der Stelle, an der Paige reglos lag. »Paige? Liebes, du musst jetzt aufstehen. Wir müssen hier weg.«

Paiges Gesicht wirkte blass und irgendwie maskenhaft im Schein der lodernden Flammen, die es mal in rötliches Licht und mal in unheimliche Schatten tauchten. Und Phoebe konnte in ihrer Miene nicht die geringste Regung ausmachen, nicht mal das Zucken eines Augenlids.

»Bitte, Paige«, flüsterte Phoebe. »Du bist zu schwer, als dass ich dich hier wegtragen könnte. Und selbst wenn du nur die Hälfte wiegen würdest, ich bin zu schwer verletzt, um es zu tun.«

Plötzlich legte sich erneut ein Schatten über Paiges Gesicht, doch diesmal verschwand er nicht.

Phoebe blickte auf und zuckte zusammen. Vor ihr stand einer der Dämonen, und er schwang ein langes, gewichtiges Schwert. Das Hemd, das er trug, war an vielen Stellen zerrissen, und einer der Knöpfe fiel gerade zu Boden.

Und während er Phoebe anstarrte, heilte sein teilweise verbranntes, rußgeschwärztes Gesicht vor ihren Augen, bis er wieder unversehrt und ganz wie Chase aussehend dastand. Die Kleidung jedoch hing nach wie vor in Fetzen von ihm.

»Siebzehn.« Wie in Trance hob Phoebe den heruntergefallenen Knopf vom Pflaster auf, stieß Paige neben sich sacht mit der Hand an und beschloss, den Dämon in ein Gespräch zu verwickeln. »Ihr habt dieses Waffenkaufhaus in die Luft gejagt, um an die Schwerter zu kommen, stimmt's?«

Der Dämon nickte mit einem schiefen Grinsen.

»Was ist denn so Besonderes an diesen Schwertern?«

Der Dämon hob die Waffe hoch über seinen Kopf und ließ sie dann durch die Luft sausen. Dann machte er eine eindeutige Geste, indem er mit dem Zeigefinger von links nach rechts über seine Kehle fuhr.«

»Ah«, sagte Phoebe. »Für Enthauptungen?«

Der Dämon nickte und trat näher zu ihr. »Danke«, sagte er. Er hielt das Schwert vor sich, als ob er die Entfernung zu Phoebes Kopf abschätzen wollte.

Das Geräusch eines Wagens, der mit quietschenden Reifen hinter ihnen wendete, um gleich wieder Fahrt aufzunehmen, ließ sie beide zusammenzucken. Der Dämon sah über seine Schulter hinweg, wie Piper in ihrem Auto genau auf ihn zuschoss. Fahrzeug und Dämon kollidierten hart, und der Körper wurde einige Meter durch die Luft geschleudert, bevor er mit einem unschönen Geräusch auf der Straße aufschlug.

Piper sprang aus dem Auto und rannte zu Phoebe, als Leo direkt neben Paige materialisierte und mit ihr wieder verschwand. Piper half ihrer verletzten Schwester ins Auto, kletterte auf den Fahrersitz und schloss die Tür. Der Dämon, den sie angefahren hatte, rappelte sich soeben wieder auf und … verdoppelte sich.

»Achtzehn …«, ließ sich Phoebe vernehmen. Dann drehte sie den Kopf und starrte aus dem hinteren Fenster. »Verdammt, Piper, sie kommen alle auf uns zu!«

Piper startete den Wagen, legte den Rückwärtsgang ein, gab Gas und fuhr ungebremst in die Gruppe von Dämonen hinter ihnen hinein. Einige von ihnen flogen durch die Luft, während andere durch den Zusammenstoß einfach wie Kegel umfielen. Piper trat wieder aufs Gaspedal und machte, dass sie wegkam.

Während die beiden Hexen auf der Hauptstraße davonrasten, sagte Phoebe: »Ich glaube, diese letzte Aktion war nicht so gut; du hast eben erst einen von ihnen mit dem Auto über den Haufen gefahren und getötet.«

»Ich weiß«, antwortete Piper. »Aber es hat trotzdem Spaß gemacht.« Sie sah ihre Schwester an. »Du siehst schrecklich aus; was ist denn eigentlich passiert?«

»Paige hat erspürt, wo die Dämonenenergie am stärksten war, und dieser Fährte sind wir dann gefolgt«, berichtete Phoebe. »Als wir hier ankamen, sahen wir, wie sie in das Waffenkaufhaus einbrachen.« Sie betastete ihren Arm, um festzustellen, ob dieser gebrochen war. »Das Paradoxe an der Sache war, dass es schien, als wären sie diesmal gar nicht auf Zerstörung aus gewesen. Die ganze Aktion sah mehr nach einem simplen Einbruch aus.« Sie fuhr sich mit dem Finger über den Oberschenkel und bemerkte dort einen tiefen, schmerzhaften Schnitt. »Wir stellten fest, dass nur ein einziger Unschuldiger in Gefahr war, und das war der Nachtportier. Aber der war hinter seinem Schreibtisch mit den Überwachungsmonitoren eingeschlafen.

Doch in dem Moment, als wir erleichtert annahmen, dass das Ganze ein unblutiges Ende nehmen würde, wachte der Mann auf. Er betätigte den Alarm, rannte auf die Straße und war innerhalb weniger Sekunden auf und davon. Und noch bevor ich mich darüber wundern konnte, machte es plötzlich ›Krawumm‹, und der halbe Laden flog in die Luft.« Sie seufzte. »Ich bin dann erst auf der Straße wieder zu mir gekommen, gleich neben Paige.« Sie sah Piper fragend an. »Wie habt ihr uns gefunden?«

»Leo«, sagte Piper nur. »Ich hab ihm gesagt, er soll bei Wyatt und Chase bleiben, aber als ich hier eintraf, ist er ebenfalls aufgetaucht und mit Paige weggeorbt. Ich denke, er wusste, dass er hier gebraucht werden würde.«

»Etwas Gutes hatte die Sache jedoch«, fuhr Phoebe fort. »Der letzte Dämon war gerade dabei, mir zu demonstrieren, was er und seine ›Doppelgänger‹ mit ihren neuen Spielzeugen anzustellen gedenken.«

»Und das wäre?«

»Reihenweise Leute zu enthaupten.«

Piper nickte. »Auf eine ziemlich kranke Weise ergibt das sogar einen Sinn.«

»Richtig, nicht mal Darryl wird es gelingen, eine Mordserie aus den Nachrichten herauszuhalten, bei der die Opfer durchweg einen Kopf kürzer gemacht wurden.«

»Und wenn dieses Massaker auch noch von einer Armee aus identisch aussehenden Tätern durchgeführt wurde ...«

»... wird sich unweigerlich Panik breitmachen«, setzte Phoebe den Gedanken fort und schauderte. »Und unsere eigene Armee wird diesem Treiben bestimmt nicht tatenlos zusehen.«

Piper sah plötzlich zum Himmel hinauf. »In wenigen Stunden

bricht der neue Tag an«, sagte sie. »Sobald der Tau auf meinen Kräutern verdunstet ist, werde ich das Schlafelixier zubereiten.«

»Und dann?«

»Und dann ...«, fuhr Piper nachdenklich fort. »Ich bin nicht sicher ... aber dann werden wir irgendwie einen Weg finden müssen, sie alle wieder zurück in dieses Ei zu befördern. Zumindest – vorausgesetzt, das Elixier wirkt – hätten wir sie auf diese Weise eine Zeit lang aus dem Verkehr gezogen, sodass sie nicht durch die Stadt laufen und Leute köpfen können.«

Phoebe schleppte sich unter Schmerzen vom Wagen ins Haus, wobei sie von ihrer Schwester gestützt wurde.

»Leo?«, rief Piper in die Stille von Halliwell Manor hinein.

»Ich bin mit Paige auf dem Dachboden!«, kam es zurück.

»Geh du zu ihm hinauf«, sagte Phoebe. »Ich glaube, ich lege mich hier unten ein bisschen auf die Couch.«

»Kommt gar nicht infrage«, protestierte Piper. »Du musst auch geheilt werden. Komm mit rauf.«

Phoebe sah die Treppe an und stöhnte gequält.

»Komm schon«, sagte Piper. »Wir lassen es auch ganz gemächlich angehen.«

Auf Piper gestützt machte sich Phoebe daran, langsam Stufe um Stufe zu erklimmen.

Als sie den Dachboden erreicht hatten, sahen sie, dass Leo, der sich noch immer über Paige beugte, dabei war, die Verletzte mittels seiner *Wächter*-Kräfte zu heilen.

Und Leo wirkte alles andere als zuversichtlich. Der Grund dafür war, dass Paige nach wie vor bewusstlos blieb.

Piper ließ Phoebe los und ging auf die beiden zu. »Liebling, was ist denn los?«

Leo sah zu ihr auf. »Obwohl Paiges und Phoebes Verletzungen durch etwas sehr, sehr Teuflisches – nämlich die Sprengung des Gebäudes – verursacht worden sind, sind die Explosion und ihre

Folgen, zum Beispiel euer Aufprall auf der Straße, ganz und gar von dieser Welt.«

»Das heißt, du kannst sie nicht heilen?«

»Ich bin nicht sicher.« Leo erhob sich, ging hinüber zu Phoebe und legte sacht eine Hand auf den hässlichen Schnitt in ihrem Oberschenkel. Die Hand erstrahlte in einem bläulichen Licht, und die Wunde schien ein wenig zu heilen, wenngleich sie sich nicht gänzlich schloss. Darauf trat er einen Schritt zurück. »Und? Wie fühlt es sich nun an?«

Phoebe betastete ihr Bein und machte ein, zwei Schritte. »Na ja«, sagte sie tapfer lächelnd. »Ein wenig besser.«

»Aber ganz verschwunden ist der Schmerz nicht?«, fragte der *Wächter des Lichts*.

»Nein«, musste Phoebe zugeben. »Nicht wirklich.«

Leo nickte und wandte sich an Piper. »Paige hat Kopfverletzungen davongetragen, vermutlich durch ihren Aufprall auf der Straße, nachdem das Kaufhaus in die Luft geflogen war. Und da die Explosion an sich nichts Übernatürliches war …«

Piper nickte. »Ich verstehe. Keiner der Dämonen hat sie mittels seiner Kräfte aus diesem Kaufhaus geschleudert.«

»Dieser Wachmann«, erinnerte sich Phoebe. »Er hat gewusst, dass irgendwas nicht stimmte, denn er rannte noch vor der Explosion aus dem Gebäude.«

»Und er war ein Sterblicher«, sagte Leo.

»Aber du hilfst ihr doch, richtig?« Piper sah hinüber zu der am Boden liegenden Paige. »Sie wird doch wieder gesund, oder?«

»Das kann ich nicht mit Gewissheit sagen«, musste Leo zugeben. »Ich habe alles in meiner Macht Stehende getan. Ich glaube, wir sollten sie lieber zu einem Arzt bringen.«

Phoebe nickte. »Du hast Recht. Wenn sie am Ende eine Gehirnerschütterung hat oder, schlimmer noch, ein Blutgerinnsel im Kopf oder …«

Piper verstand. »Ihr beide müsst sie umgehend zum Arzt bringen.« Sie sah auf ihre Uhr. »Es ist zwar spät, aber vielleicht ist die

Notaufnahme eines Krankenhauses hier in der Nähe noch besetzt. Wenn ihr Glück habt, kommt sie sofort dran. Und dort kann man sich dann auch gleich um deine Verletzung kümmern, Phoebe.« Sie schob die beiden in Richtung Paige. »Geht nun. Es könnte ungemein wichtig sein, nicht noch mehr wertvolle Zeit zu verlieren. Ich bleibe hier bei Chase und Wyatt.«

»Leg dich ein bisschen hin«, sagte Leo. »Du musst doch schon beim ersten Morgenlicht wieder aufstehen und diese Kräuter ernten.«

Piper nickte. »Mir geht's gut. Wichtig ist jetzt nur, dass Paige so schnell wie möglich geholfen wird.«

Leo nahm Paige auf seine Arme und wandte sich zu Phoebe um. »Schaffst du es allein die Treppe hinunter?«

»Sicher«, nickte sie. »Mir geht es wirklich schon viel besser.«

»Gut«, sagte Leo. »Dann lass uns gehen.« Er verließ den Dachboden mit Paige, und Phoebe folgte ihnen.

Piper seufzte und ging hinüber zu Chase. Er war wach und schien alles ganz genau beobachtet zu haben. Sie legte ihm beruhigend eine Hand auf den Arm. »Was für eine Welt, nicht wahr?« Sie lächelte. »Schlaf ein bisschen. Ich bin sicher, Paige geht es schon bald wieder gut.«

Sie ging hinaus und hoffte, dass das auch stimmte.

16

Piper stand in der Küche und legte sich ihren Mörser, den Stößel sowie einige andere Utensilien zurecht, die sie zur Zubereitung ihrer Tränke benötigen würde. In diesem Moment hörte sie, wie ein Wagen in die Einfahrt rollte.

Sie rannte zur Haustür und ließ Leo herein, der Paige in die Halle trug. »Wo ist Phoebe?«, fragte sie ihn.

»Ich hab sie bei diesem Waffenkaufhaus abgesetzt, damit sie mit dem anderen Wagen nach Hause fahren kann«, sagte Leo. »Sie muss jede Sekunde hier eintreffen.«

Sie gingen hinauf auf den Dachboden, wo Leo Paige auf einem zweiten Feldbett ablegte, das gleich neben dem von Chase stand. »Was machst du denn da?«, fragte Piper. »Warum legst du sie nicht in ihr eigenes Bett?«

»Sie hat darauf bestanden, sich hier oben auszukurieren«, erwiderte er. »Wo sie zugleich ein Auge auf Chase haben kann.«

In diesem Moment kam Phoebe auf den Speicher gehumpelt. Während Piper sich besorgt über Paige beugte, fragte sie die Hereinkommende: »Wie geht es ihr denn jetzt? Ist sie zu sich gekommen?«

»Für einen kurzen Moment, ja«, berichtete Phoebe. »Die Ärzte meinten, das wird schon wieder. Zumindest nach deren Auffassung.«

»Was soll das heißen?«

Leo schob Paige ein flaches Kissen unter den Kopf und erhob sich. »Es ist eine Gehirnerschütterung«, sagte er. »Die gute Nachricht ist, es gibt keine Anzeichen für eine Blutung oder gar eine irreversible Verletzung des Gehirns.«

Piper sah ihn misstrauisch an. »Und die schlechte Nachricht?«

»Sie könnte im Schlaf wieder bewusstlos werden. Daher muss sie alle zwei Stunden geweckt werden.«

Piper kratzte sich am Kopf. »Warum war sie denn überhaupt so lange ohnmächtig?«

»Dafür hatten die Ärzte im Krankenhaus auch keine Erklärung«, sagte Leo.

»Könnte es nicht damit zusammenhängen, dass, obgleich die Explosion selbst in diese Welt gehörte, der *Auslöser* eindeutig dämonischen Ursprungs war?«

»Das mag sein.« Leo legte zärtlich einen Arm um sie. »Und deshalb ist es besser, wenn sie hier oben ist, wo wir alle drei ein Auge auf sie haben können. Ich fange mit der Wache an. Ihr beiden solltet unterdessen ein wenig schlafen. Niemand weiß, welche Herausforderungen der morgige Tag zu bieten hat.«

»Das ist wohl wahr.« Piper gab ihm einen Kuss. »Bitte weck mich, bevor die Sonne ganz aufgegangen ist, ja?«

Leo nickte. Piper und Phoebe verließen den Dachboden und machten sich auf den Weg hinunter ins Wohnzimmer.

»Wie geht es deinem Bein?«, fragte Piper, während sie die Treppe hinabgingen.

»Es tut noch immer sehr weh«, sagte Phoebe, »aber es wird von Stunde zu Stunde besser.«

»Eine Verletzung wie diese hätte normalerweise mit einigen Stichen genäht werden müssen und Wochen gebraucht, um zu heilen.«

Phoebe nickte. »Und deshalb glaube ich, dass es auch Paige schon bald viel besser gehen wird.«

Piper sah aus dem Fenster und hinauf zum Osthimmel. Es wurde allmählich wieder hell, und am Horizont war schon ein blasser rosafarbener Streifen zu erkennen. »Es dämmert bereits«, sagte sie. »Wir sollten uns wirklich ein wenig ausruhen, bevor der neue Tag anbricht.«

Leo berührte seine Frau leicht an der Schulter. »Aufwachen, Liebes.«

Piper setzte sich auf und warf einen Blick aus dem Fenster.

Fahles Morgenlicht fiel ins Zimmer, aber sie sah, dass die Sonne noch nicht ganz aufgegangen war.

»Wie geht es Paige?«, fragte sie Leo.

»Unverändert.«

Piper nickte. »Ist Phoebe jetzt bei ihr?«

»Ja.«

Sie stand auf, streckte sich und strich sich mit einer Hand die Haare glatt. »Glaubst du, ich habe noch Zeit, rasch zu duschen, bevor ich –«

Bevor sie den Satz beenden konnte, hatte Leo sie in den Arm genommen und fest an sich gezogen.

Auf einmal wurde Piper ganz ruhig und widerstand dem Drang, sich fallen zu lassen. Für ein paar Minuten genoss sie ganz und gar das Gefühl, einfach festgehalten zu werden.

Sie holte tief Luft und legte ihre Hände sanft auf seine Schultern. Dann trat sie einen Schritt zurück. »Danke, das habe ich wirklich gebraucht.«

»Das dachte ich mir.«

»Wie sollen wir ihn aufhalten, Leo?«, fragte sie. »Selbst wenn ich ihn für eine Weile ruhig stellen kann, wie sollen wir es schaffen … ohne Paige, ohne die *Macht der Drei*?«

»Pssst … denk jetzt einmal nicht an solch schlimme Sachen. Sonst muss ich dich wieder in den Arm nehmen und trösten.«

Sie lächelte. »Richtig, eins nach dem anderen. Erst sollte ich schauen, ob ich das Chaos überhaupt aufhalten kann, danach sehen wir weiter.«

Sie schlüpfte in ihren Morgenmantel und ging hinaus, um nach dem Kräutergarten zu sehen. Auf der Schwelle der Hintertür blieb sie angesichts der Schönheit, die da vor ihr lag, wie vom Donner gerührt stehen. Über ein Dutzend Pflanzen mit langen grünen Blättern reckten sich auf dem von ihnen vorbereiteten Beet aus satter, dunkler, feuchter Erde dem jungen Morgen entgegen. Auf jedem der Blätter glitzerte der Morgentau, und tausendfach brach sich in den kleinen kristallklaren Tröpfchen das erste Licht des Tages.

Sie sog die frische Morgenluft tief ein, als sie auf dem feuchten Rasen voranschritt. Die Vögel hatten schon ihr Morgenkonzert angestimmt, und die Bäume ragten majestätisch in den noch fahlen Himmel. Ja, es stimmte, dieser Garten roch auf einmal so wie der von Grams immer gerochen hatte, und sie wusste plötzlich, dass es noch immer Frieden gab auf dieser Welt. Und sie wusste auch, dass es den Zauberhaften einfach gelingen musste, dafür zu sorgen, dass sich daran nichts änderte.

Sie wandte sich um, betrat das Haus und stieg auf den Dachboden.

»Wie geht es Paige?«, fragte sie Phoebe, als sie eintrat.

»Sie war immer noch sehr erschöpft, als ich sie weckte.« Phoebe streichelte Paige sanft die Hand. »Und im Schlaf hat sie vor sich hin gemurmelt, als hätte sie schwer geträumt.«

»Hoffen wir, sie ist bald wieder bei uns.« Piper lächelte Chase zu, der die Frauen aufmerksam ansah. »Guten Morgen«, begrüßte sie ihn. »Ihr beide werdet schon bald wieder auf dem Damm sein.« Sie kniete neben Phoebe nieder. »Nachdem ich geduscht habe, werde ich mir mein Frühstück mit hinaus in den Garten nehmen. Und sobald der letzte Tautropfen auf den Blättern der Kräuter verdunstet ist –«

»Verstehe«, sagte Phoebe müde.

»Alles wird gut, Phoebe. Wir werden dieses Ding erledigen, verlass dich drauf.«

»Schön zu hören.«

Piper nickte, erhob sich und verließ den Dachboden.

Frisch geduscht, angezogen und die letzten Reste ihres Frühstücks-Bagels kauend, sah Piper zu, wie die Morgensonne langsam an Kraft gewann und das Gras zu ihren Füßen trocknete. Sie kniete nieder, um den Zustand der Kräuter zu überprüfen. Die Blätter waren schon frei von Tau, doch die Stängel fühlten sich noch immer ein wenig feucht an. Doch in dem Moment, als sie beschloss, dass dies schon okay sein, waren auch die Stängel wie von Zauberhand getrocknet.

Piper öffnete die erste der drei Stofftaschen, die sie mit in den Garten gebracht hatte und begann, das Gänsekraut an den Spitzen des Pentagramms abzuernten. Sorgfältig wählte sie nur die jüngsten Blätter und achtete auch darauf, genau zwanzig von ihnen zu pflücken. Ebenso verfuhr sie mit der Mondraute, wobei sie einige Male überlegte, ob es besser sei, ein kleines Blättchen aus dem Innern oder lieber doch das etwas kräftigere von der Außenseite der Pflanze auszuwählen. Als sie das Scharfkraut pflückte, war die Sonne schon fast ganz aufgegangen, und Piper ging inzwischen sehr viel selbstbewusster zu Werke.

Als sich in jeder Stofftasche genau zwanzig Blätter von jedem Kraut befanden, ging sie in die Küche und machte sich an die Arbeit.

Leo betrat die halliwellsche Küche und beugte sich über den auf dem Herd köchelnden Sud. »Mhm, das riecht aber … gut. Ungewohnt, aber gut.«

»Ich muss den Topf gleich vom Feuer nehmen«, sagte Piper und sah auf die Uhr.

»Kochst du einen Tee aus den Kräutern?«

»Ja, wir wollen den stärksten Schlafeffekt erzielen«, erklärte sie. »Von daher denke ich, dass ein hoch konzentrierter Tee genau das Richtige ist.«

»Wie lange bleibt der Auszug denn wirksam?«

»Drei Tage. Aber ich will es nicht vermasseln, deshalb soll er den Tee noch heute trinken. Noch heute Morgen, wenn's irgendwie geht.«

Sie sah wieder auf die Uhr. Dann goss Piper den Sud durch ein Sieb in einen Steingutkrug, den sie mit einem Leinentuch abdeckte. »Also gut«, sagte sie. »Nehmen wir mal an, du bist ein Dämon aus dem alten Griechenland. Wie und wann und wo würdest du beschließen, es sei an der Zeit, eine kleine Teestunde einzulegen?«

»Kennst du nicht einen Spruch, der ihn dazu veranlasst, das Zeug trinken zu wollen?«

Piper dachte einen Moment lang über den Vorschlag nach. »Wir können ihn nicht töten, wir können ihn nicht verbannen, und die Zauber, die wir auf ihn angewandt haben, haben die ganze Sache nur noch verschlimmert, insofern habe ich an so etwas gar nicht mehr gedacht. Aber vielleicht können wir ihm ein bisschen Lust auf das machen, was sich in diesem Krug befindet.« Sie lächelte und streichelte Leo zärtlich über die Wange. Dann eilte sie hinauf zum Dachboden.

»Was ist los?«, fragte Phoebe, als Piper auf den Speicher stürmte.

»Ich brauche einen Spruch, der den Dämon dazu bringt, meinen Tee zu trinken«, erklärte Piper und ging zum *Buch der Schatten*. »Oder hast du zufällig einen parat?«

»Nein«, antwortete Phoebe. »Und ich kann mich auch nicht erinnern, jemals einen solchen Spruch zu Gesicht bekommen zu haben.«

»Ich auch nicht«, musste Piper zugeben. »Aber ich wünschte, es wäre so. Wir müssen uns nämlich beeilen und die Sache erledigen, solange der Sud seine stärkste Wirkung besitzt.«

»Ammupro«, murmelte Paige in diesem Moment.

Piper blickte auf und betrachtete ihre bettlägerige Halbschwester, die noch immer mit geschlossenen Augen dalag. »War das eine Antwort?«

»Vielleicht«, sagte Phoebe. »Das letzte Mal, als ich sie geweckt habe, wirkte sie wieder recht normal auf mich. Doch als sie dann wieder eingenickt war, hat sie die ganze Zeit im Schlaf geredet, aber das Ganze hat irgendwie keinen Sinn ergeben.« Sie strich Paige sanft das Haar aus der Stirn. »Stimmt doch, oder, Paige?«

»Ammupru ich … denke.«

Piper wandte sich wieder dem *Buch der Schatten* zu. »Lass sie einfach weiterschlafen, denn Ruhe braucht sie jetzt am nötigsten. Und ich muss schnellstens einen Spruch finden, mit dem –«

»Schau … ammupru«, sagte Paige.

Piper sah irritiert auf und ging zu ihr. »Was hast du gesagt, Liebes?«

Paiges Augen waren nach wie vor geschlossen, doch ihre Lippen bewegten sich, und sie versuchte ganz offenbar, Worte zu formen. »Der Zauber … du willst … ammupru.«

Phoebe beugte sich näher zu ihr hinunter. »Süße, wir verstehen nicht.«

Paige runzelte die Stirn. »Der Zauber … trinkt …«

»Richtig«, sagte Piper. »Ich suche einen Zauber, damit er den Tee auch trinkt.«

»Hm …« Paige nickte kaum wahrnehmbar.

Phoebe sah ratlos zu Piper. »Sie kann uns hören, und sie versucht uns etwas zu sagen.«

»Schau … unter …«, murmelte Paige. Dann seufzte sie und schwieg.

»Paige?«

Keine Antwort.

Wieder sahen die beiden Schwestern einander achselzuckend an. »›Ammupru‹«, sagte Piper. »Was soll denn das bedeuten?«

»Ich glaube nicht, dass sie ›Ammupru‹ gemeint hat«, erwiderte Phoebe. »Für mich klang das eher wie ›Amour fou‹.«

»›Amour fou‹? Im Sinne von ›verrückt vor Liebe‹?«

Wieder murmelte Paige.

Piper beugte sich über sie. »Paige? Kennst du einen Spruch, wie ich ihn suche?«

Paige legte die Stirn in Falten und sagte: »Amour phhh…«

Piper schüttelte den Kopf. »Amour … Amour fou …« Sie sah Phoebe verständnislos an. »Redet sie vielleicht von einem Trank, der den Trinkenden vor Liebe schier wahnsinnig werden lässt?«

Phoebe tätschelte lächelnd die Hand ihrer älteren Schwester. »Netter Versuch, aber ich glaube nicht, dass es unser Problem löst, wenn wir den Dämon dazu bringen, sich Hals über Kopf in uns zu verlieben.«

»Phoebe«, begann Piper. »Im *Buch der Schatten* gibt es keinen einzigen solchen Spruch, und ich glaube auch nicht, dass Paige das gemeint hat. Allerdings erinnere ich mich an einen Zauber … der den Stolz eines Mannes herabzusetzen vermag.«

»Ja-ha …«, stieß Paige hervor.

»Das ist es!«, sagte Phoebe. »Das versucht sie uns die ganze Zeit zu sagen.«

»Genau, jetzt hab ich's!«, rief Piper. »In dem Spruch ging es um das Fortzaubern des ›Amour propre‹! Um das Verschwindenlassen der exzessiven männlichen Eigenliebe!« Sie dachte kurz nach. »Hat Paige nicht mal versucht, einen solchen Zauber zu benutzen?«

»Ja«, erinnerte sich Phoebe. »Aber der ging wohl nach hinten los, weil sie den Spruch, mit dem sie bewirken wollte, dass der Mann ihrer Träume weniger narzisstisch wird, zur Erreichung eines persönlichen Ziels eingesetzt hatte.«

»Und doch muss es etwas mit diesem Zauber auf sich haben, etwas, an das sie sich erinnert und das sie uns unbedingt mitteilen will.«

»Hm …«, murmelte Paige. Ihre Augen waren noch immer geschlossen, doch ihr Kopf nickte nun mit größerem Nachdruck, wie zur Bestätigung des Gesagten.

Piper huschte zum *Buch der Schatten* und begann aufgeregt darin zu blättern. »Hier ist es!«, rief sie kurz darauf. »Ein Spruch, um den Stolz eines Mannes zu brechen.«

Sie nickte und begann laut vorzulesen:

Wenn Stolz des Mannes Herz verdirbt,
dein Werben, kaum gedacht, erstirbt,
so hauche Küsse, weich und süß, ihm zu,
auf dass dein Trachten komme zur Ruh'.
Dann sprich mit dem Wind die betörenden Worte:

›Trink diesen Punsch von besonderer Sorte.‹
Nimmt er ihn an, so wird er's beenden,
und bald Wachs sein in deinen Händen.

»Das klingt fast zu einfach«, meinte Piper. Sie eilte wieder zu den Feldbetten, kniete neben Paige nieder und streichelte ihr die Hand. »Danke, Liebes, du machst Fortschritte. Aber schon bald werden wir wieder deine ganze Aufmerksamkeit brauchen, fürchte ich.«

»Ganze … Aufmmmmmm …«, murmelte Paige.

Piper erhob sich und sagte zu Phoebe: »Ich möchte, dass Leo mit mir kommt, damit wir den Oberdämon finden und direkt zu ihm orben können. Kannst du dich derweil um Wyatt und Chase *und* Paige kümmern?«

»Kein Thema«, sagte Phoebe. »Ich halte die Stellung, und du lieferst inzwischen den Knockout-Punsch aus.«

Piper musste unwillkürlich grinsen.

17

Nachdem Piper ihren Mann über ihre Pläne informiert hatte, wirkte der *Wächter des Lichts* alles andere als begeistert.

»Wenn ich das richtig verstanden habe«, fasste er zusammen, »möchtest du den Original-Dämon aufspüren, ihm deinen Teekrug in die Hand drücken, die passende Windrichtung abwarten, ihm dein Sprüchlein ins Ohr säuseln und darauf warten, dass er das Zeug trinkt?«

»Wie du das formulierst, klingt es in der Tat ein bisschen schwierig.« Piper dachte kurz nach. »Lass uns ihn erst mal finden. Vielleicht fällt mir etwas ein, wenn wir ihn aufgespürt haben.«

Mithilfe ihres Pendels und eines Stadtplans versuchten sie, den momentanen Aufenthaltsort der Dämonen zu ermitteln, indem sie als Bezugsobjekt den herabgefallenen Knopf benutzten, den Phoebe am gestrigen Abend von der Straße aufgelesen hatte.

»Hier haben wir die stärkste dämonische Aura«, meinte Leo und deutete auf ein Viertel im Zentrum der Stadt. »Er ist wieder im Finanzdistrikt, diesmal in der Nähe der Transamerica Pyramide.«

Piper nahm den Teekrug vom Tisch und ergriff Leos Hand. »Dann lass uns gehen.«

Sie orbten in den Redwood Park ganz in der Nähe der riesigen Transamerica Pyramide.

Piper streichelte versonnen über die dicke Rinde des Mammutbaums, neben dem sie materialisiert waren. »Wie friedlich es hier ist«, sagte sie. »Wie in einer kleinen Oase inmitten all der Wolkenkratzer.«

»Vielleicht ist dieser beschauliche Ort ja nicht der schlechteste«, meinte Leo. »Immerhin hast du ja vor, den Dämon einzulullen, oder?«

»Ja, hoffen wir, dieser Baum ist ein gutes Omen.«

Leo sah sich suchend um. »Da drüben«, rief er plötzlich.

Und tatsächlich: Unweit der Pyramide saß der Dämon auf einer Bank unter einem der mächtigen Bäume und sah hinüber zur Plattform des fast zweihundertfünfundsechzig Meter hohen Bauwerks.

Piper setzte sich in Bewegung. »Ich hoffe, wir kommen nicht zu spät, um zu verhindern, was immer er an Zerstörung geplant hat.«

»Darüber können wir uns jetzt keine Sorgen machen«, sagte Leo. »Viel wichtiger ist es, wie wir ihn dazu bringen, diesen Tee zu trinken.«

»Ich hab eine Idee«, meinte Piper. »Bleib in der Nähe und orbe dich und mich hier raus, falls nötig.« Sie beschleunigte ihren Schritt in Richtung des Dämons.

»Piper, was –«

Doch bevor Leo sie daran hindern konnte, war Piper schon bei ihrem Widersacher angelangt. Leo setzte sich in Bewegung und hielt sich ganz in der Nähe im Schatten eines der mächtigen Bäume bereit.

Der Dämon, der aussah wie Chase, blickte misstrauisch zu Piper auf.

»Hallo«, sagte Piper und setzte sich neben ihn auf die Bank. Aus einem Seesack zu seinen Füßen schaute der Griff seines Schwertes heraus. Sie schluckte.

Der Dämon sah sie an, sagte aber nichts. Dann blickte er hinüber zu Leo, der eine Armeslänge von Piper entfernt unter dem Baum saß.

»Ich habe dir etwas mitgebracht«, sagte Piper und stellte den Krug mit dem Tee zwischen sich und den Dämon auf die Bank.

»Falls du vorhast, mich zu vergiften«, sagte der Dämon, »werde ich abermals Grund haben, dir zu danken.«

»Das ist kein Gift«, sagte Piper, »sondern ein Friedensangebot.«

Der Dämon lachte. »Ich bin keine Kreatur des Friedens. Kein Wesen, von dem man Verständnis oder Wohlwollen erwarten darf. Ich bin die Furcht. Der Terror. Die Wut. Die Zerstörung. Ich bin hier, um die Welt, wie ihr sie kennt, zu vernichten. Ich bin gekommen, um ein weiteres Jahrtausend der Dunkelheit einzuläuten.«

»Wenn du zu stolz bist, mein Geschenk anzunehmen, dann werde ich mich demütigst zurückziehen.«

Piper steckte sich unauffällig einen Finger in den Mund, hielt ihn in die Luft und sagte zu Leo: »Komm, wir gehen.«

Sie und der *Wächter des Lichts* erhoben sich und schlenderten davon, während Leo den Dämon aus den Augenwinkeln beobachtete.

Als sie einige Meter entfernt waren, sagte er: »Deine kleine Ansprache war ziemlich clever.«

»Der Spruch ist dazu gedacht, den Stolz zu brechen. Ich dachte, ich müsste das Wort irgendwie mit einbauen.« Piper sah hinüber zu dem Dämon, der sie noch immer argwöhnisch fixierte. »Okay, los geht's«, sagte sie.

Sie ging zu ihm zurück, beugte sich zu ihm hinunter und flüsterte ihm ins Ohr:

»Trink diesen Punsch von besonderer Sorte.«

Dann trat sie einen Schritt zurück und wartete. Eine quälende Minute lang geschah rein gar nichts. Immer noch starrte der Dämon sie an. »Lass uns ein wenig weitergehen«, raunte Piper Leo zu. »Und geben wir dem Spruch damit Gelegenheit, seine Wirkung zu entfalten.«

Sie entfernten sich, so weit es in dem kleinen Park möglich war, und spazierten an den majestätischen Mammutbäumen entlang bis zum Froschspringbrunnen. Hier setzten sie sich nieder und beobachteten die kleinen Fontänen, die inmitten eines Kreises aus Fröschen Wasser in die Luft spien.

Leo zog Piper an sich und zischte ihr zu: »Sieh mich an, und lass ihn dabei nicht aus den Augen.«

Piper blickte zu ihm auf. »Okay.« Sie schlang ihre Arme um Leo und legte dann den Kopf an seine Brust, wobei sie ab und an über seine Schulter nach dem Dämon sah.

Doch nichts passierte. Der Dämon saß nach wie vor reglos da und starrte sie an.

»Was, wenn der Spruch nur auf Menschen wirkt?«, fragte Piper plötzlich besorgt.

»Er hat eine menschliche Form angenommen, sich einen Wirtskörper ausgesucht. Ich denke, es sollte funktionieren«, entgegnete Leo, während er den Kopf ein wenig zur Seite drehte, um das Geschehen auf der Parkbank ebenfalls zu verfolgen.

»Aber es tut sich nichts.« Sie seufzte. »Wenn ich nur an die ganze Arbeit denke. Ich habe die Kräuter gekauft, den Boden mit Kompost gedüngt, den Garten angelegt –«

»Hör auf«, unterbrach Leo sie.

»Entschuldige mal, ich finde, ich habe durchaus das Recht, mich ein bisschen zu beklagen, wenn mir danach ist.«

»Das meinte ich nicht«, zischte Leo ihr zu. »Er greift gerade nach dem Krug!«

Piper erstarrte und wagte kaum, einen Blick über Leos Schulter zu werfen.

Doch tatsächlich: Soeben streckte der Dämon langsam beide Hände nach dem Steingutkrug aus, zog sie im letzten Moment jedoch zurück und sah wieder hinüber zu Piper und Leo.

»Immerhin ist er neugierig«, meinte der *Wächter des Lichts.*

Piper riskierte einen weiteren kurzen Blick. Diesmal nahm der Dämon den Krug tatsächlich zur Hand und platzierte ihn auf seinem Schoß. Vorsichtig zog er das Leinentuch von dem Gefäß.

»Er schaut nicht mehr zu uns herüber«, wisperte Leo. »Stattdessen riecht er an dem Tee, und der Duft scheint ihm zu gefallen.«

Der Dämon legte den Kopf zurück und sog tief das Aroma des

Trankes ein. Dann hob er den Krug an die Lippen und nahm einen kleinen, zögernden Schluck. Wieder sah er hinüber zu Piper und Leo; dann nahm einen weiteren, diesmal kräftigeren Schluck.

»Er zappelt am Haken«, raunte Leo ihr triumphierend zu.

Und tatsächlich, plötzlich gab es für den Dämon kein Halten mehr. Gierig schüttete er den Inhalt des Krugs wie ein Verdurstender in der Wüste in sich hinein.

»Das war's«, sagte Leo. »Er hat alles ausgetrunken, wenn man von dem bisschen absieht, das er sich beim Herunterkippen aufs Hemd gekleckert hat.« Er nahm Pipers Hand. »Lass uns zurück nach Hause gehen und dort nach dem Rechten sehen.«

»Warte«, sagte sie. »Er ist immer noch ein äußerst mächtiger Dämon. Wir sollten noch ein bisschen hier bleiben.«

Der Dämon kratzte sich am Kopf und gähnte. Der Ruf eines Vogels im Baum über ihm erregte seine Aufmerksamkeit. Er sah nach oben, entdeckte das Tier und lächelte. Dann lehnte er sich auf der Bank zurück und schloss die Augen. Auf seinem Gesicht zeigte sich ein zufriedener Ausdruck.

Piper beobachtete ihn noch eine Weile, bevor sie erleichtert seufzte. »Scheint, als ob es geklappt hat.«

Sie holte ihr Handy aus der Tasche und wählte eine Nummer. »Darryl? Hallo, hier ist Piper. Es geht um zwei Dinge: Kannst du ein paar Männer zur Pyramide schicken? ... Keine Ahnung, vielleicht eine Bombe ...« Sie sah kurz zu Leo. »Wir haben einen der Dämonen hier aufgegriffen, und er beobachtete fortwährend das Gebäude. Vielleicht wartet er darauf, dass dort etwas geschieht.« Sie nickte. »Ja, genau, nur um sicherzugehen, dass alles in Ordnung ist.« Sie sah hinüber zu dem Dämon, der aussah, als sei er eingenickt. »Und dann noch etwas: Ich habe diesen Dämon mit einem Zauber eingeschläfert.« Sie ließ ihren Widersacher nicht aus den Augen, während sie weitersprach. »Nein, ich glaube nicht, dass du ihn unter Arrest stellen solltest. Ich befürchte, es könnte den Zauber brechen, wenn man ihn von hier wegzubringen versucht.« Sie nickte, als sie Darryls Antwort lauschte. »Ja, so hatte ich mir das gedacht. Wenn du ein paar Leute abstellst, die ihn aus der Ferne beobachten, würde uns das sehr helfen. Wir werden uns in der Zwischenzeit darum kümmern, wie man ihn erledigt, während er … na ja, du weißt schon, während er nicht so gefährlich ist. Danke dir, bis später!«

Sie trennte die Verbindung und wandte sich an Leo. »Darryl sagte, er wird in zehn Minuten hier sein. Wir sollten bis zu seiner Ankunft hier warten, nur für den Fall, dass der Zauber bei einem Dämon nicht halb so wirksam sein sollte, wie wir dachten.«

Phoebe saß auf dem Dachboden zwischen Chase und Paige. Sie hatte Wyatt auf ihrem Schoß, während sie in der anderen Hand ein Schüsselchen mit Erbsenpüree hielt. Bissen für Bissen verabreichte sie Chase die Mahlzeit, wobei sie ihm nach jedem Löffel sanft über die Kehle strich, damit er leichter schlucken konnte. Wyatt schmatzte genüsslich auf seinem Kauring herum, während sie ihn sanft auf ihren Knien schaukelte.

»Ich dachte, du wolltest vielleicht einmal Wyatt kennen lernen«, sagte sie zu Chase. »Aber dann fiel mir ein, dass ihr euch ja schon im Park begegnet seid, als du Paige das erste Mal über den Weg gelaufen bist.« Sie schob ihm einen weiteren Löffel Püree in den Mund. »Keine Ahnung, was der Kleine davon hält, dass du ihm seine ganzen Erbsen wegfutterst.«

Phoebe grinste Wyatt an, doch dann wandte sie sich wieder an Chase. »Ich kann mir vorstellen, dass vieles von dem, was du hier mitbekommen hast, dich ziemlich nervös gemacht hat, aber lass dir sagen, Piper, Paige und ich, wir sind nur drei Schwestern, die normalerweise mit denselben Problemen kämpfen, die auch andere Schwestern haben. Ich meine, wir haben Jobs, einen Haushalt zu führen, müssen auf Wyatt aufpassen und uns mit Männerbekanntschaften und einem Schwager herumschlagen …« Sie verabreichte Chase einen weiteren Löffel Brei und brachte ihn dazu, auch diesen zu schlucken. »Aber dann gibt es da noch diesen anderen Teil unseres Lebens. Den Teil, in dem wir dafür sorgen müssen, dass die dunklen Mächte dieser Welt nicht die Überhand gewinnen.«

Er blinzelte zweimal.

»Also, was ich damit sagen will, ist …«

»Lass es gut sein, Phoebe«, murmelte Paige.

Phoebe ließ den Löffel sinken und drehte den Kopf in Richtung ihrer Halbschwester. »Paige? Liebes? Du bist wieder da?«

Paige nickte. »Ja, und das alles hab ich Chase schon längst erklärt«, sagte sie.

Wyatt gluckste.

Paige öffnete die Augen und lächelte das Baby an. »Hey, kleiner Mann. Schön, dich wieder zu sehen.«

Phoebe ergriff Paiges Hand und drückte sie erleichtert. »Mannomann, du hast uns einen ziemlichen Schrecken eingejagt«, sagte sie. »Hast dir wohl deine ganz persönliche Auszeit gegönnt, was, Schwesterchen?«

»Lustig«, sagte Paige. »Ich hab das Gefühl, als ob ich die ganze Zeit bei euch gewesen wäre. Ich hab euch sprechen gehört, obwohl ich nicht wollte, dass ihr mich aufweckt, und ich erinnere mich, dass ich Piper etwas über einen Spruch mitteilen wollte …«

»Ach, das hat bis jetzt auch ganz gut geklappt. Piper hat eben angerufen, bevor ich mit Wyatt hier heraufkam. Scheint, der Dämon weilt zurzeit im Land der Träume.«

»Und für wie lange?«

Phoebe schüttelte den Kopf. »Das wissen wir nicht. Der Tee selbst behält seine Wirkung ganze drei Tage lang, aber ob das bei einem Dämon auch funktioniert …«

Paige nickte. »Ja, könnte sein, dass ein Dämon innerhalb kürzester Zeit wieder zu sich kommt.«

Phoebe sah zu Wyatt. »Hast du was dagegen, dass Chase deine Erbsen isst, kleiner Mann?«

Wyatt machte ein Geräusch, das wie ein Kichern klang.

Phoebe nickte. »Gut.« Dann sah sie Paige an. »Ich ziehe den

Kleinen jetzt um und lege ihn hin, danach komme ich wieder.« Sie erhob sich.

»Bevor du gehst«, sagte Paige, »sei so gut und bring mir das *Buch der Schatten*. Es muss doch einen Weg geben, den Dämon zu erledigen, ohne ihn zu töten, und wir müssen uns in diesem Punkt bald etwas einfallen lassen.«

Phoebe legte Paige Wyatt in den Arm und holte das Buch von dem Lesepult. Dann tauschten sie und Paige Buch gegen Baby. Nachdem sie einen Paravent zwischen die beiden Pritschen geschoben hatte, sagte sie zu Chase: »Ich hoffe, der Sichtschutz macht dir nichts aus. Hexenangelegenheiten, du verstehst?«

Sie huschte hinter den Paravent zu Paige. »Ich schlage vor, du bleibst einfach noch ein bisschen hier liegen und studierst das Buch«, sagte sie. »Und versuch bloß nicht, schon aufzustehen, hörst du?«

»Ja, Frau Doktor«, erwiderte Paige.

Phoebe ging zur Tür und half Wyatt kurz vor dem Hinausgehen, zum Abschied zu winken.

Als die beiden fort waren, setzte sich Paige auf dem Feldbett auf und schob sich ein weiteres Kissen unter den Kopf, um es beim Lesen einfacher zu haben. »Keine Sorge, Chase«, rief sie. »Der Paravent ist nur dazu gedacht, ein paar Dinge von dir fern zu halten, von denen du besser nichts erfahren solltest.« Ein paar Sekunden lang wartete sie auf eine Antwort, bis ihr wieder einfiel, dass diese Antwort niemals kommen würde. Schließlich wandte sie ihre Aufmerksamkeit dem *Buch der Schatten* zu. »Also gut«, murmelte sie und begann zu blättern. »Wie verbannt man einen Dämon aus dieser Sphäre, ohne ihn zu töten?«

Gerade als Phoebe das Wohnzimmer betrat, orbten Leo und Piper herein. »Hallo, ihr beiden«, rief sie. »Habe gerade Wyatt hingelegt. Wie ist es gelaufen?«

»So weit, so gut«, antwortete Piper. »Der Dämon schlummert auf einer Bank im Redwood Park und ist damit kaum von all den anderen Obdachlosen zu unterscheiden, die unter freiem Himmel ihren Rausch ausschlafen. Nur dass er besser gekleidet ist als die und besser aussieht …«

»Wir haben uns mit Darryl in Verbindung gesetzt, bevor wir hierher zurückkamen«, informierte Leo sie weiter. »Ein Spezialteam wird den Dämon schichtweise observieren. Wir wollen ja nicht, dass ihn irgendjemand weckt, und sollte er doch erwachen, wollen wir niemanden dort haben, der in Panik gerät und ihn festzunehmen oder, schlimmer noch, zu erschießen versucht.«

»Klingt gut«, meinte Phoebe. »Stellt euch vor, Paige ist wieder ganz bei Bewusstsein!«

»Das ist großartig«, freute sich Piper. »Hab langsam angefangen, mir Sorgen zu machen. Wie geht es ihr?«

»Nun, sie liegt auf dem Feldbett und studiert das *Buch der Schatten*. Vielleicht findet sie ja einen Weg, all diese Dämonen wieder zurück ins Ei zu verbannen.«

»Ich gehe rauf und helfe ihr«, verkündete Piper. »Je früher wir anfangen, nach Lösungen zu suchen, desto besser. Schließlich wird dieser Dämon nicht ewig schlafen.«

Auf dem Dachboden angekommen, sah Piper, wie Paige im *Buch der Schatten* las, wobei ihre Finger unablässig über die Worte eines Spruchs fuhren, den sie offenbar darin gefunden hatte. Doch Paiges Augen waren rot und verquollen, die Stirn in Sorgenfalten gelegt, und ihr Mund wirkte kummervoll verkniffen.

»Paige?« Piper war rasch bei ihr und kniete neben ihr nieder. »Was ist los? Du siehst ja schrecklich aus. Vielleicht ist es besser, wenn wir noch mal ins Krankenhaus fahren?«

»Nein«, gab Paige tonlos zurück.

Ihre Stimme war so leise, dass Piper sie kaum verstehen konnte. »Meine Güte, was ist denn?«, fragte sie wieder. »Was ist geschehen?«

»Ich habe … das hier gefunden«, flüsterte Paige mit noch immer brüchiger Stimme. Ihre Lippen zitterten, als sie fortfuhr.

»Ich habe … einen Weg gefunden, den –« Sie brach ab, und ihre Augen füllten sich mit Tränen.

»Paige? Süße, was ist denn los?«

Paige deutete auf das Buch, und Piper las den Spruch, den Paige darin entdeckt hatte:

Wenn sich ein Dämon einen Körper nimmt
und nichts in deiner Kraft Stehende
seinen Willen zu brechen vermag;
wo zahllose Seelen sind in Gefahr
und es das höhere Gut zu schützen gilt,
dann muss das Opfer gebracht werden
und deine Wahl fallen auf das geringere Übel.
Geh hin und schau nach dem Quell der Plage,
und erkennen wirst du, dass sterben muss
des Dämons menschliche Hülle.

Piper hob erschrocken eine Hand zum Mund. Wieder und wieder las sie die Worte, mit jeder Sekunde fassungsloser. Sie sah Paige an, deren Tränen sich nun ungehindert Bahn brachen.

Sacht nahm sie ihre Hand und drückte sie voller Mitgefühl. »Leo«, rief sie leise.

Der *Wächter des Lichts* erschien augenblicklich an ihrer Seite. Verständnislos sah er von seiner Frau zu Paige und wieder zurück. »Was ist passiert?«

»Kannst du Chase … und das Ei, du weißt schon, irgendwohin mitnehmen?« Sie blickte bedeutungsvoll nach oben. »Phoebe, Paige und ich haben etwas zu besprechen.«

»An einen Ort, wo es … schön ist«, sagte Paige mit zitternder Stimme. »An einen Ort, von dem du glaubst, dass Chase ihn vielleicht gern einmal sehen würde.«

Leo blickte noch immer irritiert von Piper zu Paige und wieder zurück zu seiner Frau. »Klar«, sagte er schließlich, ohne weitere Fragen zu stellen, und trat hinter den Paravent.

»Komm, mein Freund«, hörte Piper ihn sagen. »Du und ich, wir verschwinden jetzt von hier.«

Bläuliches Licht quoll hinter dem Sichtschutz hervor, und dann waren Leo, Chase und das dämonische Ei verschwunden.

»Das Buch hat mir immer viel bedeutet«, begann Paige, »doch ich hätte nie gedacht, dass ich es einmal als so grausam empfinden würde.« Sie wischte sich die Tränen aus den Augen.

In diesem Moment betrat Phoebe den Dachboden, und Piper zeigte ihr den Spruch, den Paige im *Buch der Schatten* gefunden hatte. Nachdem Phoebe die Zeilen gelesen hatte, schaute sie entsetzt auf. »Das ist ja schrecklich!«

Paige setzte sich wütend auf und warf das Buch hinter sich auf die Pritsche. »Das ist mehr als schrecklich, und ich weigere mich zu glauben, dass dies der einzige Weg sein soll, diesen verdammten Dämon wieder loszuwerden!«

»Also wirklich, Paige ...« Phoebe legte ihrer Halbschwester beruhigend eine Hand auf die Schulter. »Bist du sicher, dass du jetzt schon aufstehen solltest?«

»Ich werde bestimmt *nicht* tatenlos hier herumliegen und mich damit abfinden, dass die einzige Lösung für unser Problem darin besteht, Chase zu ermorden!«

»Also gut«, meinte Piper in beschwichtigendem Tonfall, »jetzt lasst uns mal ganz in Ruhe darüber reden. Okay, diese letzte Zeile, in der es darum geht, dass des Dämons menschliche Hülle sterben muss, ist entsetzlich. Doch wenn man sich den Text zuvor ansieht, dann scheint es, als ob damit nur der allerletzte Weg aufgezeigt wird, um ihn loszuwerden. Nach meiner Interpretation steht dort, dass wir dieses Opfer nur dann bringen müssen, wenn wir glauben, auf keine andere Weise gegen ihn gewinnen zu können. Wenn es also darum geht, das höhere Gut, die Unschuldigen, zu schützen.«

»Ach, schaut euch doch mal um«, rief Paige verbittert. »Es ist doch längst schon so, dass das ›höhere Gut‹ in größten Schwierigkeiten steckt!«

Ihre nächsten Worte wählte Piper mit Bedacht. »Du hast Recht. Wir wissen, dass ganz San Francisco in Flammen aufgehen wird, wenn wir nicht schnellstens etwas unternehmen. Phoebe hat es schließlich gesehen. Und wenn man sich die Geschichte dieses Dämons anschaut, so können wir davon ausgehen, dass er sich mit der Zerstörung unserer Heimatstadt nicht zufrieden geben wird. Das letzte Mal, als er auf die Menschheit losgelassen wurde, hat er die gesamte griechische Zivilisation in die Knie gezwungen, und das über einen Zeitraum von tausend Jahren.«

»Doch heutzutage«, wandte Phoebe ein, »hat die Menschheit viel bessere Waffen zur Verfügung als damals. Dieses Mal können wir das Monster besiegen, indem wir uns selbst geradewegs in die Steinzeit zurückbomben und dann –«

»Phoebe, das ist jetzt nicht sehr hilfreich«, fuhr Piper dazwischen.

»Mir ist schon klar, was auf dem Spiel steht«, meinte Paige. »In dem Moment, als ich den Spruch las, wusste ich, dass unser Problem auf genau diese Weise gelöst werden könnte.« Sie sah Piper ernst an. »Und du wusstest es auch. Aber das bedeutet nicht, dass es einzig und allein auf *diese* Weise gelöst werden kann.«

Phoebe kniete sich neben sie und nahm ihre Hand. »Nein, natürlich nicht, Liebes.«

»Außerdem können wir doch keinen Unschuldigen töten«, fuhr Paige fort. »Egal, wie sehr wir uns einreden, dass es geschieht, um das höhere Gut zu schützen.«

»Nein«, stimmte Piper ihr zu. »Das können wir nicht. Aber jedes Sondereinsatzkommando könnte es, und die Polizei könnte es, jemand wie Captain Rodgers könnte es ...«

»Jeder, der gesehen hat, wie der Dämon Amok läuft, könnte es«, ergänzte Phoebe.

Paige erhob sich und checkte, ob sie sich schon auf den Beinen halten konnte. Dann schob sie den Paravent beiseite und starrte auf die leere Pritsche, auf der bis vor wenigen Minuten noch

Chase gelegen hatte. »Ja, jeder, der dieses Engelsgesicht gesehen hat, wie es Läden überfallen und Gebäude in die Luft gejagt und Geiseln genommen hat und –«

»Wir haben verstanden«, unterbrach Piper sie. »Eine Menge Leute würden diese Aufgabe liebend gern für uns erledigen.«

Paige drehte sich wieder zu ihren Halbschwestern um. »Ich bin nicht bereit, jetzt schon aufzugeben.«

»Gut«, nickte Piper. »Dann sollten wir sehr genau prüfen, ob es nicht einen anderen Ausweg aus diesem Dilemma gibt.«

»Und das sollten wir ziemlich schnell tun«, ergänzte Phoebe. »Besser, wir haben eine Lösung zur Hand, bevor dieser Tee zu wirken aufhört und unser Dämon erst richtig zur Höchstform aufläuft.«

18

Es war dunkel. Nicht nur draußen, sondern auch in Halliwell Manor.

Schweigend saßen die Zauberhaften am Küchentisch; die Stimmung war gedrückt. Vor ihnen lag das *Buch der Schatten* sowie sieben zu Papier gebrachte Sprüche, die hier und da modifiziert und schließlich als untauglich wieder durchgestrichen und verworfen worden waren. Niemand hatte sich die Mühe gemacht, das Licht einzuschalten. Fast schien es, als hätte keine der Drei auch nur bemerkt, dass die Dämmerung über die Stadt hereingebrochen war.

Da betrat Leo die Küche. Noch auf der Schwelle knipste er die Deckenbeleuchtung an. Piper bedeckte angesichts des grellen Lichts ihre Augen. »Muss das sein, Leo? Das ist viel zu hell!«

»Tut mir Leid.« Er gab den drei jungen Frauen einen Moment, sich an die neuen Lichtverhältnisse zu gewöhnen. »Wenn ich mir eure Mienen so anschaue, liege ich vermutlich richtig, wenn ich annehme, dass ihr nicht wirklich weitergekommen seid?«

»Wo ist Chase?«, fragte Paige den *Wächter des Lichts*.

»Wieder oben auf dem Dachboden.«

»Wo seid ihr beide denn gewesen?«

»Auf Hawaii.«

Paige nickte. »Und hat es ihm … gefallen?«

»Ich glaube schon. Er war wohl noch nie dort und wollte schon immer mal da hin.«

Piper runzelte die Stirn. »Woher konntest du das wissen? Er kann doch nicht sprechen.«

»Nein«, musste Leo zugeben. »Ich hab mir etwas Hilfe von den Ältesten geholt. Sie haben seine Gedanken praktisch gescannt.«

»Okay«, sagte Piper. »Spuck's schon aus, Leo!«

»Warum so missmutig, Piper?«, fragte Phoebe. »Vielleicht waren ja auch ein paar gute Nachrichten für uns darunter?«

»Wenn Leo uns gute Nachrichten zu überbringen hätte, dann hätte er das längst getan«, gab Piper mürrisch zurück.

»Nun«, begann Leo, »vielleicht nicht die Art von guten Nachrichten, auf die ihr gehofft habt, aber ich glaube, sie sind dennoch hilfreich.«

Die drei Zauberhaften beugten sich gespannt auf ihren Stühlen vor.

»Also gut«, fuhr Leo fort. »Der Grund dafür, warum Chase bis auf seine Augen keine Faser seines Körpers mehr bewegen kann, ist, dass der Dämon ihn praktisch als Kraftquelle missbraucht. Er benutzt Chases motorische Fähigkeiten, um die Körper seiner Duplikate anzutreiben und zu steuern.« Die nun folgenden Worte wählte Leo mit großem Bedacht. »Und aus diesem Grund müsste, sollte Chase sterben, der Dämon unverzüglich in das Ei zurückkehren. Ohne die Zauberformel auf der Schale des Eis könnte der Dämon in unserer Welt gar nicht existieren. Und ohne die Einladung eines Menschen, der eben diese Formel rezitierte hat, konnte sich der Dämon keines Wirtskörpers bemächtigen.«

»Also ist es so«, begann Paige, »dass, wenn Chase stirbt ...«

»... der Dämon augenblicklich von hier verschwindet«, beendete Leo den Satz für sie. »Und auch all seine Kopien würden sich auf einen Schlag in nichts auflösen, wohingegen das Original wieder immateriell würde. Und in eben dieser Form kann der Dämon nur an einem einzigen Ort weiterexistieren.«

»Im Innern des Eis«, schloss Piper.

Leo nickte.

Lange Zeit sprach keiner der vier ein Wort.

»Nun«, brach Phoebe schließlich die Stille, »wenigstens wissen wir jetzt sicher, dass Chase sein Leben für einen guten Zweck geben würde.«

Piper nickte. »Ja, diese Erkenntnis ist schon etwas. Nicht viel und auch nicht wirklich tröstlich, aber immerhin etwas.«

»Habt ihr irgendwas Neues im Buch gefunden?«, wollte Leo wissen.

»Nein«, erwiderte Piper. »Bis jetzt noch nicht, aber ich –« Das Klingeln ihres Handys unterbrach sie. Sie checkte die Anrufernummer auf dem Display und nahm das Gespräch an. »Hallo, Darryl, was gibt's?« Sie sah die anderen alarmiert an, während sie der Antwort des Detectives lauschte. »Alles klar, wir sind schon unterwegs!« Sie unterbrach die Verbindung. »Ein Polizist in Zivil, der über den zu oberservierenden Tatverdächtigen nicht informiert war, hat den Dämon von der Parkbank aufgescheucht.«

»Oh, nein!«, entfuhr es Phoebe.

Piper sah Paige bittend an. »Kannst du hier bleiben und die Stellung halten?«

Paige nickte. Leo ergriff Pipers und Phoebes Hand und orbte mit den beiden von dannen.

Als sie im Park eintrafen, hatte Darryl sein Handy noch in der Hand. Der Detective fuhr erschrocken zusammen, als die drei wie aus dem Nichts neben ihm auftauchten. Kopfschüttelnd schob er das Telefon wieder in seine Anzugtasche. »Daran werde ich mich nie gewöhnen«, bemerkte er.

Das schwindende Tageslicht am Westhimmel reichte gerade aus, den kleinen Park ausreichend zu erhellen, in dem es momentan zuging wie in einem Bienenstock. Rettungssanitäter luden gerade einen Verletzten auf eine Trage, während Polizeibeamte den Tatort sicherten und alle Hände voll zu tun hatten, die Schaulustigen zurückzudrängen. Über ihren Köpfen zogen Helikopter ihre Kreise. Es waren in der Hauptsache Polizeihubschrauber, aber die Zauberhaften sahen, dass auch einige Presseleute darunter waren.

»Was ist denn passiert?«, fragte Phoebe.

Darryl seufzte. »Ein Polizist, der schon seit Stunden Feierabend hatte und über unseren Einsatz nicht informiert war, ist zufällig hier vorbeigekommen und hat den Dämon wachgerüttelt. Wir konnten ihn nicht mehr rechtzeitig davon abhalten; es ging alles viel zu schnell.« Er zuckte resigniert die Achseln. »Jeder Streifenpolizist war über diesen Einsatz informiert, ich hab es schlicht und einfach versäumt, auch jene ins Bild zu setzen, die heute keinen Dienst haben.«

»Was ist denn geschehen, nachdem der Dämon wieder wach war?«

Darryl ließ seinen Blick über den Tatort schweifen. »Der Kerl ist total ausgeflippt und hat den Cop, der ihn geweckt hat, sofort angegriffen. Der Kollege hat ihm drei Kugeln verpasst, bevor der Täter, ich meine, der Dämon ihm die Waffe entreißen konnte und ihn in den Oberschenkel schoss.«

Piper schluckte. »Aber dem Mann geht es doch wieder besser, oder?«

Darryl schüttelte den Kopf. »Nein, es sieht nicht gut aus. Die Kugel hat eine Arterie verletzt. Er hat 'ne Menge Blut verloren.« Der Detective beobachtete, wie ein Ü-Wagen am Tatort eintraf. »Wenn die Presse unseren Funk abhört und rausbekommt, dass ein Polizist niedergeschossen wurde, gibt es keine Möglichkeit mehr, den Vorfall aus den Nachrichten herauszuhalten.«

»Eins nach dem anderen«, meinte Piper. »Wo ist der Dämon?«

»Dessen Spur haben wir in all der Aufregung leider verloren.« Er sah Piper unbehaglich an.

»Komm schon, Darryl«, sagte sie. »Was verheimlichst du uns?«

Der Detective seufzte. »Als ihr den Dämon in Schlaf versetzt habt, habt ihr damit auch diese, ähm, Klone außer Gefecht gesetzt, richtig?«

Piper nickte.

»Noch bevor ihr mir von diesem Schlaftrunk erzählt habt, haben meine Leute drei von ihnen aufgespürt. Aber nachdem der Dämon hier im Park wieder aufgewacht war, kamen auch die drei Klone wieder zu sich. Tja, und nun ... sammeln sie sich scheinbar wieder.«

»Wo?«, verlangte Piper zu wissen.

Darryl wandte sich zu einem Stadtplan um, der ausgebreitet auf einem der Picknicktische des Parks lag. Er zeigte auf verschiedene Punkte der Karte, während er sprach. »Einen haben wir hier aufgestöbert, den anderen dort und den dritten an dieser Stelle. Und nun bewegen sie sich alle zielstrebig in diese Richtung.« Er deutete auf eine vierte Stelle im Plan.

Piper starrte auf den von Darryl bezeichneten Punkt. »Aber das bedeutet, dass sie … genau hierher kommen. Sie rotten sich alle im Finanzdistrikt zusammen!«

Darryl nickte. »Wir haben die anderen zwar noch nicht entdeckt, aber wir sind zu der gleichen Schlussfolgerung gelangt. Wenn man die Routen der drei zusammenführt, die wir im Visier haben, sieht es tatsächlich so aus, als ob sie sich genau hier treffen wollen. Vermutlich werden sie in etwa einer Stunde an diesem Ort hier eintreffen.« Er zeigte auf einen bestimmten Punkt der Karte. »An dieser Stelle befindet sich ein altes Lagerhaus.« Er sah Piper ernst an. »Aber das ist noch nicht alles.«

»Was noch?«, wollte Piper wissen.

»Die drei sind mit großen, mörderischen Schwertern bewaffnet.«

Piper sah von der Karte zu Darryl. »Okay, danke, aber wir wissen jetzt, was zu tun ist.« Sie wandte sich zu Phoebe und Leo um. »Lasst uns gehen.«

Wieder zurück in Halliwell Manor, setzten sich Piper, Leo, Paige und Phoebe erneut am Küchentisch zu einer Planungsbesprechung zusammen.

»Wir haben also eine Stunde Zeit«, resümierte Piper und blickte zu Paige. »Die Dämonen sammeln sich, und sie haben ihre Schwerter dabei.«

Paige räusperte sich. »Dann beginnt also die Zerstörung … und das Chaos und all das, was Phoebe in ihrer Vision gesehen hat, in genau einer Stunde.«

»So scheint es«, nickte Piper. »Ich schlage daher Folgendes vor:

Zunächst möchte ich einen Plan für den Fall, dass es keinen anderen Ausweg mehr gibt. Einen Notfallplan sozusagen.«

»Für den Fall, dass es keinen anderen Ausweg mehr gibt?« Paige lehnte sich auf ihrem Stuhl zurück. »Du meinst einen Plan, in dem Chase …«

»Ja, genau das meine ich.« Piper ergriff Paiges Hand. »Aber das ist wie gesagt nur die allerletzte Option. Den Rest der uns verbleibenden Stunde wollen wir dazu nutzen, nach Alternativen zu suchen.«

»Ja, aber Moment mal«, mischte sich nun Phoebe ein. »Wie genau soll denn dieser Notfallplan eigentlich aussehen?« Als niemand antwortete, fuhr sie fort. »Ich meine, muss das alles denn wirklich gewaltsam enden? Kann es nicht barmherzig vonstatten gehen?«

»Wenn wir Chase dem Sondereinsatzkommando übergeben, wird es mit Sicherheit *nicht* barmherzig vonstatten gehen«, sagte Leo.

»Sollten wir uns für diesen Fall nicht mit Darryl besprechen?«, schlug Paige vor. Überrascht sahen die anderen sie an. »Ich meine«, fuhr sie fort, »nur falls dieser … Notfallplan in Kraft treten muss. Darryl würde das verstehen. Er würde Barmherzigkeit walten lassen. Chase war doch unlängst erst auf Hawaii, und wenn wir ihn also an einen wirklich schönen Ort bringen würden und Darryl heimlich hinter ihm herschicken …«

»Chase würde nicht einmal Zeit haben, sich zu fragen, was ihn da gerade getroffen hat«, warf Phoebe ein.

Paige nickte.

»Können wir Darryl denn wirklich darum bitten, so etwas zu tun?«, fragte Leo.

»Aber einer muss es tun, falls keine andere Möglichkeit mehr besteht«, sagte Piper. »Wir können es nun mal nicht, und wenn wir die Sache so human wie möglich erledigt haben wollen, dann müssen wir eben Darryl darum bitten. Und wir werden bis ans Ende unserer Tage mit dieser Entscheidung leben müssen.«

Eine ganze Weile sagte niemand mehr etwas.

»Okay.« Piper räusperte sich und sah auf ihre Uhr. »Was können wir noch versuchen, woran wir bisher noch nicht gedacht haben?«

»Wenn wir das wüssten«, sagte Leo, »säßen wir jetzt nicht hier.«

»Leo«, gab Piper zurück, und in ihre Stimme mischte sich unverhohlene Missbilligung. »Keine Wortklaubereien jetzt, bitte.«

»Ich habe das nur gesagt«, meinte Leo, »weil die Tatsache, dass du an etwas nicht gedacht hast, nicht automatisch heißt, dass die Antwort nicht doch irgendwo da draußen sein könnte.«

Piper kniff argwöhnisch die Augen zusammen. »Leo Wyatt, wenn du etwas weißt, was du uns bisher verschwiegen hast, dann –«

»Ich weiß auch nicht mehr als ihr!« Leo hob kapitulierend die Arme. »Ehrlich.« Er legte eine Hand auf Pipers Schulter. »Aber ich habe Vertrauen in euch Drei. Ich glaube fest daran, dass es jenseits eures Notfallplans noch eine andere Möglichkeit geben muss, das Problem zu lösen.«

»Aber dir ist schon klar, Leo, dass du, wenn du dich irrst und uns innerhalb der nächsten Stunde nichts Besseres einfällt, mit dieser Aussage alles nur noch schlimmer machst?«

»Lasst uns nach weiterer Hilfe suchen«, schlug Phoebe plötzlich vor. »Wir sollten vielleicht mit einer anderen Hexe Kontakt aufnehmen – egal, ob sie nun lebt oder tot ist –, die vielleicht in der Lage ist, uns dabei zu helfen, diese Typen wieder loszuwerden.«

»Keine schlechte Idee«, meinte Paige.

Während Paige und Piper einen Kreidekreis auf den Boden der Küche malten und Kerzen anzündeten, schnappte sich Piper ein Stück Papier. »Ich denke, ich kann mir einen Spruch ausdenken, der uns dabei hilft.«

»Schreib ihn dreimal auf, eine Kopie für jede von uns. Das erspart dir die Zeit, uns die Beschwörungsformel auch noch eintrichtern zu müssen.«

»Richtig«, nickte Piper. »Die Zeit ist nicht eben unsere Verbündete.«

Kurz darauf saßen die drei Hexen im Kreis am Boden, und jede hatte den von Piper niedergeschriebenen Spruch vor sich auf dem Schoß liegen.

Sie nahmen sich an den Händen und begannen mit der Beschwörung:

Ihr guten Geister, nah und fern,
erhöret unser Flehen,
kommt herbei, so schnell ihr könnt.
Bitte, lasst euch sehen.
Ein Dämon wirkt in unsrer Welt
und schafft ein Todesheer.
Wir suchen eure Hilfe nun,
ihn zu verbannen einmal mehr.
Wenn einer von euch hat die Kraft,
dies Übel zu vernichten,
erschein und teil dein Wissen nun,
auf dass wir ihn dann richten.

Ein kleiner Wirbel, sanft wie eine Sommerbrise, entstand im Zentrum des Kreidekreises und schwebte um die drei am Boden sitzenden Hexen.

»Es hat funktioniert«, wisperte Phoebe. »Lasst uns den Spruch noch einmal wiederholen.«

Sie begannen noch einmal von vorn, doch diesmal klangen ihre Worte noch eindringlicher:

Ihr guten Geister, nah und fern,
erhöret unser Flehen,
kommt herbei, so schnell ihr könnt.
Bitte, lasst euch sehen.

Während sie die Beschwörungsformel wiederholten, wurde der kleine Wirbelwind, der um sie kreiste, schneller und das Geräusch, das er dabei verursachte, immer dröhnender. Lauter denn zuvor fuhren die Zauberhaften fort:

Ein Dämon wirkt in unsrer Welt
und schafft ein Todesheer.
Wir suchen eure Hilfe nun,
ihn zu verbannen einmal mehr.

Die Drei hatten mittlerweile Mühe, das sausende Geräusch mit ihren Stimmen zu übertönen:

Wenn einer von euch hat die Kraft,
dies Übel zu vernichten,
erschein und teil dein Wissen nun,
auf dass wir ihn dann richten.

Die Zettel, auf denen der Beschwörungstext stand, flogen durch die Luft, die Flammen der Kerzen flackerten hektisch im Sog der kleinen Vortex und erloschen dann nach und nach. Doch die drei Zauberhaften saßen noch immer Hand in Hand da, während das Haar um ihre Köpfe gewirbelt wurde, als befänden sie sich inmitten eines entfesselten Orkans.

Der Wirbelsturm legte sich nur allmählich und wurde schließlich wieder sanft wie eine Sommerbrise, und auch das ohrenbetäubende Brausen ließ nach, bis es gänzlich verstummte. Die drei Zettel mit dem Spruch flatterten wieder auf die Schöße der Zauberhaften zurück, und auch die Kerzen entzündeten sich von selbst und tauchten die Küche wieder in ein warmes Licht.

Eine gleißend helle Säule erschien in der Mitte der Küche, die sich wie ein Hurrikan in Zeitlupe um sich selbst drehte. Auf einmal erschien die ätherische Gestalt einer Frau in der Vortex, die durch das umherwirbelnde Licht nur schwer zu erkennen war.

»Grams«, flüsterte Piper. »Grams, wir brauchen dich.«

Das Bild der Großmutter lächelte ihnen zu, doch es war ein trauriges Lächeln. Sanft schüttelte sie den Kopf, während ihr eine einzelne Träne über die Wange rollte. Und dann löste sich ihr Bild langsam wieder auf.

Die Lichtsäule verschwand, der Wind erstarb, und bald waren die flackernden Kerzen das Einzige, was sich in der nun totenstillen Küche noch bewegte. Die Zauberhaften saßen noch immer schweigend da und hielten sich an den Händen.

»Tja«, sagte Phoebe schließlich, »das hat wohl nicht funktioniert.«

»Ich glaube, auf eine schreckliche Art und Weise hat es das doch«, widersprach Piper. »Ich glaube, Grams kam zu uns, um uns mitzuteilen, dass nichts und niemand aus dieser oder der Anderswelt uns dabei helfen kann, den Dämon zu stoppen.«

Paige sah ihre Halbschwester bestürzt an. »Und wie soll uns das weiterhelfen?«

»Es hilft uns, weil wir jetzt definitiv wissen, dass wir unsere Möglichkeiten ausgeschöpft haben.« Piper sah auf ihre Armbanduhr. »Nun wissen wir, was wir zu tun haben. Und wir wissen auch, dass wir es so bald wie möglich tun müssen.«

»Aber so hat Chase doch noch nicht einmal die Möglichkeit, seine Angelegenheiten in Ordnung zu bringen«, rief Paige. »Er kann uns ja noch nicht mal mitteilen, wen wir unterrichten sollen, wenn … wenn es vorbei ist.«

»Wir alle sollten uns jetzt von ihm verabschieden«, erklärte Piper mit sanfter Stimme, »und dann sollten wir Darryl holen.«

Paige schnappte hörbar nach Luft. »Wartet«, rief sie. »Könnten wir nicht …« Hilflos sah sie von einer zur anderen, während sie im Geiste verzweifelt nach einer Alternative suchte. »Könnten wir ihn nicht wenigstens in eine Art Trance versetzen?«, fragte sie schließlich. »Nur um sicherzustellen, dass er auch wirklich nichts spüren wird, wenn …?«

»Das erscheint mir ein sehr humaner Vorschlag«, sagte Piper.

»Ja, ich finde, das sollten wir tun. Ich könnte ihn vielleicht sogar –« Sie bracht ab und sah Paige und Phoebe mit hoffnungsfrohem Blick an. »Wartet mal, was wäre, wenn ich ihn in eine Art Todesschlaf versetzen würde?«

Phoebe legte den Kopf schief. »Du meinst, so wie in ›Romeo und Julia‹?«

»Ja«, antwortete Piper. »Genau so.« Sie überlegte kurz. »Was hat Leo noch gleich gesagt?« Sie fuhr auf dem Absatz herum. »Leo?!«

Leo kam in die Küche spaziert; auf dem Arm trug er Wyatt.

Piper sprang auf und eilte zu ihm. »Du hast doch gesagt, dass Chase gelähmt ist, weil sich der Dämon seiner motorischen Fähigkeiten bedient, um all seine Doubles anzutreiben und zu steuern?«

»Ja«, bestätigte Leo. »So ist es, vereinfacht ausgedrückt.«

»Was wäre, wenn wir, anstatt den Dämon zu töten, Chase in einen todesähnlichen Zustand versetzen würden? Was würde dann mit all den Doubles da draußen passieren?«

»In diesem Fall«, erklärte Leo, »würden die motorischen Fähigkeiten der Klone zum Erliegen kommen.«

Phoebe und Paige erhoben sich nun ebenfalls und traten zu Leo und Paige.

»Aber würden diese Dämonen auch dann von hier verschwinden, wenn Chase nicht wirklich tot ist?«, erkundigte sich Phoebe.

»Vielleicht nicht«, sagte Paige. »Aber wenn sie sich nicht bewegen können, können sie auch nicht viel Schaden anrichten, richtig?«

»Und während sie alle wie tot daliegen«, fügte Piper hinzu, »können wir uns in Ruhe überlegen, wie wir sie wieder loswerden. Für immer.«

»Lasst es uns versuchen«, rief Phoebe. »Jetzt sofort.«

Wieder sah Piper auf die Uhr. »Ich gehe nach oben und schlage das Rezept für den ›Romeo-und-Julia‹-Trank nach.« Sie sah Paige an. »Warum erklärst du Chase unterdessen nicht, was wir vorhaben?« Sie hielt einen Moment inne. »Ich meine, dieser Trank ist nicht ganz ungefährlich; es könnte sein, dass die Sache schief geht.«

»Ich verstehe«, sagte Paige. »Ich werde dafür sorgen, dass Chase über das Risiko informiert wird.«

»Wo wir schon davon sprechen, für dies und das zu sorgen«, ergänzte Piper. »Sorge doch bitte auch dafür, dass wir für dieses ›Schierlingsbecher‹-Experiment seine Zustimmung bekommen. Ohne die könnte es sein, dass der Zauber gar nicht wirkt.«

Die Drei gingen hinauf auf den Dachboden. Piper blätterte fieberhaft im *Buch der Schatten*, während Phoebe und Paige mit Chase sprachen. Piper konnte von ihrem Standort aus nicht verstehen, was genau die beiden dem jungen Mann mitteilten, worauf sie sich ganz auf die Suche nach dem ›Romeo-und-Julia‹-Rezept konzentrierte. Schließlich fand sie es, zusammen mit einer recht altertümlich formulierten Anweisung:

Charade um des Geliebten Tod,
des' Körper, Seel' und Herz in Not,
doch nicht wahrlich ist's des Daseins Ende,
seien noch so kalt die starren Hände.
Zu diesem Zweck den Trank ihm reich,
nach Rezeptur, die folgt sogleich.
Von Sonn' zu Sonn', von Mond zu Mond,
kein Leben im Geliebten wohnt.

Piper sah vom Buch auf und rief: »Paige?!«

Paige, die neben Chase kniete, hob den Kopf und sah ihre Halbschwester an. »Er ist bereit.«

»Das ist ein Elixier, das ausdrücklich für eine geliebte Person gedacht ist«, erklärte Piper. »Also, Paige … liebst du ihn?«

Paige blickte wieder auf Chase hinab, dann sah sie Piper an und nickte. »Ja, ich glaube, das tue ich.«

»Das sollte genügen.« Piper notierte sich die Ingredienzen für den Trank. »Sag mal, Phoebe, wann geht eigentlich heute Abend der Mond auf?«

Phoebe studierte den Mondkalender an der Wand. »In … vierzehn Minuten.« Erstaunt fragte sie: »Woher wusstest du das?«

»Wusste ich nicht«, gab Piper zurück. »Aber ich habe den Eindruck, dass sich die Waagschale des Schicksals zu unseren Gunsten zu neigen beginnt.«

Sie ging hinunter in die Küche und dankte Grams still dafür, dass diese sie gelehrt hatte, ihre Kräuter stets kühl und trocken zu lagern. So war sie mit der Zubereitung des Tranks in weniger als zehn Minuten fertig.

Dann trug sie den dampfenden Sud auf den Dachboden und reichte Paige den Becher. »Du allein solltest ihm das Elixier verabreichen«, sagte sie, und an Chase gerichtet: »Hab keine Angst. Wenn alles nach Plan verläuft, wirst du schon morgen um diese Zeit wieder ganz der Alte sein.«

Chase blinzelte zweimal, und ein Hoffnungsschimmer glomm in seinen Augen.

Vorsichtig verabreichte ihm Paige den ersten Löffel des »Romeo-und-Julia«-Tranks und brachte ihn auf die erprobte Weise dazu, diesen auch zu schlucken. Nach und nach leerte sich der Becher bis zur Hälfte.

Piper nickte Phoebe zu und sah auf ihre Armbanduhr. Dann erhob sie sich, ging zu dem kleinen Dachfenster und sah hinaus. Ein silberner Schein über den Baumwipfeln zeigte ihr an, wo der Mond aufgehen würde. »Paige, beeil dich ein bisschen.«

Paige nickte. »Wir sind fast fertig hier.« Dann wandte sie sich wieder Chase und dem Trank zu.

Piper sah, dass sich des Mondes schmale Sichel allmählich über die Baumkronen schob. »Wann genau spricht man eigentlich davon, dass der Mond aufgegangen ist?«, fragte sie in den Raum hinein. »Schon zu dem Zeitpunkt, wenn man seine zunehmende Sichel das erste Mal sichtet, oder erst dann, wenn er in voller Größe am Nachthimmel zu sehen ist?«

Statt einer Antwort hörte sie, wie hinter ihr Paiges Löffel zu Boden schepperte. Piper fuhr herum.

Paige kniete noch immer neben Chase, doch nun streichelte sie ihm sanft über den Kopf. »Chase?«, flüsterte sie atemlos. »Chase?!« Erschüttert blickte sie auf. »Er ... er sieht aus, als ob er ...«

Piper eilte zu ihr und sah auf Chase hinunter. »Ja«, stimmte sie zu. »Er sieht aus wie tot.« Sie beugte sich zu ihm und schloss ihm die Augen. »Und genau das war ja auch unsere Absicht.«

Paige nickte beklommen. »Ich weiß, aber wenn ich ihn jetzt so daliegen sehe ...«

»Ja, ich kann mir vorstellen, wie du dich dabei fühlst.« Piper nahm ihre Schwester in den Arm. »Von Mond zu Mond, so heißt es in dem Spruch. Und mehr Zeit haben wir nun mal nicht. Lasst uns also das Beste daraus machen und keine wertvollen Minuten verlieren.«

Paige nickte.

Piper holte ihr Handy hervor und wählte eine Nummer. »Hallo, Darryl, hier ist Piper. Wie viele Männer wurden für die Suche nach den Dämonen abgestellt?« Stirnrunzelnd lauschte sie seiner Antwort. »Mit dir also nur drei?« Sie nickte. »Kannst du deine Kollegen von ihrem Posten abziehen?« Sie sah achselzuckend in die Runde, ehe sie weitersprach. »Keine Ahnung, erzähl ihnen, was du willst ...«

Phoebe huschte herbei und raunte Piper ins Ohr: »Sag Darryl, er soll den beiden Cops weismachen, dass sie es nicht riskieren dürfen, entdeckt zu werden.«

Piper gab den Vorschlag an Darryl weiter und fügte dann hinzu: »Wir sind schon so gut wie unterwegs.« Sie beendete das Telefonat und sah ihre Schwestern ernst an. »Gehen wir.«

19

Die drei Zauberhaften orbten direkt in das verlassene Lagerhaus, in dem Darryl die geheime Zusammenkunft der Dämonen vermutete.

Phoebe sah sich unbehaglich um. »Irgendwie gruselig hier.«

»Blödsinn, Phoebe, dieser Bau ist nicht gruselig, sondern einfach nur alt und leer.«

»Nein, ich meinte, es ist ziemlich gruselig, dass dies hier der Ausgangspunkt für die Zerstörungswelle der Dämonen sein soll. Dass von hier der Untergang des westlichen Abendlandes ausgehen soll.«

»Ach so.« Piper versuchte, sich an die dämmrigen Lichtverhältnisse, die hier herrschten, zu gewöhnen. Schon bald konnte sie die Umrisse der Fenster, durch die das schwache Mondlicht fiel, und den Grundriss des Gebäudes ausmachen.

Sie standen inmitten eines ehemaligen Großraumbüros; im hinteren Teil war eine Tür zur erkennen, die offenbar in den eigentlichen Lagerbereich führte. Piper zeigte auf den Durchgang. »Ich denke, diese Tür führt uns an den Ort, von dem Darryl annimmt, dass sich die Dämonen dort versammeln.« Sie setzte sich in Bewegung. »Dann lasst uns unsere Jungs mal suchen.«

Phoebe huschte an ihre Seite. »Du meinst, unsere Ghule?«

Kopfschüttelnd sah Piper sie an. »Mach dir keine Sorgen, Liebes, das sind nur die Nerven.«

»Ach, wirklich?«, fragte Paige. »Und ich dachte, das wäre nur ein abgedroschener Insiderwitz ...«

Sie schlüpften durch die Tür in die Lagerhalle, die sich überraschenderweise als so weiträumig erwies wie ein Flugzeughangar.

Im fahlen Mondlicht sahen sie in einiger Entfernung einen Dämon, der ohne erkennbare Eile auf und ab lief, während alle anderen bewegungslos am Boden lagen. Mit dem Schwert in der Hand ging der Dämon von einem der reglosen Körper zum nächsten.

»Der mit dem Schwert muss der Original-Dämon sein«, flüsterte Paige. »Ich dachte, der Trank würde auch auf ihn wirken.«

»Ja, das dachte ich auch«, sagte Piper.

In diesem Moment drehte sich der Dämon zu den drei Frauen um. Finster starrte er die Zauberhaften an. Langsam hob er das Schwert. »Ihr ...«, murmelte er.

»Ich finde, er sieht schon reichlich entkräftet aus«, wisperte Phoebe. »Vielleicht sollten wir ihn, na, ihr wisst schon, ein bisschen beschäftigen und damit noch mehr in die Knie zwingen.«

Piper nickte und ging ein paar Schritte auf den Dämon zu. »Ganz recht, wir sind es. Die, welche deine kleine Armee zu Boden geworfen haben.«

Urplötzlich stürmte der Dämon auf sie zu, und Piper hob unwillkürlich die Hände, um ihn quer durch die Halle zu schleudern, doch er hielt mitten im Angriff inne und ließ das Schwert sinken, sodass dessen Spitze zu Boden zeigte. Es schien, als sei er viel zu erschöpft, um die schwere Waffe gegen irgendwen zu richten.

»Es ist vorbei«, sagte Piper. »Warum verschwindest du nicht einfach in dein kleines Ei und wartest noch einmal ein paar Jahrtausende auf deinen Einsatz?«

Der Dämon zog unmerklich den Kopf ein, dann sah er Piper mit ausdrucksloser Miene an. »Mein Körper ...« Er blickte an sich herab, dann auf die reglosen Chase-Kopien, die kreuz und quer am Boden lagen. Er legte den Kopf schief, als ob er zu ergründen suchte, welche Macht ihm noch geblieben war. »Mein Körper ...«, wiederholte er. »... ist nicht tot.« In seinem Blick erschien ein Flackern.

»Er ist uns auf die Schliche gekommen«, flüsterte Paige. »Er weiß Bescheid.«

Piper nickte. »Wenn Chase tot wäre, wäre keiner von seinen

Klonen noch hier. Es war nicht schwer für den Dämon, diesen Zusammenhang herauszufinden.«

Erneut hob der Dämon das Schwert, wie um zu testen, wie viel Kraft ihm noch zum Kämpfen geblieben war. »Mein Körper …«, begann er erneut, »ist nicht tot, aber auch nicht am Leben.« Er ging hinüber zu dem ihm am nächsten befindlichen Klon und rammte dem am Boden Liegenden das Schwert in den Leib. Der Körper zuckte, um dann in einer Wolke aus Dunst zu explodieren, die der Dämon sogleich in sich aufsog. Sichtlich gestärkt ging er zu dem nächsten Körper, wiederholte das Procedere und absorbierte die Energie des sich verflüchtigenden Doubles. Und während er sich so von Klon zu Klon vorarbeitete, murmelte er immer wieder: »Das … ist … nicht … akzeptabel.«

»Was?«, fragte Paige verständnislos. »Bewegungsunfähige Körper sind nicht akzeptabel, also erledigt er hier gerade unseren Job, oder was?«

»Etwas sagt mir, dass es nicht ganz so einfach ist«, gab Piper zurück. »Ich hab den bösen Verdacht, dass das, was hier passiert, irgendwie nicht … richtig ist.«

Gerade versetzte das Monster gleich zwei Körpern auf einmal den »Todesstoß«, schneller und schneller arbeitete es sich durch die Reihen der Reglosen und absorbierte deren freigesetzte Energie.

»Er nimmt sie in sich auf«, sagte Phoebe, »um sich so wieder zu einer einzigen Entität zu vereinen. Und … verdammt, seht nur, er wird mit jedem Körper, dessen Energie er sich einverleibt, stärker und stärker!«

»Halte ihn auf!«, rief Paige.

»Wie denn?«, fragte Piper.

»Frier ihn ein!«

Piper riss eine Hand in die Höhe, und der Dämon erstarrte mitten in seinem Tun. Die Klinge seines Schwertes schwebte nur Millimeter über seinem nächsten Opfer.

Wie aus einem Munde entfuhr den Zauberhaften ein Seufzer der Erleichterung.

»Was geschieht hier gerade?«, fragte Phoebe ratlos in die Runde. »Zunächst einmal, warum ist er *überhaupt* auf den Beinen?«

»Ich bin nicht sicher, warum der Trank nicht auch bei ihm gewirkt hat«, musste Piper zugeben. »Aber was man inzwischen mit Sicherheit sagen kann, ist, dass seine Macht bis eben auf alle Klone verteilt war. Ergo, je weniger Klone, umso mächtiger wird er.«

»Wie viele hat er denn schon absorbiert?«, fragte Phoebe.

Paige sah sich in der Halle um, überlegte kurz und sagte: »Acht, glaube ich.«

»Piper ...«, rief Phoebe plötzlich, deren Blick noch immer fest auf die Dämonen gerichtet war.

Aus dem Körper, der zu Füßen des eingefrorenen Dämons lag, stieg auf einmal Dunst auf. Dann begann sich der reglose Leib allmählich aufzulösen, während der Dunst vom Schwert des Dämons in ebendiesen hineingesogen wurde. Es sah aus, als wäre die Waffe eine Art Staubsauger, und Sekunden später war der leblose Körper vom Boden verschwunden.

Ungläubig blinzelte Phoebe in Richtung des Oberdämons. »Moment mal, bewegt er sich etwa wieder?«

Und tatsächlich: Langsam und in so kleinen Etappen, dass es mit bloßem Auge fast nicht zu erkennen war, schob sich der Dämon auf den nächsten Körper zu.

»Warum kann ihn dein ›Freeze‹ nicht an Ort und Stelle festhalten?«, fragte Paige bestürzt.

Piper schüttelte den Kopf. »Vielleicht, weil ich ihn mit diesem Zauber teilweise schon getötet hatte – und zwar beim Uhrenturm. Vielleicht aber auch, weil er einfach zu mächtig ist.« Sie sah Paige und Phoebe an. »Aber mein ›Freeze‹ war ja ohnehin nur als Übergangslösung gedacht, wir müssen ihn ein für alle Mal in dieses verdammte Ei zurückverbannen.«

»Hm«, machte Paige. »Mir ist schon klar, dass er mit jedem

Körper, dessen Energie er in sich aufnimmt, stärker wird, aber vielleicht sollten wir ihn einfach alle absorbieren lassen?«

Piper sah ihre Halbschwester ungläubig an. »Und warum sollten wir das tun?«

»Weil wir es dann mit nur noch einem Gegner zu tun hätten.«

»Ich schlage vor«, sagte Piper, »wir entledigen uns jetzt dieses Oberdämons und kümmern uns dann um die Klone.«

»Also gut«, sagte Paige. »Aber vergiss nicht, wir haben nur Zeit bis zum nächsten Mondaufgang.«

»Ich störe eure Diskussion ja nur ungern, aber er verleibt sich gerade noch einen ein«, verkündete Phoebe.

Piper sah, dass der Dämon mit seinem Schwert auf einen weiteren am Boden liegenden Klon deutete, und auch aus einem anderen, etwas entfernt liegenden Körper stieg nun Dunst auf, den er in sich aufnahm.

»Das alles muss hier und jetzt ein Ende haben«, konstatierte Piper. Sie hob die Hand, wie um ihn in tausend Stücke zu sprengen, doch stattdessen schleuderte sie ihn quer durch die Lagerhalle. Er wirbelte durch die Luft, prallte hart gegen die hintere Wand und rutschte, offenbar tot, wie ein nasser Sack zu Boden. Nur eine Sekunde später verdoppelte er sich.

»Ooops«, stöhnte Phoebe. »So ein Mist!«

»Nein, schaut doch mal, was da gerade passiert«, sagte Paige.

Einer der Dämonen, offenbar das Original, erhob sich, doch der andere blieb reglos liegen.

»Genug!«, donnerte die Stimme des Dämons durch die Halle. Mit nur einer Handbewegung vaporisierte er alle noch am Boden liegenden Körper und nahm ihre Energie in sich auf.

»Damit hat sich unsere Diskussion wohl erledigt«, bemerkte Piper. »Jetzt haben wir es tatsächlich nur noch mit einem zu tun.«

»Seid vorsichtig«, warnte Phoebe. »Es ist davon auszugehen, dass er nun viel, viel stärker ist als zuvor und –«

In diesem Moment hob der Dämon sein Schwert, mühelos

diesmal, und rannte brüllend auf Phoebe zu, bereit, ihr den Kopf abzuschlagen.

Piper riss die Hand hoch und wollte ihn abermals durch die Halle schleudern. Doch diesmal strauchelte der Dämon lediglich ein paar Meter rückwärts und gewann rasch sein Gleichgewicht wieder. Abermals stürmte er mit erhobener Waffe auf Phoebe zu, um den tödlichen Hieb zu führen.

Piper hob noch mal die Hand, um ihren Zauber zu wirken, doch diesmal prallte der Dämon wie von einer unsichtbaren Wand aufgehalten lediglich einen halben Schritt zurück. Lächelnd hob er das Schwert und versuchte es ein drittes Mal.

»Das war's!«, rief Piper und ergriff Phoebes und Paiges Hand. »Rückzug!« Kurz bevor die tödliche Klinge auf Phoebe herabsausen konnte, waren die Drei aus der Halle georbt.

Sie materialisierten außerhalb des baufälligen Gebäudes. »Danke«, ächzte Phoebe. »Das war knapp.«

»Und da kommt er auch schon«, sagte Piper.

Sie sahen, wie der Dämon aus dem Lagerhaus gerannt kam, sich dann langsam im Kreis drehte und schnüffelte wie ein Hund, der die Fährte aufzunehmen sucht. Gleich darauf machte er sich in eine ganz bestimmte Richtung davon.

»Sieht aus, als ob er ein Ziel hat«, schlussfolgerte Piper.

»Wir sollten ihm folgen«, schlug Paige vor.

Der Dämon bewegte sich mit erstaunlicher Geschwindigkeit und doch ohne erkennbare Eile, und die Zauberhaften hatten Mühe, mit ihm Schritt zu halten. Immer wieder trieb Piper sie an, wann immer sich der Abstand zwischen ihnen und dem Dämon um mehr als zwanzig Meter vergrößerte.

So hetzten sie durch die Straßen und verfolgten ihren Widersacher über mehrere Blocks hinweg, bis sich bei ihnen die ersten Erschöpfungszeichen einstellten.

»Ich … glaube … nicht«, keuchte Piper im Laufen, »dass er momentan darauf aus ist, irgendetwas zu zerstören.«

»Nein«, stimmte Paige ihr unter Seitenstechen zu. »Scheint,

als würde er … versuchen, quasi per Luftlinie irgendwohin zu gelangen.«

Phoebe neben ihnen wurde langsamer und blieb dann ganz stehen.

»Los, weiter, Phoebe«, drängte Paige. »Wir haben jetzt keine Zeit für ein Päuschen.«

»Ich glaube, ich weiß, wohin er will«, erklärte Phoebe. Piper und Paige blieben augenblicklich stehen und gingen zu ihr zurück. Der Dämon lief indes weiter und vergrößerte mit jeder Sekunde den Abstand zwischen ihnen.

»Und wohin?«, fragte Piper ungeduldig.

»Schaut euch doch mal an, wo wir losgelaufen sind, und jetzt schaut euch an, wo wir sind. Zieht zwischen beiden Punkten eine Gerade, und wenn man diese nun konsequent verlängert, dann landet man ziemlich genau in …«

»… Halliwell Manor!«, rief Piper.

»Er hat etwas erspürt«, vermutete Paige. »Vielleicht das Ei?«

»Das glaube ich nicht«, sagte Piper. Sie sah die Straße hinunter; der Dämon war nun schon fast außer Sicht. »Wir müssen ihn schleunigst wieder einholen.«

Wieder rannten die Zauberhaften los, bis sie sich ihrem Widersacher bis auf wenige Meter genähert hatten. Doch dieser drehte sich nicht einmal zu ihnen um, sondern strebte beharrlich seinem Ziel entgegen.

»Ich glaube nicht, dass er hinter dem Ei her ist«, keuchte Piper, die noch einen Schritt zulegte. »Das Ei ist ja nicht wirklich von Nutzen für ihn. Bekanntlich kam er in diese Welt, um unsere Zivilisation zu zerstören. Er muss hierher gekommen sein wegen –«

»Chase!«, riefen Paige und Phoebe unisono.

Wieder hielt Phoebe an. »Wartet mal!«

Paige packte sie am Arm. »Du kannst uns nicht jedes Mal, wenn du eine Idee hast, aufhalten – er wird uns sonst entkommen!«

»Wisst ihr noch, was er sagte, als er sich über die Klone hermachte?«, fragte Phoebe.

»Er sagte: ›Das ist nicht akzeptabel‹«, erinnerte sich Piper.

»Genau!« Phoebe lief wieder los. »Und wir dachten, er meint all diese leblosen Körper am Boden. Wir dachten, er erachtet sie als nutzlos und dass er ihre Energie in sich aufnimmt, um sie damit zu zerstören. Was, wenn er etwas ganz anderes damit gemeint hat?«

Piper sah zu Phoebe. »Stimmt! Denn kurz zuvor faselte er irgendwas von seinem ›Körper‹, der zwar nicht tot, aber auch nicht am Leben sei.« Sie stutzte. »Wenn er mit ›nicht akzeptabel‹ seinen Wirtskörper gemeint hat, dann kann er es natürlich nicht zulassen, dass sich Chase auch weiterhin in diesem Zustande befindet. Sein Wirtskörper darf nicht tot und doch nicht tot sein.« Die aus diesem Gedankengang resultierende Erkenntnis traf sie wie ein Blitz. »Verdammt, er hat vor, Chase zu töten!«

»Wir könnten auf der Stelle ins Haus orben«, sagte Phoebe, »und Chase da herausholen.«

Doch Piper schüttelte den Kopf. »Und Halliwell Manor dem Meister der Zerstörung überlassen? Auf keinen Fall!« Sie blieb stehen und sah zu, wie der Dämon vor ihnen aus ihrem Blickfeld verschwand. Auch Phoebe und Paige blieben nun stehen. »So können wir ihn nicht austricksen«, fuhr Piper schwer atmend fort. »Seht uns doch mal an. Wir können ja kaum mit ihm Schritt halten, und dabei ist er für seine Verhältnisse noch nicht mal sonderlich schnell gelaufen.« Sie wandte sich zu Paige um. »Orbe uns direkt vor ihn.«

»Und dann?«, fragte Paige.

»Dann stellen wir ihn«, antwortete Piper. »Und halten ihn auf.«

»Aber wie?« Phoebe wirkte einigermaßen verwirrt. »Wir können ihn nicht erstechen, nicht erschießen, nicht einfrieren, nicht in die Luft sprengen, nicht mit dem Auto überfahren oder zu Tode stürzen. Was bleibt uns denn noch übrig?«

»Schaffe uns direkt vor ihn, Paige«, wiederholte Piper. »Ich habe eine Idee.«

Paige orbte sie etwa zehn Meter vor den Dämon, der auch sogleich innehielt, als er die Hexen entdeckte. »Ihr schon wieder«, knurrte er und hob das Schwert. Gleichzeitig setzte er sich wieder in Richtung der Zauberhaften in Bewegung.

Piper hob eine Hand, um ihn einzufrieren.

»Was soll das?«, fragte Phoebe. »Du weißt doch, dass das bei ihm nicht funktioniert! Sieh doch, er bewegt sich immer noch.«

»Ja«, sagte Piper. »Aber sehr, sehr langsam. Und jetzt bist du dran, Phoebe. Versetze ihm deinen härtesten Karatetritt. Versuch mal, ob du ihm seinen bösartigen Schädel von den Schultern treten kannst.«

»Okay«, sagte Phoebe. Sie stürmte los, vollführte eine elegante Drehung und versetzte dem Kopf des Dämons einen kraftvollen Roundhouse-Kick. Mit einem hässlichen Knacken kippte der Kopf zur Seite, und Phoebe hüpfte mit schmerzverzerrtem Gesicht auf der Stelle. »Aua, das war, als ob man gegen einen Felsen tritt.«

»Sorry«, meinte Piper. Sie ließ die Zeit weiterlaufen, und der Dämon sackte zu Boden. »Du hast es geschafft«, sagte sie zu Phoebe. »Du hast ihm das Genick gebrochen!«

»Ja, aber irgendwie versteh ich das alles nicht«, musste Phoebe zugeben. »Was haben wir dadurch gewonnen? Er wird sich doch gleich wieder teilen.«

»Genau«, meinte Piper. »Und während er sich teilt, ist er verletzlich. Im Übrigen wird er wieder schwächer sein, wenn wir ihn daran hindern, seinen Klon zu absorbieren.«

»Aha, ich verstehe«, rief Paige. »Und ich werde zusammen mit seinem Klon zurück ins Lagerhaus orben.«

Während sie sprachen, wurden aus dem Dämon am Boden zwei. Ein Taxi fuhr vorbei, doch es war zu weit entfernt, als dass seine Insassen etwas von den unglaublichen Vorgängen auf dem

Bürgersteig hätten mitbekommen können. »Gut, dass hier nachts so wenig Leute unterwegs sind«, bemerkte Piper.

Einer der Dämonen am Boden bewegte sich. Unverzüglich rannte Paige auf den anderen, leblosen zu und orbte flugs mit ihm fort.

»Komm«, wandte sich Piper an Phoebe. »Wir sollten uns verstecken und ihn seinen Weg Richtung Halliwell Manor wieder aufnehmen lassen.«

Sie huschten in einen Hauseingang. Der Dämon rappelte sich auf, schüttelte den Kopf und setzte sich wieder in Bewegung. Piper und Phoebe folgten ihm in angemessenem Abstand.

»Siehst du«, flüsterte Piper. »Er bewegt sich schon etwas langsamer.«

»Schön«, meinte Phoebe, die ihr humpelnd zu folgen versuchte. »Ich glaube, ich hab mir den Fuß gebrochen.«

In diesem Moment orbte Paige wieder an ihre Seite. Sie hatte eine Armbrust in der Hand.

»Wo hast du die denn her?«, wollte Piper wissen.

»Aus einem Sportgeschäft in der Nähe des Lagerhauses«, antwortete Paige. Sie legte an und schoss dem Dämon einen Bolzen in den Rücken. Wieder brach ihr Widersacher auf dem Bürgersteig zusammen.

Die Zauberhaften eilten zu ihm, nachdem er sich erneut geteilt hatte, und wieder orbte Paige mit dem reglosen Klon von dannen.

Phoebe setzte sich auf den Gehweg und rieb sich den malträtierten Fuß. »Irgendwie sieht er jetzt mehr wie Chase aus«, sagte sie, als zu dem Original-Dämon hinübersah, der sich gerade erneut aufrichtete. »Und weniger kraftvoll, wie mir scheint.«

Paige materialisierte wieder bei ihnen; diesmal hatte sie eine pneumatische Taucherharpune dabei.

»Wieder aus dem gleichen Laden?«, fragte Phoebe.

Paige nickte, zielte und schoss. Doch der Dämon zog sich einfach den Bolzen aus dem Rücken und ging weiter.

»Verdammt, die beiden Waffen sind zu ähnlich«, schimpfte Paige. »Hätte ich mir gleich denken können.«

»Wir müssen ihn weiter schwächen«, meinte Phoebe, die noch immer neben den beiden herhumpelte.

»Gift?«, schlug Paige vor.

»Ja«, sagte Piper, »aber wo sollen wir ein so starkes, ja tödliches Mittel herbekommen. Drugstores führen so was schließlich nicht.«

»Wir sind doch schon fast zu Hause«, sagte Phoebe. »Und erinnert euch an die Szene im Lagerhaus. Er konnte sich doch kaum auf den Beinen halten, als seine Power noch auf all die anderen Dämonen verteilt war. Und im Moment sieht es so aus, als wäre er nur noch halb so stark wie zu seinen besten Zeiten, dem Moment nämlich, als er das Lagerhaus verließ. Wenn wir ihn also noch einmal schwächen könnten, hätte er damit nur noch ein Viertel seiner ursprünglichen Kraft zur Verfügung.«

»Ich könnte ihn von der Golden Gate Bridge stürzen«, schlug Paige vor. »Ich glaube nicht, dass er vorher schon mal ertrunken ist.«

»Dann verlieren wir aber seine Spur«, wandte Piper ein. »Und das dürfen wir nicht riskieren … nicht, bevor morgen der Mond aufgegangen ist.«

»Er biegt gerade in unsere Straße ein«, verkündete Paige. »Was immer wir auch machen, es sollte jetzt passieren.«

»Orbe dich auf den Dachboden«, wies Piper sie an. »Und halte dich bereit, im Ernstfall mit Chase von dort zu verschwinden.«

»Und was habt ihr vor?«, fragte Paige.

»Ich weiß es noch nicht«, gab Piper zurück. »Ich denke noch darüber nach.«

»Na gut.« Paige sah alles andere als zuversichtlich aus, bevor sie fortorbte.

»Ich will ja keine schlechte Laune aufkommen lassen«, ließ sich nun Phoebe vernehmen, »aber *was* haben wir denn nun vor? Er hat nämlich soeben unseren Garten betreten!«

Piper fuhr zu ihr herum. »Ich brauche deine Kraft«, sagte sie. »Ich will, dass du deine Energie in mich einfließen lässt. Vielleicht können wir beide ihn ein weiteres Mal aus den Latschen hauen und ihm damit wieder die Hälfte seiner Power nehmen.«

»Versuchen wir es.« Phoebe schloss die Augen, legte ihre Hände auf Pipers Schultern und konzentrierte sich.

Piper schob eine Hand über die von Phoebe, nahm ihre ganze Kraft zusammen und schleuderte einen Energieblitz in Richtung des Dämons.

Und dieser Stoß hatte es in sich. Der Dämon wurde in die Höhe katapultiert, das Schwert flog durch die Luft, dann schlug der Körper des Monsters hart im Garten auf.

Piper rannte auf ihn zu, während Phoebe hinter ihr herhumpelte. »Ob es was bringt, wenn man ihn mit seinem eigenen Schwert köpft?«, fragte Piper. »Ich meine, hatten wir das schon?«

Phoebe klaubte das Schwert vom Boden auf und reichte es ihr. »Versuch's mal.«

Piper hob die Waffe und ließ sie mit aller Kraft auf den Hals des Dämons niedersausen.

Doch bevor es zur Exekution kommen konnte, schoss die Hand des Dämons blitzschnell vor und griff nach der Klinge, ohne sich im Mindesten daran zu verletzen. Mit der anderen Hand umklammerte er Pipers Handgelenk, schleuderte sie zu Boden und stand plötzlich über ihr. Die Spitze seines Schwertes bohrte sich ein Stück weit in ihren Nacken. Mit einem Seitenblick auf Phoebe knurrte er: »Sag der einen, die fliegen kann, sie soll mir meinen Körper bringen ... und das Ei. Wenn nicht, werde ich dieser hier die Kehle aufschlitzen.«

Phoebe glotzte den Dämon sowie ihre Schwester, die sich in seiner Gewalt befand, starr vor Entsetzen an. »Paige«, flüsterte sie schließlich in die Nacht. »Wir brauchen dich hier.«

Paige erschien augenblicklich im Garten und legte Chase sanft ins Gras. »Ich hab's gehört«, sagte sie, während sie auch die beiden Eihälften ablegte. Dann stellte sie sich beschützend vor den reglosen jungen Mann. »Lass erst meine Schwester frei«, forderte sie den Dämon auf.

»Nein«, erwiderte dieser.

»Dann kommen wir leider nicht ins Geschäft«, versetzte Paige. »Denn natürlich können wir uns nicht allein auf dein Wort verlassen.«

»Dann wird sie eben sterben«, sagte der Dämon. Langsam senkte er die Klinge und zog die Schneide ein Stück über Pipers Nacken. Unterhalb ihres Haaransatzes klaffte ein deutlich sichtbarer Schnitt, aus dem das Blut quoll.

»Warte!«, schrie Phoebe. »Sag uns, wie du es machen willst.«

Der Dämon drehte sich um, schwankte ein wenig und zog die Klinge noch ein bisschen weiter über Pipers Nacken. Die Wunde blutete immer heftiger. »Ich werde seine Essenz in mich aufnehmen«, sagte er. »wie ich es schon bei meinem gefallenen Kameraden getan habe. Und danach werde ich selbst zu Nebel werden und in das Ei zurückkehren. Eure Schwester wird danach frei sein.«

Paige stand mit offenem Mund da und zermarterte sich das Hirn, wie sie aus dieser Sache herauskommen sollten.

Der Dämon bewegte die Klinge erneut, wodurch sich der Schnitt an Pipers Nacken ein weiteres Mal vergrößerte. »Sucht nicht nach einem Weg, mich zu besiegen«, riet er, »oder ich werde sie töten.« Er sah zu dem am Boden liegenden Chase. »Und nun gib mir auf der Stelle diesen Körper!«

»Also gut.« Paige trat widerstrebend einen Schritt zurück.

Im gleichen Moment zeigte der Dämon mit seinem Schwert auf Chase, löste sich auf und wurde zu einem Nebel. Das nun herrenlose Schwert fiel dumpf ins Gras.

Da sprang Piper auf und hob eine Hand in Richtung des wabernden Dunstes, der zielstrebig auf das Ei zuhielt. Das Ei explodierte in einem Feuerwerk aus unzähligen Lichtern, und zurück blieb nur ein Häufchen Staub.

Stille trat ein.

»Chase!«, schrie Paige auf. Sie ließ sich neben dem reglosen jungen Mann auf den Boden sinken und bettete seinen Kopf in ihren Schoß. »Chase, es tut mir so Leid«, wimmerte sie, während sie ihn hin und her wiegte. Mit tränenüberströmtem Gesicht blickte sie zu Piper und Phoebe auf. »Ich nehme ihn wieder mit hinauf auf den Dachboden.« Im gleichen Moment waren die beiden verschwunden.

Phoebe trat rasch zu Piper und besah sich ihren Nacken. »Der Schnitt sieht böse aus.«

»Ich glaube, so schlimm ist es nicht«, entgegnete Piper. »Wenn er mich ernstlich verletzt hätte, würde es viel mehr bluten.«

»Wie genau hast du ihn eigentlich zerstört?«, wollte Phoebe wissen.

»Zunächst einmal hatte ich eine ziemliche Wut in mir«, sagte Piper. »Und die Tatsache, dass du und ich unsere Kräfte vereint hatten, hat ebenfalls geholfen. Und ich wusste, dass, wenn ich die Kräfte von uns Dreien in mir bündeln konnte, auch ohne Paige erst darüber zu informieren, dies sein Ende sein würde. Vor allem, da er zu diesem Zeitpunkt nicht mehr in seinem Körper war.« Ihre Hand wanderte zum Nacken, und sie drückte die Finger auf die Blutung. »Ich wünschte nur, wir hätten Chase retten können.«

»Lass mich dich zum Arzt fahren«, bat Phoebe. »Ich bin mir ziemlich sicher, dass dieser Schnitt genäht werden muss.«

20

Der Morgen dämmerte schon, als Phoebe und Piper aus der Notaufnahme zurückkamen. Phoebe hatte eine Kunststoffbandage um ihren Fuß und bewegte sich mehr schlecht als recht auf Krücken fort, während Piper einen großen Wundverband an ihrem Nacken trug.

Gemeinsam machten sie sich auf den Weg hinauf zum Dachboden.

Paige saß neben Chases reglosem Körper und knöpfte gerade ein Hemd zu, das sie ihm offenbar gerade angezogen hatte. Als Piper und Phoebe eintraten, wandte sie sich ab, wie um zu verhindern, dass sie die halb getrockneten Tränen auf ihrem Gesicht entdeckten.

»Wie geht es dir?«, erkundigte sich Paige mit belegter Stimme.

»Wieder ganz gut«, antwortete Piper. »Der Arzt meinte, ich hätte großes Glück gehabt.«

»Zweiundzwanzig Stiche«, verkündete Phoebe. »Wäre der Schnitt nur ein paar Millimeter tiefer gegangen, wäre sie wohl verblutet.« Sie humpelte zu Paige und ließ die Krücken zu Boden gleiten. Dann kniete sie neben ihr nieder und nahm ihre Hand. »Du hast getan, was du tun musstest«, sagte sie. »Wenn du nur eine Sekunde länger gewartet hättest, hätte er Piper getötet.«

Paige nickte und kämpfte gegen die aufsteigenden Tränen an. »Wie geht es deinem Fuß?«

»Sie hat sich einige Zehen gebrochen«, erklärte Piper. »Muss den Fuß eine Weile schonen.«

»Schaut uns nur an«, sagte Paige bedrückt. »Schöne Zauberhafte sind wir ...«

»Aber wir wussten doch, was passieren würde, wenn wir ihn hätten davonkommen lassen«, versuchte Piper sie zu trösten. »Phoebe hat es doch mit eigenen Augen gesehen.«

»Und dank Piper«, ergänzte Phoebe, »wird er auch nie wieder in unsere Welt zurückkommen und das tun, was er schon einmal getan hat. Niemals wieder!«

»Wir alle haben unseren Anteil daran«, meinte Piper. »Ohne eure Kräfte hätte ich es nie geschafft.«

Paige nickte wieder. »Wie das Buch schon sagte, es galt, das höhere Gut zu schützen. Ich wünschte nur …« Wieder begann sie zu weinen und barg das Gesicht in ihren Händen.

Phoebe nahm sie in die Arme.

Piper gesellte sich zu ihnen und umarmte sie ebenfalls. Dabei fiel ihr Blick auf Chase. »Wie ich sehe, hast du ihn rasiert.«

Paige nickte. »Und ihn gekämmt und ihm frische Sachen angezogen.« Sie deutete auf das Hemd, das er nun trug. »Ich hoffe, es macht dir nichts aus, Piper, aber das hier stammt von Leo.«

»Nein«, sagte Piper. »Ich finde, es steht ihm sehr gut.«

Paige seufzte schwer. »Ich dachte, er sollte so gut wie möglich aussehen, wenn wir ihn seiner Familie übergeben.«

»Und wie sollen wir die ausfindig machen?«, wollte Phoebe wissen.

»Ich hab mir seinen Führerschein angesehen. Der wurde in Kansas ausgestellt. Ich hab meine alten Kontakte zum Sozialdienst spielen lassen, wie wir es schon einige Male getan haben, wenn so etwas passiert ist.«

Piper sah wieder auf Chase hinunter. »Er sieht so friedlich aus. Genauso hat er ausgesehen, nachdem er den …« Sie brach ab.

»… den ›Romeo-und-Julia‹-Trank zu sich genommen hatte«, beendete Phoebe ihren Satz. »Könnte es sein, dass der Trank ihn womöglich geschützt hat?«

Paige sah von Piper zu Phoebe, von Phoebe zu Chase und wieder zurück zu Piper. »Wie? Was? Geschützt?«

Piper dachte nach. »Als der Dämon die Essenzen all seiner Doubles in sich aufnahm, haben wir doch beobachtet, dass aus den Klonkörpern Dunst aufstieg, den er dann absorbierte.«

»Richtig«, rief Phoebe aufgeregt. »Aber als er mit seinem

Schwert auf Chase zeigte, passierte nichts dergleichen, bis auf die Tatsache, dass er selbst sich in Nebel verwandelte.«

»Und du meinst …?« Es fiel Paige sichtlich schwer, das Fünkchen Hoffnung in ihrem Innern zu hegen, geschweige denn, ihm in Worten Ausdruck zu verleihen. »Du meinst, Chase könnte sich nach wie vor in Trance befinden?«

»Es gibt nur einen Weg, das herauszufinden«, sagte Piper.

Schweigend saßen die drei Hexen im Dämmerlicht des Dachbodens. Nur die Kerzen, die sie rund um Chases sterbliche Hülle aufgestellt hatten, sorgten für ein bisschen Licht.

Paige erhob sich, ging zum Fenster und wartete darauf, dass sich der Mond am abendlichen Himmel zeigte. »Das halte ich nicht aus«, sagte sie schließlich. »Ich meine, was wenn –«

»Denk nicht daran«, sagte Phoebe. »Es wird am besten sein, wenn du an gar nichts denkst.«

Paige kam zurück zum Feldbett und setzte sich neben Chase. Zärtlich strich sie ihm eine Haarlocke aus der Stirn.

»Paige?« Piper deutete mit einem Nicken auf das Fenster, durch das der erste Mondstrahl auf den Holzfußboden fiel.

Im gleichen Moment schnappte Chase hörbar nach Atem, dann flogen seine Augenlider auf. Sein Blick traf den von Paige, und er lächelte schwach. »Hallo«, sagte er leise. »Es hat funktioniert.«

»Chase!«, rief Paige fassungslos. Sie nahm sein Gesicht in beide Hände und fiel ihm dann um den Hals. »Geht es dir gut?«

»Ich glaube schon.« Er versuchte sich aufzusetzen, doch ohne Erfolg. »Oje«, entfuhr es ihm. »Nichts an mir scheint zu funktionieren.«

»Das liegt wahrscheinlich daran, dass du deine Muskeln so lange nicht mehr gebraucht hast«, erklärte Piper. »Lass es langsam angehen, das wird schon wieder.«

Endlich schaffte es Chase, sich auf der Pritsche aufzurichten. Erstaunt blickte er auf Phoebes geschienten Fuß und Pipers bandagierten Nacken. »Was ist euch denn passiert? Ihr seht aus, als würdet ihr geradewegs von einem Schlachtfeld kommen oder so was.«

»Ja, oder so was«, nickte Paige, die ihr Glück kaum fassen konnte. »Tatsächlich haben wir eine Schlacht geschlagen, und stell dir vor, wir haben sie sogar gewonnen.«

Die Version der Geschichte, die sich Piper für Darryl ausgedacht hatte, stellte nicht jedermann zufrieden, doch es war die Geschichte, die am Ende »offiziell« bekannt gegeben wurde.

Während Chase lernte, seine Muskeln wieder zu gebrauchen, fertigte Piper einen Plastilinabdruck von seinem Gesicht an und stellte mithilfe dieser Form ein Dutzend Gummimasken her. Die händigte sie Darryl aus, der mit diesen »Beweismitteln« vor die Presse trat und erklärte, dass dic Verbrechensserie von einer Bande begangen worden sei, deren Mitglieder sich allesamt identisch gekleidet und maskiert hatten. Auch behauptete er, die Täter hätten ihre gefallenen Kumpels sogleich durch »Doubles« ersetzt, um ihre wahre Mannstärke und Identität zu verschleiern.

Und Chase war in dieser Version der Geschichte einfach ein Museumsangestellter, der zur falschen Zeit am falschen Ort gewesen war und den die Bande entführt hatte, um sein Gesicht als Vorlage für ihre Masken zu missbrauchen.

Auch wenn Darryl seine liebe Not hatte, auf bestimmte Fragen, die ihm die Journalisten stellten, eine plausible Antwort zu liefern, so funktionierte die Geschichte letzten Endes doch ganz gut.

Und das vor allem deshalb, wie Piper meinte, weil niemand der Beteiligten und Anwesenden mit einer besseren aufwarten konnte.

Es war ein wolkenverhangener Tag, ähnlich dem, an dem sich Paige und Chase das erste Mal getroffen hatten.

Wieder standen die beiden bei Land's End und sahen sich an.

»Und dir geht es wirklich gut?«, fragte Paige, als sie schließlich weiterschlenderten. »Strengt dich dieser Spaziergang auch wirklich nicht zu sehr an?«

»Nein, ich bin okay, wirklich.« Er nahm ihre Hand. »Weißt du, als ich da lag, so völlig hilflos und zum Schweigen verdonnert, hätte ich mir keine bessere Pflege wünschen können als deine. Und ich muss sagen, dass ich nie jemanden getroffen habe, der in diesen Momenten schöner aussah als du.«

Paige lächelte und schob sich eine Haarsträhne hinters Ohr. »Wow, eine Hexe *und* schön?«

Sie erreichten die Aussichtsklippe. Paiges Blick wanderte über die Brücke, das Land am anderen Ufer und über das Meer, das zu ihren Füßen brandete. »Weißt du«, sagte sie, »es gibt Mächte auf dieser Welt, von denen die meisten Menschen nicht einmal ahnen, dass sie existieren.« Sie sah ihn an. »So wie die meisten Touristen nie die Kraft des Ozeans verstehen werden, selbst wenn sie ihn mit eigenen Augen sehen. Du hast es verstanden, schon am ersten Tag, als du hier eintrafst. Und die meisten Leute verstehen auch nicht die Kräfte, welche die Erde zu ihren Füßen erfüllen, weder die guten, noch die schlechten. Und doch sind es dieselben Mächte, die hier am Werk sind.«

Chase nickte. »Auch das habe ich verstanden.«

Paige kicherte. »Kein Wunder, so nah wie du diesen Mächten gekommen bist.«

»Allerdings.«

»Was ich außerdem zu sagen versuche, ist, dass du vermutlich nicht weißt, was du von alldem zu halten hast. Ich meine, außer der Tatsache, dass ich eine gute Krankenschwester abgegeben habe.«

Plötzlich wirkte Chase ein bisschen unsicher. »Was genau ist deine Frage?«

»Na ja.« Paige starrte unverwandt aufs Meer hinaus. »Du und ich, wir hatten ja nie die Chance, einander besser kennen zu lernen, miteinander auszugehen und so … Stattdessen wurden wir gleich mit dieser Beinahekatastrophe konfrontiert. Es war, als hätte das Schicksal uns zusammen in einen Fuchsbau eingesperrt.« Sie sah ihn aufmerksam an. »Doch nun, da du mich ein bisschen besser kennen gelernt hast – etwas von mir, meinem Leben und meinen Schwestern weißt und erfahren hast, was wir machen … und vor allem, nachdem du erfahren hast, dass ich dich liebe, weil ich es vor dir und allen Anwesenden in die Welt hinausposaunen musste …« Sie brach ab.

Chase studierte ihr Gesicht. »Wenn du mich fragst, was ich über euch Drei denke, dann muss ich zugeben, dass ihr die tollsten Frauen seid, die ich je getroffen habe. Was du getan hast … was ihr getan habt, war einfach unglaublich.«

Sie lächelte. »Danke. Aber was ist mit dem anderen Teil? Mit dem ›Ich liebe dich‹-Teil?«

»Was du da gesagt hast, bedeutet mir wirklich sehr viel.« Plötzlich wandte er den Blick ab. »Aber ich bin nicht so stark.«

Paige blinzelte verständnislos und hatte plötzlich das Gefühl, als würde ihr jemand den Boden unter den Füßen wegreißen. »Was …?«

Er drehte sich wieder zu ihr um und nahm ihre Hände in die seinen. »Ich hätte dich liebend gerne besser kennen gelernt, mehr Zeit mit dir verbracht und dem Teil in mir, der dich liebt, mehr Aufmerksamkeit gewidmet. Ich würde dich sogar meinen Eltern vorstellen, wenn … ja, wenn du normal wärst. Aber …«

Paige versteifte sich. »Aber das bin ich nicht? Ich bin nicht normal? Ich bin nur der Freak, der dir das Leben gerettet hat, was?« Sie versuchte zu lächeln, als hätte sie einen Witz gemacht, doch es wurde nur eine traurige Grimasse daraus. »Ich glaube, ich habe verstanden.«

»Paige, bitte versuche doch, mich zu verstehen. Ich meine, wenn ich dich jetzt so ansehe und daran denke, wie gut du zu mir warst … wenn ich die ganze Wahrheit über dich nicht kennen würde, dann würde ich auf der Stelle wollen, dass du ganz mir gehörst, keine Frage.«

Sie entwand sich seinem Griff, schob sich das Haar aus dem Gesicht und sah wieder aufs Wasser hinaus. »Ich weiß, es ist viel verlangt, uns so zu nehmen, wie wir sind. Ich hatte nur gedacht, es wäre einfach großartig, einen Mann an meiner Seite zu haben, der all das verstehen könnte. Dem ich nichts mehr über mich und mein Leben vorlügen müsste. Der mich behandeln würde, als ob ich, na ja, du weißt schon, eine ganz normale Frau wäre.«

»Ja, das verstehe ich, und genau so einen Mann wünsche ich dir von Herzen. Aber ich bin nicht dieser Mann.«

Paige nickte und versuchte, den Kloß in ihrem Hals zu ignorieren. Sie fühlte sich plötzlich wie betäubt. »Tja«, sagte sie schließlich, »und was ist mit all den Dingen, die du in den letzten Tagen über mich und meine Schwestern erfahren hast?«

»Ich werde niemandem auch nur ein Sterbenswörtchen davon verraten. Ich schwöre es. Das ist wohl das Mindeste, was ich für dich tun kann.« Er lächelte. »Und davon abgesehen: Wer würde mir eine solche Geschichte schon abkaufen?«

Paige gab sich Mühe, sein Lächeln zu erwidern, aber sie konnte es nicht. »Und was wirst du deinen Leuten stattdessen erzählen?«

Er dachte einen Moment lang darüber nach. »Ich kam nach San Francisco, traf dich, arbeitete im Museum, wurde von dieser Bande gekidnapped, in einem dunklen Verschlag gefangen gehalten und wusste nicht einmal, wie viel Zeit ich da zugebracht habe, bis man mich schließlich befreite.«

Sie nickte zufrieden. In diesem Moment fuhr ein Bus vor dem Museum vor, und sie sah, dass dem Fahrzeug der gleiche Reiseführer entstieg, der damals auch die Gruppe von Chase hierher gebracht hatte. Und sie verstand. »Du hast mich hierher geführt, um dich nun von mir zu verabschieden?«

»Ja.«

Eine Windbö fegte über sie hinweg. Chase wandte sich dem Meer zu, öffnete seinen Mantel und huldigte dem Ozean, wie er es schon an seinem ersten Tag getan hatte. Doch anstatt den Wind zu umarmen, wickelte er sich wieder in seinen Mantel ein. »Wow«, meinte er. »Der Pazifik fühlt sich heute irgendwie kälter an.«

»Ja, die unsichtbaren Mächte sind am Werk.«

Er fröstelte, dann sah er Paige ernst an. »Siehst du, und deswegen bin auch nicht der Richtige für dich. Ich würde mich immer fragen, ob das, was gerade passiert, von Mutter Natur oder von dir ausgegangen ist.«

Paige sah zum letzten Mal in seine klaren, meergrünen Augen. »Ich verstehe.«

»Gut.«

Der Fahrer des Busses betätigte ungeduldig die Hupe.

Chase sah zu ihm hinüber, dann wieder zu Paige. »Tja, ich denke, ich muss nun wirklich los.« Er beugte sich vor und küsste sie sacht auf die Wange. »Danke, Paige, für alles.« Er grinste. »Und danke auch für die unzähligen Griechischstunden.«

Paige musste ungeachtet ihrer Trauer lachen. »Gern geschehen.«

»Ich muss jetzt gehen.« Er wich ein paar Schritte zurück, lächelte, drehte sich um und rannte auf den Bus zu.

Paige wandte ihren Blick wieder dem Ozean zu. Sie sah den Bus nicht abfahren, und sie war fest entschlossen, wegen Chase keine weiteren Tränen mehr zu verlieren.

Und fast gelang es ihr auch.

Piper, Phoebe und Paige saßen am großen Esstisch im Speisezimmer von Halliwell Manor.

»Der dumme Kerl hat *was* gesagt, nach allem, was du für ihn getan hast?«

»Entspann dich, Phoebe«, gab Paige zurück. »Es ist schon okay. Wie du immer sagst, nichts geschieht ohne Grund.«

»Aber du hast ihm das Leben gerettet«, ereiferte sich Phoebe wieder. »Mindestens zwei Mal!«

»Sieh mal, es ist wirklich nicht einfach zu verstehen, wer wir sind. Nicht jeder kommt damit klar.«

Phoebe seufzte. »Ich weiß.«

»Ich denke, du hast Recht«, sagte Piper, die Wyatt auf dem Schoß hatte. »So, wie es ist, ist es gut, auch wenn es dich momentan noch schmerzt.«

Paige nickte.

»Und es tut mir aufrichtig Leid«, setzte Piper hinzu. »Nach allem, was du aus Liebe für ihn getan hast. Dass er dich am Ende so sehr verletzt, erscheint mir wirklich nicht sehr fair.«

Phoebe beugte sich vor und drückte Paige voller Mitgefühl die Hand. »Bis du sicher, dass es dir wieder besser geht?«

»Nein, aber das wird schon wieder. Und *dessen* bin ich sicher.«

»Leo«, rief Piper, und als der *Wächter des Lichts* das Esszimmer betrat, legte sie ihm Wyatt in den Arm. »Könntest du ein bisschen auf unseren kleinen Racker hier aufpassen? Wir Drei gehen nämlich jetzt Eis essen.«

Phoebe nickte und zog Paige von ihrem Stuhl. »Eine wirklich prima Idee. Lasst uns zum besten, leckersten, dekadentesten Eiscremetempel der Stadt fahren.«

Paige gelang ein Lächeln. »Danke, ihr Lieben, das klingt wirklich gut.«

»Eiscreme kann nicht alle Wunden heilen«, meinte Phoebe, »aber sie hilft ungemein –« Sie brach ab. »Kann es sein, dass ich mich gerade angehört habe wie in meinen *Fragen Sie Phoebe*-Antwortschreiben?«

Paige und Piper brachen in schallendes Gelächter aus. Arm in Arm verließen die Zauberhaften das Haus.

Charmed

Zauberhafte Schwestern

Charmed

Die Geister, die Paige rief

ISBN 3-8025- 3527-8

Charmed

Elfenkind

ISBN 3-8025- 3487-5

Charmed

Verwunschen

ISBN 3-8025- 3486-7

Charmed

Schwarzes Herz

ISBN 3-8025- 3393-3

Egmont vgs verlagsgesellschaft, Köln

www.vgs.de

Verliebt in Berlin

Schicksal oder nur ein Wunschtraum?

Lest alles über Lisa und David in den neuen Romanen der vgs!

Verliebt in Berlin
Träumen erlaubt!
ISBN 3-8025-3512-X

Verliebt in Berlin
Warte nicht auf morgen!
ISBN 3-8025-3513-8

Verliebt in Berlin
Jetzt erst recht!
ISBN 3-8025-3514-6

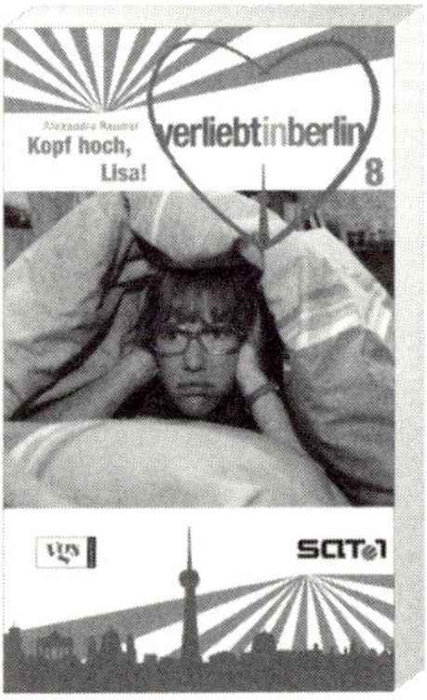

Verliebt in Berlin
Kopf hoch, Lisa!
ISBN 3-8025-3515-4

Egmont vgs verlagsgesellschaft, Köln
www.vgs.de